KB083385

아름다운 단단함

———

세상 · 영화 · 책

오길영 산문집

아름다운 단단함— *세상·영화·책*

초판 1쇄 발행 2019년 10월 30일

초판 2쇄 발행 2020년 3월 11일

글쓴이 오길영 **펴낸이** 박성모 **펴낸곳** 소명출판 **출판등록** 제13-522호

주소 서울시 서초구 서초중앙로6길 15, 1층

전화 02-585-7840 **팩스** 02-585-7848

전자우편 somyungbooks@daum.net **홈페이지** www.somyong.co.kr

값 15,500원

ISBN 979-11-5905-463-1 03810

ⓒ 오길영, 2019

오길영
산문집

아름다운 단단함

세상·영화·책

소명출판

에세이는 한국문학 공간에서 적자가 아니라 서자 취급을 받아 왔
다. 그런데 그런 에세이가 요즘 독서 시장에서 주목을 받는다고 한
다. 출판 전문가가 아니기에 나는 그 이유를 정확히 알지 못한다.
다만, 에세이가 단독적인 개인이 지닌 내면의 표현이기에 한국사
회에서도 이제 그런 건강한 개인주의가 자리를 잡아가는 징후라는
생각은 든다. 그런데 에세이란 말을 들었을 때 독자들이 대체로 떠
올리는 인상은 무엇일까? 조심스러운 판단이지만 소소한 일상의
기록과 반응, 거기서 비롯되는 생각들, 감각을 자극하는 생활상의
일들에 대한 꼼꼼한 기록과 성찰. 그리고 그런 것들을 말랑말랑하
고 감각적인 문체로 표현한 산문. 대충 이런 것이 아닐까? 그래서
다시 묻게 된다. 에세이는 과연 감각적 글쓰기의 형식일 뿐인가?

　　에세이는 소설이나 희곡과 같은 허구가 아닌 산문을 가리킨
다. 에세이의 어원은 '시도하다to attempt', '시험하다'란 뜻을 지닌 라
틴어 'exigere'이다. 근대 에세이문학의 발생지로 간주되는 프랑스
에서 사용되는 'essayer'도 그런 뜻을 지녔다. 한마디로 에세이는 글

쓴이가 자유롭게 선정한 주제에 대해서 다양한 방식으로 자신의 견해를 '시도essayer'하는 글이다. 에세이는 사유를 실험하는 글쓰기다. 에세이의 성격에 대해서는 루카치가 초기 저서 『영혼과 형식』에서 설득력 있는 설명을 했다. 에세이의 표현 대상은 무엇인가? 루카치에 기대면 "어떠한 몸짓에 의해서도 표현될 수 없으면서도 그래도 표현을 갈망하는 체험이 존재하고 있는 셈이다. 그것은 곧 감상적sentimental 체험, 직접적인 현실, 그리고 자연발생적인 현존재 원칙으로서의 지성과 개념이다". 에세이는 체험의 재료를 필요로 한다. "감상적 체험, 직접적인 현실, 그리고 자연발생적인 현존재 원칙으로서의 지성과 개념" 등이 에세이의 재료다. 에세이는 단지 "감상적 체험"의 글이 아니다. 에세이의 뿌리는 "지성과 개념"이다. 거기에서 "삶이란 무엇이고, 인간이란 무엇이며, 운명이란 무엇인가"라는 질문을 던지는 수준의 에세이가 나온다. 내가 생각하는 에세이의 본령이다. 에세이는 "과거의 생생히 살아 있었던 것을 새롭게 다시 배열하고 정리"한다. 그런데 그 정리에는 과장이나 자기변명이 아닌 엄정한 성찰에 바탕을 둔 "진실"의 정신이 작동한다. 에세이는 그만의 고유한 표현과 문체를 요구한다. 에세이의 문체는 현란한 글재주가 아니라 지성적 사유의 표현이다. 지성의 출발은 성찰이고 자기 응시다. 이런 것들이 빠질 때 에세이는 역겨운 자기 자랑이나 감상주의에 물든 글로 전락한다. 요약하면 에세이는 단지 감각의 글쓰기가 아니라 지성의 표현이다.

아름다운 단단함

여기 묶은 산문들이 얼마나 지성적 사유에 걸맞는지는 자임할 수 없다. 부끄러운 마음이 더 크다. 하지만 대체로 말랑말랑하게 감각에만 호소하는 글들이 에세이의 본령인 양 간주되는 분위기에서 그것과는 다른 목소리를 내고 싶다는 내 나름의 욕망은 있다. 좋고 나쁘고를 떠나 글쓰기의 영토에도 다양한 글쓰기의 형식과 내용의 실험이 펼쳐지는 것이 바람직하다. 단일종보다는 다수종이 언제나 생태계에 유익한 법이다. 에세이의 영토도 그럴 것이다. 이 책이 그런 다양성의 글쓰기 실험에 조금이나마 일조하기를 바란다.

크게 3부로 책을 구성했다. 1부는 세상, 2부는 영화, 3부는 책이다. 최근 발표된 순서로 글들을 배치했다. 3부 각각의 제재는 다르지만 그들을 묶는 공통된 키워드는 있다. 글쓰기는 결국 더 좋은 삶을 찾기 위한 모색의 표현이다. 문학이든 철학이든 그 궁극적 대상은 삶Life이다. 나는 좋은 삶은 아름다운 삶이라고 생각한다. 그런데 여기에는 몇 가지 질문거리가 따라온다. 아름다움의 기준은 무엇인가? 아름다움은 주관적인가, 아니면 객관적인 것인가? 그런데 이런 질문들은 혹시 잘못 제기된 것은 아닌가? 우리가 살펴야 할 것은 아름다움이 논의되는 맥락과 조건의 층위가 아닌가? 아름다운 삶과 아름다운 문학예술이 논의되는 맥락을 고민하지 않고 아름다움의 속성만을 따지는 건 문제를 호도하는 것은 아닌가? 이 책에 실린 글들은 더 나은 아름다운 삶을 위한 사회문화적 맥락을 탐구하는 걸 주된 목표로 삼아 쓴 글들이다. 그 바탕 위에서 제기되는 여러 물음들에 대한 답을 찾는 고민을 나누고 싶다. 이런 이유로 책 제목을 '아름다운 단단함'으로 정했다. 김수영이 "복사씨와 살구씨와 곶감씨의 아름다운 단단함"(시 「사랑의 변주곡」)이라고 썼던, 그런 "아름다운 단단함"을 지향하는 글. 그러나 그런 지향에 여기 실린 글들이 얼마나 실제로 맞춰 갔는지는 역시 눈 밝은 독자들이 판단할 일이다.

한국 인문학 출판의 산실인 소명출판에서 산문집을 내는 인연을 맺게 되어 기쁘다. 선뜻 출판을 맡아주신 박성모 사장님, 산뜻하게 책으로 만들어주신 편집진께 감사드린다.

Ⅱ _____ 영화

아름다운 단단함

III _____ 책

아름다운 단단함

I

세상

아름다움의 맥락

문학 작품의 아름다움과 삶의 아름다움은 어떤 관계를 맺는가? 얼마 전 신문에 실린 서평을 읽고 다시 묻게 된 질문이다. 어느 '원로' 평론가의 에세이를 다룬 기사였다. 그 기사를 읽고 두 가지 생각을 했다. 이건 그 기사가 전하는 평론가의 발언이 정확하다는 걸 전제로 하는 생각이다. 첫째, 지금도 작가의 "불결"한 삶과 작품을 분리하는 케케묵은 독법을 내세우는 시각이 있다는 것. 자신의 무지를 그런 식으로 눙쳐서는 곤란하다. 그건 현대문학 이론의 동향에 눈감은 채 수십 년 전 작품 물신주의를 신봉하는 것이다. 둘째, 여전히 미당의 추종자들이 많다는 것. 이 평론가는 일제강점기를 "지금의 이북"과 동일시하면서 그때는 "비판의 자유"가 없었으므로 "일률적으로 친일파를 매도"(sic!)해서는 안 된다고 짐짓 아량을 베푼다. 종종 나오는 문학주의적인 너그러움이다. 이런 식의 문학주의는 적어도 영미비평계에서는 시대착오적이다. 이런 질문을 하고 싶다. 일제강점기에 자신의 삶을 걸고 항거했던 이들은 어떻게 된 건가? "비판의 자유"가 없던 시대에 말이다. 문학주의 비평가들이 종종 주장하듯이 문학이 강퍅해서는 안 된다는 건 상식이다. 문학이 판단에 신중하고 섬세해야 한다는 주장에도 유보 없이 동의한다. 하지만 케케묵은 문학주의나 작품 물신주의를 시대착오적인 친일의 옹호 수단으로 써서는 안 된다. 단호함과 강퍅함을 혼동해서는 곤란하다. 신중함과 비겁함은 명확하게 구별해야 한다.

주지의 사실이지만 문학예술에서 아름다움은 주관적이다. 문학주의자들, 더 정확히 말하면 문학에서 중요한 것은 오직 작품만이라고 주장하는 '작품 물신주의자들'(이글턴)의 경우 시를 읽을 때 시어의 아름다움, 비유의 능란함, 이미지의 독창성, 잘 짜인 구성 등을 높이 평가한다. 그런 시를 아름답다고 평한다. 아마 이들이 여전히 미당 같은 시인을 높이 평가하는 이유일 것이다. 영미 비평계에서 1920~1950년대에 강력한 영향력을 행사했던 신비평New Criticism의 위세로 인해 한국비평에서는 여전히 작품과 작가를 분리해 사유하는 경향이 강하게 남아 있다. 예컨대 졸렬한 삶을 산 시인이라도 그의 작품을 높이 평가할 수 있다는 견해. 이런 견해가 아직도 한국문학 공간을 유령처럼 떠돈다. 물론 신비평이 격렬하게 비판했던 해묵은 전기비평biographical criticism을 되살리는 건 더욱 별무소득이다. 그러나 신비평처럼 삶과 작품을 분리하는 작품 물신주의의 폐해는 신비평 이후의 현대비평 이론에서 이미 논박된 것이다. 여기서 문학 연구에서 문화적 맥락의 중요성을 강조하는 신역사주의new historicism 혹은 문화적 시학cultural poetics의 개척자인 그린블랫의 지적은 새겨둘 만하다. "셰익스피어의 삶을 살펴보고자 하는 충동의 대전제는 그의 연극과 시들을 구성하는 내적 원리가 오직 텍스트상으로 다른 연극과 시들을 통해서뿐 아니라, 육체와 영혼으로 직접 체득하여 알게 된 것을 통해서도 발현되고 있으리라는 설득력 있는 추측에 기인한다."(스티븐 그린블랫, 『세계를 향한 의지』, 204면) 작가나 시인의 작품을 이해하려면 작품의 "내적 원리" 만을 갖고 논해서는 미흡하다. 어느 작품이나 그 작품을 쓴 작가나 시인이 "육체와 영혼으로 직접 체득하여 알게 된 것을 통해서도 발현"되는 것이다. 작품은 진공 상태에서 탄생하지 않는다. 작가의 삶, "육체와 영혼으로 직접 체득하여 알게 된 것"과 작품 창작 사이에는 여러 매개가 작용한다. 다시 부연하자면 "물론 이 모든 대사들은 각자 특정한 극적 맥락에서 쓰인 것이다. 하지만 그것들은 모두 열여덟의 나이에 자신보다 나이가 많은 여자와 서둘러서 결혼식을 올리고, 그러고 나서 그녀를 계속 스트랫퍼드에 남겨 둔 한 사람(셰익스피어 - 인용자)에 의해 쓰였다. 그가 어떻게 자신의 인생과 실망과 좌절과 외로움을 전혀 염두에 두지 않은 채로 이 대사를 써 내려갈 수 있었겠는가?"(『세계를 향한 의지』, 212면) 한 작가나 시인의 "인생과 실망과 좌절과 외로움"과 별개로 존재하는 작품의 아름다움은 없다. 시인의 삶과 작품 사이에는 많은 매개 변수가 존재하지만 그 관련성을 부인하는 건 문학주의의 한계이다.

　나는 여기서 문학예술의 아름다움의 기준이 무엇인지를 상세히 논하지 않겠다. 다만 모든 아름다움은 맥락과 배치를 전제한다는 점은 지적해둔다. 어떤 맥락에, 어떻게 배치되느냐에 따라서 아름다웠던 글이나 말은 추하게 바뀔 수 있다. 두 가지 예가 떠오른다. 첫째, 오래전 읽은 이상문학상 수상작인 임철우 단편 「붉은 방」. 이 단편에는 민주화운동·학생운동 참여자를 고문하는 경찰관이 나온다. 이런 배치를 놓고 보면 이 인물은 악한이다. 아렌트의 말대로 사고하지 않는 것이 종종 악을 낳기 때문이다. 그런데 이런 맥락을 지우고 달리 보면 이 인물은 선한 인물로 보인다. 고문을 쉬는 시간에 그는 아침에 출근하면서 아프다고 했던 딸이 걱정되어서 안부전화를 거는 자상한 아빠다. 문학주의와 휴머니즘의 시각에서 아름답지 않은가? 그렇다면 이 고문경찰은 어떤 사람인가? 그는 어떤 맥락과 시각에 따라서는 애국경찰이고 자상한 아빠, 심지어는 아름다운 사람으로 보이지만, 그와 다른 맥락, 더 넓은 인권과 민주주의의 맥락에서 보면 고문경찰이고 악의 대행자이다. 관건은 한 주체의 행위를 바라보는 맥락의 넓이와 깊이다. 조직의 명령에 순종해 학살을 자행했던 나치의 고위 장교들이 고전음악과 예술의 애호자였다는 것은 널리 알려진 사실이다. 그들도 가정에서는 자상한 아버지이기도 했을 것이다. 그런 모습은 우아하고 아름다워 보일 수도 있다. 맥락을 배제해 놓고 보면 그렇다. 그들은 아름다운 작품을 감상하면서 그 아름다움을 찬미하고 어쩌면 감동의 눈물을 흘렸을지도 모른다. 어떤 이들은 이들의 교양에 감탄할 것이다. 심지어는 이들의 눈물이 아름답다고 말할지도 모른다. 좁은 맥락에서는 그렇게 보일 수 있다. 그러나 맥락을 확장해서 이들이 그런 교양과는 별개로 어떤 짓을 했는지를 알게 되는 순간, 그들의 우아한 교양과 아름다운 모습은 역겹게 느껴진다. 이들은 악의 대행자로 재배치된다. 이런 이야기를 왜 하는가? 작품을 작가·시인의 삶과 분리해 놓고 작품만을 물신주의적으로 평가하면 누군가에게는 그 작품이 아름다워 보일 수 있다. 문학주의 비평가들은 그런 작품의 아름다움만을 말한다. 한 가지만 다시 확인하자. 내 생각에 아름다움은 곧 알음다움이다. 다시 말해 아름다움은 알음·앎 곧 사유와 지성의 문제이지, 단지 감각적 세련됨이나 기술의 문제가 아니다. 어느 문학주의 비평가는 삶이 "불결"한 시인 혹은 작가의 작품만을 바라보며 아름답다고 감탄할 수 있다. 그런데 맥락을 확장해서 그 시인이 매우 추하고 역겨운 삶을 살았다는 것을 알았을 때도 그가 쓴 아름다운 작품은 여전히 아름답게 느껴질까? 우아하고 고상한 말씀을 늘어놓지만 실제 삶에서 그런 말과는 어울리지 않는 삶을 사는 교사, 교수, 성직자들의 말과 글들은 어떤가? 그들의 "불결한 삶"과 위선을 알고 나서도 그들의 말과 글은 여전히 우아하고 아름다운가? 맥락이 달라지고 시각을 교정하면 아름다움의 의미는 달라진다.

여기서 작품의 아름다움만을 강조하는 작품 물신주의의 문제가 드러난다. 이런 작품 물신주의자들은 아름다움이 다른 맥락으로 배치될 때 추함으로 바뀔 수 있다는 걸 애써 무시한다. 그리고 여전히 주장한다. 여전히 작품은 객관적으로 아름답지 않느냐고. 그렇지 않다. 좁은 맥락에서는 언뜻 아름답게 보였던 작품도 더 넓은 (사회역사적) 맥락과 배치관계에 놓이면 추해질 수 있다. 따라서 중요한 문제는 아름다움의 맥락과 배치관계를 고민하는 것이다. 마치 선험적으로, 혹은 객관적으로 아름다움이 작품 안에만 있는 것처럼, 혹은 작가·시인의 삶을 포함한 더 넓은 (사회역사적) 맥락과 분리된 아름다움이 있는 것처럼 착각해서는 안 된다. 맥락과 분리된 작품의 아름다움만이 중요하다고 주장하는 작품 물신주의의 문제점이다. 내가 맑스나 들뢰즈에게서 배운 사고의 관점이다. 이런 철저한 유물론자들에게 원래부터 있는 아름다움은 없다. 작품만의 아름다움도 없다.

정리하자. 첫째, 휴머니스트 비평가들이 찬미하는 미당 시의 아름다움에 나는 동의하지 않는다. 아름다움의 기준이 다르기 때문이다. 둘째, 설령 시인의 삶과 분리된 작품의 아름다움이 있다 하더라도, 그 아름다움의 가치는 고정된 것이 아니다. 독자들이 그 시를 시인의 삶과 총체적 인격을 포함한 더 넓은 사회역사적 맥락에서 봤을 때 돌연 그 시들은 추하게 느껴질 수 있다. 셋째, 그러므로 굳이 말하면 아름답다고 할 수 있는 건 존재의 삶뿐이다. 아름다운 삶만을 논할 수 있다. 하지만 아름다운 삶이라는 말도 조심스럽게 써야 한다. 나 같이 인권과 민주주의의 기준에서 아름다움을 평가

아름다운 단단함

하는 입장도 있지만 어떤 이들은 독재와 권력의 기준에서 아름다움을 말할 수 있기 때문이다. 아름다움이 주관적이기에 생기는 것이다. 그만큼 아름다움의 기준을 논하기는 어렵다. 삶 속의 아름다움이 이럴진대 아름다운 작품이라는 말도 조심스럽게 써야 한다.

들뢰즈는 철학의 유일한 대상이 삶Life이라고 말했지만, 문학도 마찬가지다. 문학의 유일한 대상도 삶이다. 문학주의자들은 화들짝 놀라겠지만, 강하게 말해 작품도 부차적이다. 삶과 분리된 작품의 아름다움은 공허하다. 그것이 아무리 형식적·기술적 아름다움을 뽐낼지라도 그 아름다움은 피상적이다. 이와 관련해 김수영의 오래전 발언을 새겨둘 만하다. "시적 인식이란 새로운 진실(즉 새로운 리얼리티)의 발견이며 사물을 보는 새로운 눈과 각도의 발견"(산문 「시적 인식과 새로움」)이다. 시적 인식이 빠진 시의 아름다움은 공허하다. 삶을 강조한다고 내가 도덕주의적 읽기를 하고 있다고 판단한다면? 그렇지 않다고 미리 선을 그어둔다. 나는 미리 정해진 삶의 정답을 강요하는 도덕주의를 싫어한다. 문학은 주어진 도덕에 물음을 던지고 더 나은 삶을 사유하고 상상한다. 그것이 문학의 존재 근거이다. 들뢰즈라면 더 나은 삶을 '잠재적인 것'이라고 말할 것이다. 그러므로 더는 비루한 삶에도 불구하고 훌륭한 작품을 썼다는 말은 하지 않길 바란다. 비루한 삶의 기준에 대해서는 많은 논의가 필요할 텐데 문학은 비루하거나 극한적인 삶의 기준이 무엇인지를 되풀이해서 묻는다. 훌륭한 문학의 그 훌륭함이 무

세상

엇인지를 따진다. 내가 생각하는 훌륭한 문학은 극한적인 삶에서 발생하는 극한적 사유(알튀세르)의 표현이다. 극한적인 삶은 도덕주의를 설파하는 도덕군자의 삶이 아니다. 오히려 도덕주의의 근거를 해체하고 돌파하는 삶이다. 도덕(주의)은 문학의 적이다. 문학은 극한만을 사유한다. 문학에서 지성이 필요한 이유다. "시의 모더니티란 외부로부터 부과하는 감각이 아니라 내면에서 우러나오는 지성의 화염"(김수영 산문 「모더니티의 문제」)이다. 한국문학에는 특히 "지성의 화염"이 필요하며 그것은 기본적으로 작가·시인의 극한적 삶과 사유에서만 가능하다.

(2019.8)

스티븐 그린블랫, 박소현 역, 『세계를 향한 의지』, 민음사, 2016

아름다운 단단함

윤리의 최저선

세월호 5주기가 지났다. 하지만 짐승보다 못한 인간들이 뱉어낸 말들이 여전히 마음을 할퀸다. 그들의 말은 다시 윤리의 의미에 대해 생각하게 만든다. 내가 알기로 짐승들도 같은 부류의 짐승이 겪는 고통에 대해 '동정'한다. 포유류는 특히 그렇다고 한다. 그렇다면 인간의 윤리는 어떤 기준에서 작동해야 하는가? 오래전 일본의 철학자·문예비평가인 가라타니 고진의 글에서 마주친 몇 개의 인용문을 다시 읽는다.

> 보통 우리는 자기 자신의 아픔에서 시작하여 추론을 거쳐 타인의 아픔을 인지한다고 생각한다. 하지만 그런 생각은 잘못이라고 그는 말하는 것이다. 크립키는 비트겐슈타인이 말하고자 하는 것을 다음과 같이 정리하고 있다. '우리는 아픔을 인지하기 때문에 타인을 동정하는 것이 아니다. 역으로 우리는 타인을 동정하기 때문에 아픔을 인지하는 것이다.' (『유머로서의 유물론』, 246~247면)

가령 아이가 죽은 부모에게 '아이는 또 있지 않은가'라고 말할 수 없으며 '또 낳으면 되지 않은가'라고도 말할 수 없습니다. 왜냐하면 아이는 '이 아이'이기 때문입니다. 가령 새로운 아이를 갖는다고 해도 '이 아이'는 다시는 돌아오지 않기 때문입니다. (『언어와 비극』, 344면)

그러나 환경문제에 대해 아직 태어나지 않은 자손의 동의를 얻을 수 있을까요? 환경오염이나 지구온난화로 피해를 받는 것은 자손들입니다. 하버마스적인 공동주관성이나 공공성에는 그와 같은 타자가 없습니다. 그런 의미에서 보편성을 공동주관성으로 간주하는 것은 잘못입니다. 하버마스와 같은 생각은 내셔널리즘은 아니라고 해도 유럽주의나 서양적 이성으로 귀결된다고 생각합니다. (『근대문학의 종언』, 247면)

윤리는 그 어떤 아이로 대체할 수 없는 "이 아이"의 존재를 인정하는 태도에 기반한다. 윤리는 "아직 태어나지 않은 자손의 동의"에 기반한다. 나는 뉴스에 보도된 인간 말종들은 무슨 뜻인지도 이해 못할 이런 고상한 철학적 담론을 반복하고 싶지는 않다. 굳이 "아직 태어나지 않은 자손의 동의"까지 갈 것도 없다. 내가 물을 수 있는 윤리의 최저선은 이것이다. 당신들의 자식들이, 자손들이 그렇게 죽어가도 이제 그만 잊자고 할 것인가, 이제 그만 하자고 할 것인가, 이제 지겹다고 할 것인가? 이 물음 앞에 단호히 그렇다라고 말할 수 있다면 적어도 그런 자들은 위선자들은 아닐 것이다. 그러나 저들이 과연 그럴 수 있을까? '내' 자식이 아니니까, 남의 자식의 일이니까 그렇게 막말을 뱉을 것이다. 짐승도 자기 새끼는 귀한 줄 안다. 인간 말종들도 그럴 것이다. 만약에 어떤 자가 진실로 위의 질문에 '그렇다'고 답한다면 '인간'이기를 포기한 것이라고 간주할 것이다. 다시 묻는다. 인간을 인간답게 만드는 최저선의 윤리 기준은 무엇인가? 최저선의 윤리도 팽개친다면 그런 자들이 하는 정치란 도대체 무엇을 위한 것인가?

(2019.4)

가라타니 고진, 이경훈 역, 『유머로서의 유물론』, 문화과학사, 2002.
가라타니 고진, 조영일 역, 『언어와 비극』, 도서출판b, 2004.
가라타니 고진, 조영일 역, 『근대문학의 종언』, 도서출판b, 2006.

문학의 위상

두 편의 문학 관련 기사를 읽었다. 문학의 위상을 다시 생각한다.

#1

김종철 선생(호칭 생략)의 문학론집 『대지의 상상력』을 읽기 시작했다. 최근 글을 모은 것은 아니고 오래전에 영문학자·비평가로서 쓴 글을 모은 것이다. 몇 편의 글은 이미 읽은 것들이다. 그래도 이런 글들을 모아서 다시 읽는 것도 좋겠다. 김종철의 글은 내가 문학 공부를 시작하면서 거의 처음 읽은 비평문 중의 하나다. 그의 글을 읽으면서 많이 배웠다. 그는 내 문학 공부의 스승 중 한 명이다. 『한겨레』에 실린 관련 인터뷰를 읽었다. 이런 대목에 특히 공감한다.

　　적어도 80년대까지만 해도 문학은 우리 정신의 보고였습니다. 문학
　　을 통해 감수성을 훈련하고 윤리 교육을 받았으며 사상적으로 무장할

　　　　　　　　　　　　　　　　　　　　　아름다운 단단함

수 있었죠. 이 책에서 다룬 작가들은 전 생애를 걸고 자본주의문명에 맞서 싸운 사람들입니다. 그런데 지금 이런 작가가 어디에 있습니까? 제가 요즘 문단 사정은 모르지만, 어쩌다 주변에서 권하는 소설을 읽어 보려다가도 실망해서 접은 게 한두 번이 아닙니다. 작가들이 너무 작아진 게 아닌가 싶어요.

이제 문학(비평)의 위상은 예전 같지 않다. 달라진 상황을 면밀히 살펴야겠지만 "작아진" 작가들의 모습이 안타까운 건 사실이다. 비평도 사정은 별반 다르지 않다. 작품 해설, 텍스트 물신주의가 비평의 전부인 것처럼 여기는 태도도 좋은 예다. 넓은 의미의 사회비평·문명비평으로서 비평의 위엄은 사라졌다. 한탄하는 게 아니다. 사실이 그렇단 말이다. 하지만 모더니즘에 대한 이런 판단에는 선뜻 동의하기 힘들다. "서양의 전위예술 혹은 모더니즘 미학은 공동체의 정치적·윤리적 관심으로부터 예술을 절연시키고 사람과 사람 사이의 의사소통 수단으로서의 예술의 기능을 흔히 배제한다." 그가 보기에 모더니즘적 예술 실험은 "실험을 위한 실험, 해소할 길 없는 괴로운 자의식에 의한 자기 몰입을 낳았을 뿐, 그 반항은 체제에 대한 어떠한 근본적인 도전으로 나아갈 수 없었다". 아마도 이런 식의 모더니즘관은 이른바 1970~1980년대 특정 민족문학 그룹의 고정관념에 묶여 있는 게 아닌가 싶다. 백낙청이 그 대표자일 것이다. 김종철도 그런 고정관념에서 벗어나지 못한 걸로 보인다. 여기서 상술할 수 없지만 모더니즘은 "실험을 위한 실험, 해소할 길 없는 괴로운 자의식에 의한 자기 몰입"도 아니고 "체제에 대한 어떠한 근본적인 도전"에 못 미친 것도 아니다. 프루스트, 카프카, 조이스, 울프, 엘리엇, 포크너, 혹은 로런스 등을 생각해보라. 아직도 리얼리즘과 모더니즘을 이분법적으로 나누고 어떤 구체적 근거도 제시하지 않으면서 모더니즘을 일방적으로 폄하하는 태도를 발견하는 건 씁쓸하다. 그게 특정 '민족문학' 세대의 사유일지라도.

#2

어느 소설가가 유력 신문에서 주관하는 문학상의 종신심사위원이 되었다는 기사, 그에 대한 감회를 전하는 작가의 인터뷰를 읽었다. 내가 아는 한, 그 작가는 한때 학생운동에도 몸담았고 민주주의를 고민한 작가였다. 궁금하다. 젊은 시절 그런 민주주의를 위한 (작가적) 활동과 글쓰기는 한때의 치기어린 열정의 결과에 불과했나? 종종 친일의 의심을 사는 그 신문사·문학상이 자신의 문학적 소신과 아무런 충돌이 없는가? 작가는 좋은 작품을 쓰는 게 가장 중요한 일이라고 나는 믿는다. 조심스러운 판단이지만 근자에 이 작가가 기억에 남는 작품을 썼다는 기억이 없다. 그런 상황에서 이런 문학

아름다운 단단함

상의 종신심사위원을 맡는 건 무슨 의미일까? 작가들이 내심 바라는 상징권력의 휘장을 두르는 것? 그렇게 해서 무슨 사회적 존경을 얻는지는 모르겠으나, 되풀이 말하지만 작가는 오직 좋은 작품으로만 평가를 받는 것이다. 그런 점에서 나는 작가들이 문학지의 편집위원을 맡거나 이런저런 문학상의 (종신)심사위원을 맡는 것이 썩 바람직하다고 보지 않는다. 그런 일에서 생기는 물질적 보상의 가치에 대해서는 여기서 논하지 않겠다. 이른바 '먹고사니즘'은 누구에게나 중요하다. 그러나 먹고사니즘이 전부는 아니다. 특히 작가에게는. 물론 누구도 다른 사람의 삶에 이래라 저래라 간섭할 권리는 없다. 각자는 각자 자신의 삶을 사는 법이니까. 그렇지만 일면 그런 삶에 대해 이런저런 불평을 늘어놓을 권리는 있다. 그런 '불평'이 비평가의 역할이다. 나는 이런 모습에서도 김종철의 지적에 공감한다. "작가들이 너무 작아진 게 아닌가 싶어요." 소위 문단의 중견 혹은 원로가 되어갈수록 한눈팔지 않고 좋은 작품을 쓰는 작가·시인을 더 많이 만나고 싶다. 결국 문학사의 평가에서 남는 건 세월을 견디고 살아남는 작품뿐이다. 이런 말조차 구태의연하다고 한다면 나는 구태의연한 비평가로 남겠다.

(2019.4)

세상

위선의 응시

우연히 시인 김수영의 산문 「삼동三冬 유감」을 읽었다. 그다운 글이다. 정도의 차이는 있겠지만 위선적이지 않은 인간은 없다. 인간은 겉과 속이 다르기에 인간이다. 그래서 우리는 남의 속내를 몰라야만 어울려 살 수 있다. 같이 사는 가족과 같이 일하는 동료들의 속마음을 속속들이 투명하게 안다고 상상해 보라. 그게 지옥이다. 그러나 어떤 사람들은 자신의 위선됨을 끝까지 응시하려고 한다. 위선적이지 않은 척하는 게 아니라 왜 자신은 위선적인지, 왜 그럴 수밖에 없는지, 그 이유는 무엇인지를 물고 늘어진다. "나는 타락해 있는 것이 아닌가. 나는 마비되어 있는 것이 아닌가. 이 극장에, 이 거리에, 저 자동차에, 저 텔레비전에, 이 내 아내에, 이 내 아들놈에, 이 안락에, 이 무사에, 이 타협에, 이 체념에 마비되어 있는 것이 아닌가. 마비되어 있지 않다는 자신에 마비되어 있는 것이 아닌가." 김수영의 지적이다. 이런 태도는 힘들고 드물다. 좋은 시인이나 작가는 그런 응시의 시선을 갖고 있는 이들이다. 그 첫 번째 응시의 대상은 언제나 자기 자신이다. 모든 비판의 출발이 자기 비판이듯

　　　　　　　　　　　　아름다운 단단함

이. "모든 문제는 우리집의 울타리 안에서 싸워져야 하고, 급기야는 내 안에서 싸워져야 한다." 그래서 그들은 '생활인'으로 세상 살기가 고달프다. 세상은 어느 정도의 위선을 요구하기 때문이다. 그렇게 드문 자기 응시의 시선에서 이런 믿음도 나온다.

그날 밤은 나는 완전히 내 자신이 타락했다는 것을 자인하고 나서야 잠이 들었지만, 이튿날 아침에 일어나서 마루의 난로 위의 주전자의 물 끓는 소리를 들으면서 가만히 생각해 보니, 역시 원수는 내 안에 있구나 하는 생각이 또 든다. 우리 집 안에 있고 내 안에 있다. 우리 집 안에 있고 내 안에 있는 적만 해도 너무나 힘에 겨웁다. 너무나도 나는 자디잔 일들에 시달려왔다. 자디잔 일들이 쌓아올린 무덤 속에 내 자신이 파묻혀 있는 것 같다. 그러다가 문득 옛날의 어떤 성인의 일까지도 생각이 나고는 한다. 자기 집 문앞에서 집안 사람들도 모르게 한평생을 거지질을 하다가 죽은 그 성인은 아마 집안의 자디잔 일들이 얼마나 무서운 것인가를 뼈저리게 느낄 수 있었던 사람이었을 것이다. (…중략…) 그러다가 며칠 후에 다시 이 글을 쓰고 싶은 생각을 들게 한 것이 역시 마루의 난로 위에 놓인 주전자의 조용한 물 끓는 소리다. 조용히 끓고 있다. 갓난아기의 숨소리보다도 약한 이 노랫소리가 「대통령 각하」와 「25시」의 거수巨獸 같은 현대의 제악諸惡을 거꾸러뜨릴 수 있다고 장담하기도 힘들지만, 못 거꾸러뜨린다고 장담하기도 힘든다. 나는 그것을 「25시」를 보는 관중들의 조용한 반응에서 감득할 수 있었다. (김수영, 「삼동(三冬) 유감」)

창작이든 비평이든 문학을 업으로 삼은 사람은 잊지 말아야 할 조언이다. 문학은 어떤 "장담"에도 거리를 두지만, 동시에 비관주의에도 거리를 둔다. '문학의 정치' 운운하면서 문학이 많은 걸 할 수 있다고 믿는 것도 나이브하지만 문학은 "갓난아기의 숨소리보다도 약"하기에 아무것도 할 수 없다고, 짐짓 겸손한 척하는 것도 문제다. 겸양은 냉소주의의 다른 표정인 경우가 적지 않다. 그래서 좋은 문학은 "갓난아기의 숨소리보다도 약한 이 노랫소리"가, 글과 말이라는 약하기 짝이 없는 인간의 행위가 "현대의 제악 諸惡을 거꾸러뜨릴 수 있다"는 희망을 버리지 않는다. 이걸 근거 없는 낙관주의라고 냉소하는 이라면 문학을 하지 않는 것이 좋을 것이다. 세상이 험악해질수록 비관주의와 냉소주의가 득세하기 쉽다. 그러나 냉소주의는 막막한 현실 앞에서 느끼는 두려움의 다른 이름이다. 그래서 김수영의 발언은 지금도 울림이 크다. 문학은 "조용한 물 끓는 소리"이고 "조용한 반응"이다. 그 "조용함"이 어쩌면 조용하게 세상을 바꿀지 모른다. 그것이 당장 눈에 들어오지 않더라도 그렇다. 굳이 말하면 그것이 문학만이 할 수 있는 문학의 정치다. 좋은 글은 이렇게 시대를 관통해 여전히 울림을 준다.

(2019.1)

김수영, 이영준 편, 『김수영 전집』 2, 민음사, 2018.

아름다운 단단함

먹고사니즘과 대학

오늘 읽은 신문 기사에 나온 말들이 대학의 솔직한 내면을 드러낸다.

결국에 학교에 다니는 이유는 돈을 더 벌고, 더 좋은 직장을 다니기 위해서인데, (대학을 졸업해서) 그게 담보되지 않는다면 굳이 학교에 온 이유가 뭐냐.

교수님 중에 한 분이 '공대생이 다른 자연대나 인문대와 다른 게 뭔지 아느냐. 우리는 돈을 만지지만, 그 사람들은 돈을 만질 수가 없다'고 말한 적도 있다.

이것이 대학의 실재the real이다. 이런 실재의 모습을 한탄하는 건 아무 소용이 없다. 왜 그렇게 천박하냐고 따져도 소용없다. 대학은 사회의 반영일 뿐이다. 사회가 천박하기에 대학도 천박해진다. 돈과 먹고사니즘이 사회를 지배하면 대학도 그렇게 된다. 원래

대학은 그런 사회의 천박함에 이견과 대안을 제시하는 곳이었지만 이제 그런 대학은 거의 사라졌다. 대학大學은 '큰大 학문學'과는 아무 상관이 없는 것이 되었다. 지금 대학에서 학문을 운운하면 시대착오적인 발언으로 들릴 것이다. 이런 현실에서 무엇을 할 것인가? 대학은 무엇인가? 이런 물음에 답하는 것이 관건이다. 이른바 '먹고사니즘'은 매우 중요하다. 인간에게 먹고사는 것만큼 중요한 것은 없다. 명색이 유물론적 사고를 지향하는 비평가로서 그런 기본 원칙을 모르지 않는다. 맑스의 말대로 물적 조건은 고상한 관념과 우아한 문명과 세련된 교양의 토대다. 따라서 건강한 사회의 요건은 인간이 인간답게 먹고 살 수 있는 안정된 물적 토대를 제공하는가의 여부에 있다. 맑스가 누누이 강조하는 지점이다. 사회적 존재가 사회적 의식을 규정하고, 사회적 존재의 핵심은 생산력과 생산관계, 곧 먹고사는 문제다. 그러나 인간이 먹고사는 문제에 전전 긍긍할 때 인간은 오직 동물적인 즉자적 생존에만 매달리게 된다. 그런 사회가 인간다운 사회인가? 내가 한국대학과 사회에 묻고 싶은 질문이다.

밥벌이는 매우 중요하다. 그 어느 것보다 중요하다. 그렇게 생각하지 않는다면 둘 중 하나다. 먹고사는 걸 걱정할 필요가 없거나 철이 없든지, 혹은 위선자든지. 하지만 밥벌이가 인간이 짐승이 아니라 인간답게 사는 삶의 조건의 전부는 아니다. 밥벌이가 중요하다는 것과 전부라는 건 엄연히 다르다. 둘을 혼동해서는 곤란하다. 이런 말을 하면 어떤 이들은 당신은 안정된 직장을 가진 국립대학 선생이기에 여유 있는 말을 떠든다고 할 것이다. 그것도 유보없이 인정한다. 그러나 내가 말하고 싶은 요점이 바로 그것이다. 물적 생존이 보장되어야 사람들은 비로소 다른 것들을 할 수 있다는 것. 인간다운 삶을 가능케 하는 최소한의 물질적 여유와 생활조건의 안정에서만 다른 사유와 교양과 지성이 가능하다는 것. 그렇지 못한 한국사회와 대학의 현실이 보여주는 각박함과 천박함이 대비된다. 오래전 평론가 김현은 여유와 관용은 부르주아의 특권이라고 적었다. 삶의 물적 조건이 충족되어야 여유와 관용이 가능하다. 대학생을 비롯한 청년들이 미래의 불안정한 밥벌이 걱정 때문에 어떤 여유도 없이 모든 걸 오직 먹고사니즘의 문제로만 바라보는 대학과 사회의 현실. 그게 바람직한가? 하지만 나는 이런 사회의 구성원들을 탓할 생각은 없다. 인간은 누구나 주어진 조건에서 최선을 다해 살아남으려 애쓸 뿐이다. 그 조건이 지옥 같다면 더 처절하게 그럴 것이다. 비판의 대상은 저들로 하여금 저렇게 생각하게 만드는 이 사회의 조야한 사회경제적 조건이다.

끝으로 묻는다. 한국사회의 물적 생산력이 과연 다수 시민들이 즉자적 생존을 걱정할 정도로 낮은가? 그렇지 않다면 답은 다른 데서 찾아야 할 것이다. 다른 사회를 상상해야 할 것이다.

(2019.3)

노포老鋪

TV를 거의 보지 않는다. 저녁 식사를 하면서 뉴스를 보는 정도다. 그런데 요즘 토요일 저녁에 하는 〈김영철의 동네 한바퀴〉라는 프로그램을 종종 본다. 최근에 시작한 프로그램이다. 전국의 동네를 다니면서 거기 사는 사람들을 만나고 특히 오래된 가게들老鋪을 찾아 음식도 먹고 가게 주인들과 얘기도 나눈다. 사람살이의 모습들을 보는 게 즐겁다. 그 모습들 또한 분명히 기획과 연출이 작용했겠지만 눈에 띄게 작위적이지 않아서 좋다. 개강 직전에는 이 프로그램이 소개해준 포항 구룡포의 시장에 가고 초등학교 앞에 있는 오래된 국숫집에 들르기도 했다.

우연히 『노포의 장사법』이라는 책을 읽었다. 전국의 노포들, 특히 오래된 음식점을 탐방한 책이다. 내 직장이 있는 대전에서는 두 곳이 소개되었다. 대전역 앞에 있는 신도칼국수, 그리고 충남대 뒤쪽의 신성동에 위치한 숯골원냉면집이다. 냉면집은 학교에서 가까워 몇 번 가봤다. 내 입맛에 맞았다. 칼국숫집은 모르고 있다가 이 책을 보고 찾아가봤다. 괜찮았다. 값도 저렴하다. 이 음식들에 대한 소개는 이 책을 읽어보길 바란다. 나는 미식가도 아니고 고급 입맛이 뭔지도 모른다. 대중음식의 맛에 길들여진 사람이다. 그래서 이런 오래된 대중음식점이 마음에 든다. 어느 분야든 오랜 세월 한 길을 꾸준히 걸어간 이들은 존경스럽다. 특히 말이나 글같이 사람을 기만하기 쉬운 재주가 아니라 몸을 움직여 길을 개척한 사람들이 그렇다. 거기에는 오래된 가게를 지키는 이들도 포함된다.『노포의 장사법』에 소개된 식당 탐방을 해보고 싶다.

〈2019.3〉

박찬일, 노중훈(사진),『노포의 장사법』, 인플루엔셜(주), 2018.

인정의 욕망

계간『황해문화』봄호 '문화비평 – 문학특집'에 실린 권성우 선생의
글에서 읽은 한 대목.

하루키는 '나는 일단 공공장소에는 나가지 않고 미디어에 얼굴을
내미는 일도 거의 없습니다. 텔레비전이나 라디오에 나 스스로 출연한
적은 한 번도 없습니다(본의 아니게 자기들 마음대로 보여준 적은 몇
번 있었지만). 사인회도 일단 하지 않습니다'라고 언급한다. 물론 한국
의 작가 중에도 이와 비슷한 부류가 있으리라. 그러나 하루키만큼 —
아니 그 정도는 아니더라도 — 대중의 폭넓은 사랑을 받는 문인이 이
런 태도를 스스로 실천하는 경우를 나는 거의 본 적이 없다. 책 판매에
도 실질적인 도움이 되는 수많은 사인회, 북토크, 출판기념회, 미디어
와의 만남에서 자유로운 작가는 정말 흔치 않다. 역설적으로 생각해보
면, 하루키가 바로 이런 독립적인 태도를 오랜 세월 동안 견지해왔기
에, 시류에 흔들리지 않고 그만이 쓸 수 있는 개성적인 글과 작품을 선
보일 수 있었던 것이 아닐까. 물론 하루키의 이러한 태도를 이상화할

필요는 없다. 그럴 만한 능력과 여유가 있기에 그렇게 살 수 있었을 테다. 하지만 충분한 명성과 재능, 여유를 지니고 있으면서도, 인맥과 제도를 철저히 따르며 조급한 인정 욕망에서 전혀 자유롭지 않은 예술가도 많으니, 하루키의 태도를 평가절하할 필요는 전혀 없다. 엄중한 마음으로 고립을 두려워하지 않는 태도에 대해 생각해본다. (287면)

이 지적과 관련해 이런 질문을 해본다. 작가나 지식인들이 방송이나 대중 매체에 나가는 이유는 무엇 때문일까? 여러 이유가 있겠지만 가장 큰 것은 역시 인정의 욕망이리라. 특히 작가나 지식인처럼 자본주의를 지배하는 가시적 혹은 물신적 가치들인 부와 권력에 가깝지 않은 이들은 특히 그렇다. 결핍은 언제나 보상을 갈구한다. 그럴 때 상징권력에 대한 인정의 욕망은 더욱 커진다. 나도 다르지 않기에 그런 욕망을 이해한다. 하지만 모든 일이 그렇듯이 그렇게 "미디어에 얼굴을 내미"는 일이 잦아지면, 그래서 유명인이 되면 치러야 할 대가도 적지 않다. 나는 이 시대 엔터테이너 entertainer의 가치를 무시하지 않는다. 그렇지만 그렇게 미디어의 힘으로 유명인이 될 때 작가나 지식인도 엔터테이너가 된다. 그 순간 시대와 불화하는 존재, 혹은 고독을 무릅쓰는 존재로서 작가나 지식인의 위상은 흔들린다. 모두가 엔터테이너가 되고 싶어하고 그렇게 해야지만 존재가치를 인정받는 시대다. 그래서 이런 말들은 대개 '꼰대'스럽게 들릴 걸 모르지 않는다. 그래도 무라카미 하루키의 말이나 그에 대한 권 선생의 지적에 나는 더 공감한다. 비평가로서 나는 불화나 고독에 더 친화감을 느끼기 때문이다. 설령 그것들이 이 시대의 '대세'에 부합하지 않더라도.

(2019.3)

지성과 믿음

스피노자의 『신학정치론』을 읽었다. 신앙을 이성이나 지성과 대립되는 것으로 오해하는 광신도들이나 '믿음' 지상주의자들에게 하는 조언을 담은 책으로 나는 읽었다. 신앙과 광신은 종이 한 장 차이이며, 그 경계의 판가름은 지성의 유무에 달려 있다. 문학예술계만이 아니라 제도권 종교계에도 고유한 지혜와 지성이 필요하다. 이 책은 두고두고 앞으로 되풀이해서 읽을 만하다. 물론 스피노자가 말하는 '신'은 제도권 종교의 신 개념과는 다르다. 이 책은 그 점에서도 도발적이다. 인상깊게 읽은 구절.

무엇보다 '잠언' 2장에 나오는 다음과 같은 구절에 특별히 주목할 필요가 있는데, 그것이 우리의 견해를 가장 잘 나타내주기 때문이다. '슬기를 외쳐 부르고, 명철을 얻으려고 소리를 높여라. (…중략…) 그렇게 하면 주님을 경외하는 길을 깨달을 것이며, 하나님을 아는 지식을 터득할 것이다. 주님께서 지혜를 주시고, 주님께서 친히 지식과 명철을 주시기 때문이다.' 이 말은 다음과 같은 내용을 분명히 해 준다.

첫째, 지혜나 지성만이 신을 현명하게 경외하도록 하고 진실하게 경배하게 한다. 둘째, 지혜와 지식은 신에게서 나오며, 신은 이러한 재능을 우리에게 부여한다. (98면)

정작 문제는 철학이 아니다. 미신이라는 족쇄에서 해방된 종교를 볼 수 있다면 우리 시대는 얼마나 축복받을 것인가. (240면)

이런 스피노자의 지적은 한국사회의 제도권 종교를 겨냥한 말처럼 들린다. 현재에도 여전한 울림이 있다. 에코의 걸작 『장미의 이름』에서도 비슷한 사유를 엿볼 수 있다.

호르헤 수도사, 내가 그런 말씀에 찬성할 줄 알았던가요? 하느님께서는, 성서가 우리에게 '스스로 결정하라'고 여지를 남겨 둔 문제에 관해서는 우리의 이성을 발동할 것을 요구하십니다. 혹자가 당신에게 어떤 명제를 믿으라고 할 때 당신은 먼저 그 명제가 과연 받아들일 만한 것인지의 여부를 가늠합니다. 우리의 이성은 하느님에 의해 창조된 것이므로 우리의 이성을 만족시킨다면 하느님의 이성 역시 만족시킬 테니까요. 물론 하느님의 이성에 대해서 우리가 추론할 수 있는 것도 유추와 부정에 의한 우리 자신의 이성의 과정을 통해 가능한 것이지요. 아시겠지만, 이성에 반하는 불합리한 명제의 권위를 무화無化시키는데 웃음은 아주 좋은 무기가 될 수 있습니다. 웃음이란 사악한 것의 기

아름다운 단단함

를 꺾고 그 허위의 가면을 벗기는 데 요긴할 수 있기 때문입니다. 성 마우루스 이야기를 아시겠지요. 이교도들이 이 성인을 끓는 물에다 넣었을 때 이 분은 목욕물이 어째서 이렇게 차냐고 불평했습니다. 이교도 형리는 그 말을 믿고 거기에다 손을 넣었다가 그만 병신이 되었다고 하지 않습니까? 믿음의 적들을 우스갯거리로 만들어 버리신 순교 성인의 쾌거라고 아니할 수 없지 않습니까? (『장미의 이름』(개역판) 상, 246면)

좋은 작품은 다시 읽어도 새롭게 생각하게 만드는 지점이 있다. 작품의 결이 풍성하다는 뜻이다. 다시 읽어도 전에 미처 생각하지 못했던 지점이 보인다. 특히 주인공 윌리엄 수도사가 당대 종교에 대해 취했던 시각이 눈길을 끈다. 조심스러운 판단이지만, 종교인 중에서 어떤 이들은 종교와 이성을 대립적으로 생각한다. 나는 동의하지 않는다. 종교는 이성을 배척하는 것이 아니라 이성을 껴안고 관통하고 넘어서 다른 영역으로 나아간다. 종교는 이성의 한계를 사유하게 만들지만 그 사유는 "이성의 과정"을 충분히 겪은 다음에나 가능하다. 종교가 이성을 무시할 때, 종교는 쉽게 광신이 된다. 그게 이 작품이 말하는 중요한 전언이다. 그냥 '믿습니다'만 떠들고, 이성과 합리성과 논증의 문제를 무시하면서 스스로 종교의 영역에 들어섰다고 믿는 이들에게 『장미의 이름』을 읽어볼 것을 권한다. 한국 제도권 종교의 일그러진 모습의 배경에는

"이성의 과정"을 무시하는 안이한 태도도 작용한다. 세상 모든 일이 찬찬히 살펴보면 만만한 일이 없듯이 종교도 마찬가지다. 독단과 광신은 종교가 아니다. "이성의 과정"을 충분히 겪은 종교, 그래서 "웃음"을 포용할 줄 아는 종교의 모습을 보고 싶다.

(2019.1)

스피노자, 최형익 역, 『신학정치론』, 비르투, 2011.
움베르토 에코, 이윤기 역, 『장미의 이름』(개역판) 상, 열린책들, 2009.

아름다운 단단함

에밀리 디킨슨 단상

19세기 미국 시인 에밀리 디킨슨(1830~1886)에 관한 단상 세 가지.

#1

처음에는 좋았으나 여러 번 읽으면 그렇지 않은 시가 있고, 처음에는 그 가치를 몰랐으나 나중에 다시 읽으면서 새삼 좋게 느껴지는 시가 있다. 에밀리 디킨슨의 시는 내게는 후자의 경우다. 학부 시절에 그녀의 시를 읽으면서는 그저 그런가 보다 했다. 그런데 시간이 지날수록 디킨슨의 시가 좋다. 아래 시도 그런 예이다.

수수한 삶

에밀리 디킨슨

작은 돌은 얼마나 행복할까

길에서 홀로 뒹굴며

출세에 대한 관심도,

절박하게 걱정할 일도 없이,

지나가는 우주가 걸쳐준

자연스러운 갈색 코트 입고

태양처럼 자유롭게

어울리거나 홀로 빛나며,

무심하게 수수하게

절대천명을 다하나니.

(김천봉 역)

명징해서 현학적이지 않다. 정확하고 예리하며 압축적이다. 그러면서도 난삽하지 않다. 요령부득의 언어를 쓰는 걸 시의 특징이라고 생각하는 이들과 좋은 비교가 된다. 난삽한 시가 언제나 나쁜 시는 아니지만 그렇다고 난삽한 시가 정확한 시가 아닌 경우도 많다. 대상의 핵심을 파악한 정확한 시가 좋은 시다. 일부의 오해와는 달리 시는 감성이나 감정의 문제만이 아니다. 시에서도 관건은 지성, 다시 말해 감각적 지성(T. S. 엘리엇)이다.

\#2

우리 시대의 힘 가진 자들, "승리의 깃발"을 들고, 완장을 차고, 득의
양양한 자들에게 읽어주고 싶은 시 한 편.

성공

에밀리 디킨슨

성공을 해본 적이 없는 이에게는
성공이 가장 달콤한 것으로 여겨진다.
천상의 꿀맛을 알려면
가장 마음 아픈 결핍이 요구된다.
오늘 승리의 깃발을 든
심홍색 옷을 입은 주인공들은 그 누구도
승리의 의미를 분명하게
규정할 수 없다
자신의 금지된 귀에
멀리서 들리는 승리의 선율을
괴로워하면서도 명확하게 느끼는
패배해서 죽어가는 사람만큼은!

그런데 아마도 "심홍색 옷을 입은 주인공들"은 이런 시를 읽으면서도 "패배해서 죽어가는 사람"들의 자기 합리화라고 치부할 것이다. 그들에게는 오직 "승리"와 그것을 가능케 하는 권력만이 중요할 테니까. 그런데 생의 어느 순간에는 반드시 "가장 마음 아픈 결핍"의 순간이 그들에게도 찾아올 것이다. 얻는 것이 있으면 반드시 잃는 것이 있다.

\#3

미처 챙겨보지 못하고 아쉽게 넘어간 영화가 있다. 에밀리 디킨슨의 삶을 다룬 영화 〈조용한 열정〉도 그중 하나다. 디킨슨은 1,700편에 달하는 시를 썼지만 생전에는 몇 편만 발표했다. 평생 미국 매사추세츠의 작은 마을 앰허스트를 벗어나지 않은 은거의 삶을 살았다. 간결하고 명료하게 대상의 핵심을 포착하려는 시를 쓴 시인으로 사후에 높은 평가를 받게 된다. 디킨슨은 시간이 지날수록 끌리는 시인이다. 일부의 착각과는 달리 요설과 장광설과 말재주는 시의 본령과는 상관없다. 정확한 단어와 이미지로 대상을 포착하는 것. 엑스레이처럼 단번에 대상의 진실을 꿰뚫는 것. 정확한 사유와 정확한 감정을 정확한 언어로 표현하는 것. 내가 생각하는 좋은 시의 요건이다. 기회가 되면 다시 디킨슨 시를 읽고, 늦게라도 이 영

아름다운 단단함

화를 찾아보고 싶다. 『씨네21』에서 김금희 소설가가 쓴 영화평을 읽었다. 그 글에서 소개된 디킨슨의 시가 인상적이다. "소리 내 싸우는 건 / 아주 용감하다 // 하지만 더 용감한 건 / 내면에서 싸우는 슬픔의 기병대", "좋은 시란 / 차 냄새가 나야 해. / 아니면 거친 흙이나 새로 쪼갠 장작 냄새든." 문학은 "내면에서 싸우는 슬픔의 기병대"에 주목한다. 문학은 보이지 않는 것을 보이게 드러낸다.

〔2018.10〕

권력과 뇌

지난 주 『한겨레21』에서 읽은 칼럼의 한 대목이 인상적이다. 권력이 어떻게 인간을 망치는가를 많은 사람들이 말하지만, 구체적으로 권력이 인간의 뇌를 변화시킨다는 연구 결과가 있다니 놀랍다.

캐나다 맥매스터대학의 신경과학자 수크빈더 오비 교수는 권력자로 분류할 수 있는 사람과 그렇지 않은 사람의 머리를 관측기에 넣고 뇌에 서로 다른 특징이 있는지 관찰했다. 결과는 흥미로웠다. 권력자는 신경 회로에서 '미러링'을 담당하는 부분이 망가진 경향을 보였다. 미러링이란 다른 이의 행동을 보고 그 사람의 심리를 추정하는 능력이다. 예를 들어 누군가 레몬을 먹고 찡그리면 보는 우리는 '엄청 시겠다'고 느낀다. 이는 우리 뇌의 미러링 회로 덕분이다. 최고경영자나 정치인 같은 권력자들은 뇌 회로의 이 부분이 손상될 가능성이 높다는 것이다. 미국 버클리대학의 심리학자 대처 켈트너는 20년에 걸쳐 권력이 인간의 심리에 어떤 영향을 미치는지 세밀하게 관찰·조사했다. 그는 지난 1월 세계경제포럼WEF에서 자신의 연구 결과를 발표했다. 발표 요

아름다운 단단함

지는 사람이 권력을 얻으면 정신에 심각한 장애가 올 수도 있다는 것이다. 어떤 이들은 그로 인해 "전두엽이 기능을 상실하는 것"과 비슷한 영향을 받았다고 밝혔다. 전두엽은 우리 뇌에서 기억력과 사고력을 주관하는 부분이다. 타인에게 자신의 힘을 행사하는 데 취한 이들은 점차 공감력이 떨어지고 심하면 판단력까지 흐려질 수 있다. 이들은 주변 사람이 보기에 당연히 '해선 안 된다'고 생각할 일을 스스럼없이 하기도 한다. 많은 사람이 더 큰 권력을 얻기 위해 아등바등하지만, 때에 따라 권력은 그것을 손에 쥔 사람의 머리를 손상시킬 정도로 세게 후려갈기기도 한다. (『한겨레21』1202호)

한마디로 "권력을 얻으면 정신에 심각한 장애가 올 수도 있다". 물론 권력자가 되었다고 반드시 "정신에 심각한 장애가" 오는 것은 아니다. 그것은 "올 수도 있다"는 가능성이다. 그러나 내가 겪은 직간접적 경험에 비춰볼 때 대단치 않은 권력을 쥐었을 때조차 인간이 어떻게 추해지는가를 여실히 느낀 때가 적지 않다. 나는 권력을 쥐고도 타락하지 않은 예를 거의 알지 못한다. 극히 드문 예로 베트남의 지도자였던 호치민 정도가 생각난다. 그리고 지금 그럴 가능성이 보이는 지도자를 우리는 갖고 있다. 이 기대가 배반당하지 않기를 바란다. 권력이 사람을 망치는데도 사람들은 그걸 갖기 원한다. 권력을 갖는다는 것은 호랑이 등에 올라타는 것이다. 언젠가 그 등에서 내려야 할 때 그 호랑이가 자신을 잡아먹을 수도 있다. 그런데도 권력을 탐한다. 왜 그럴까? 많은 연구가 필요한 일이기에 조심스러운 판단이지만, 나는 그 이유를 라캉이 말하는 상상계the imaginary로 돌아가고 싶은 유아적 충동의 표현으로 본다. 권력욕은 일종의 퇴행이다. 나와 세계가 일치했던(혹은 그렇다고 믿는) 상상계에서 자아와 세계는 균열이 없었다. 한마디로 상상계에서 자아는 자기 하고 싶은 대로 살 수 있었다(고 믿는다). 금지가 없었다. 그러나 인간이 주체가 된다는 것, 상징계the symbolic로 진입한다는 것은 금지를 배우고, 세상의 법과 아버지의 이름the name of father에 굴복하는 법을 배우는 것이다. 주체가 된다는 것은 무엇인가를 상실하는 것이다. 주체the Subject는 곧 체제의 신하the subject이다. 인간이 주체가 되는 과정에서 하나를 얻는 대신 다른 하나를 잃는다. 고통스러운 일이다.

그래서 어른이 되고 나서도 우리는 자아의 힘을 최대한 강하게 해서 상상계의 자아처럼 세계를 자아의 통제 아래 두고 싶어 한다. 금지 없는 세상을 욕망한다. 그 수단이 권력이다. 권력자들은 자신의 자아가 세계보다 더 힘이 세다고 믿는 자들이다. 세상을 자기 마음대로 할 수 있다고 믿는 자들이다. 그래서 그 세계의 다른 존재들, 다른 사람들을 개의치 않는다. 공감 능력을 상실한다. 그러나 내가 좋아하는 카프카의 말을 쓰자면 "나와 세계의 싸움에서 언제나 힘이 센 것은 세계이다". 유물론의 원칙이다. 어른이 된다는 것은 이 원칙을 수긍하고 자신의 보잘것없는 자아의 한계와 세계의 힘을 통찰하는 것이다. 유아론에 사로잡혀 권력으로 망가진 인간들을 보면서 드는 생각이다.

(2018.3)

세상

괴물을 다루는 문학

2월에 나올 계간지 봄호 문학평에서 다룬 작품 중 하나가 강화길의 장편소설 『다른 사람』이다. 이 소설에서 인상적인 캐릭터는 철저한 자기 합리화와 출세의 욕망으로 무장한 여성 교수 이 아무개와 남자 대학원생 김 아무개이다. 이런 인물들의 내면이 어떨지 짐작은 가지만 그런 실감을 이 소설은 더해 준다. 소설이 하는 역할이 여러 가지 있지만 그중 하나는 우리의 '상식'으로 도무지 납득할 수 없는 괴물들 혹은 말종들의 내면을, 그 뒤틀리고 꼬인 강력한 자아방어와 욕망의 구조를 까발린다는 것이다. 그것은 고발이라기보다는 냉철한 분석이다. 좋은 소설은 목소리를 높이지 않고 냉정하게 사태와 심리와 욕망을 분석한다. 주장을 앞세우지 않고 다만 보여준다. '보라, 여기 이런 괴물들이 있다'고. 그래서 괴물들의 면모를 실감나게 각인시킨다. 문학예술의 역할 중 하나다. 그런 괴물들이 이런 문학예술을 가까이할 가능성은 0에 가깝지만, 적어도 다른 사람들은 그런 작품을 통해서 괴물들의 실체를 좀더 이해할 수 있기 때문이다.

법률 조문을 잘 외우고 시험을 잘 보는 기술(한국사회에서 출세하려면 꼭 필요한 기술이다)을 터득해서 '소년 등과'(sic!)하고 법률 엘리트들이 된 괴물들의 뒤틀린 욕망과 내면을 형상화하는 작품이 나오길 기대한다. 지금 그런 괴물들의 추한 몰골이 여기저기서 드러나는 중이다. 짐작컨대 지금 언론에 나오는 법률 기술자들이 예외라고 생각하지 않는다. 소위 (법률) 엘리트들, 혹은 기술자들 중에는 이런 괴물들이 적지 않을 것이라고 나는 판단한다. 그들이 세상을 바라보는 금과옥조처럼 여기는 앙상한 법률 조문으로, 더욱이 그 조문조차 자신의 정치적 이해 관계에 따라 꺾고 뒤틀면서 출세의 길을 달리길 원하는 자들을 우리가 너무 많이 봤기 때문이다. 거기에는 법률가를 높이 평가하는 한국사회의 기이한 풍조도 작용한다. 오해 없길. 나는 민주주의사회의 작동원리로서 법치주의의 가치를 십분 인정한다. 민주주의의 핵심은 법의 지배이다. 좋은 법률가들도 적지 않다는 걸 인정한다. 그러나 법치주의는 법률만능주의, 혹은 법률가 우대주의가 아니다. 여기에도 섬세한 구분이 필요하다.

나는 좋은 소설은 '선'이 아니라 '악'을 잘 그리는 작품이라고 평소에 생각해 왔다. 물론 좋은 소설은 선과 악을 나누는 기준은 무엇인가라는 근본적 질문을 품는다. 선과 악의 경계를 되묻는다. 그렇다고 해서 악에 대한 탐구를 소홀히 할 수 없다. 왜냐하면 자고로 괴물들이나 인간 말종들은 결코 자신이 악이라고 생각하지 않기 때문이다. 스스로를 그 잘난 엘리트라고 생각하는 자들이 어떻게 자신을 악이라고 여기겠는가. 자기 성찰이라고는 손톱만큼도 찾기 힘든 이런 괴물들에게 지인이 알려준 구절을 적어둔다. "자신이 신앙생활을 한다는 사실 때문에 스스로 선한 사람이라고 느껴질 때는 확실히 하나님이 아니라 악마를 따르고 있다고 보면 됩니다."(C. S. 루이스) 영화 〈밀양〉을 자연스럽게 떠올리게 하는 어느 기괴한 신앙 간증이 좋은 예다. 참회와 용서는 아무 때나, 아무나 떠들 수 있는 말이 아니다. 자고로 악은 선의 모습을 가장하는 법이다. 냉철한 이성에 근거한 자기 성찰이 빠진 믿음은 악마를 따르는 법이다.

누구에게나 자기 객관화는 어렵다. 인간은 누구도 자신을 외부에서 볼 수 없기 때문이다. 그래서 자신이 하는 일은 옳으며, 자신은 '선한 사람'이라고 간주하기 쉽다. 내가 생각하는 인간의 본성이다. 인간은 자기 중심적이기 쉽다. 그래서 자신을 냉철하게 되돌아보기가 어렵다. 그러나 그런 자기 객관화가 자칭 엘리트들에게서, 정확히 말하면 법률 기술자들에게서 결핍될 때 어떤 끔찍한 결과가 나오는지를 지금 목도하는 중이다. 조심스러운 판단이지만 한국의 법률가 양성 과정에는 심각한 문제가 있다. 이런 괴물들을 깊이 있게 다루는 작품들이 나오길 기대한다. 그러기 위해서는 한국문학이 좀더 강인해져야 한다.

(2018.2)

아름다운 단단함

문학 자족주의

누구나 자신이 하는 일은 좋게 보려 한다. 거의 본능적인 자기 보존과 자기 보호의 태도다. 그게 삶을 지탱하는 이유기도 하다. 자기 삶에, 자기 일에 의미를 부여하지 못할 때 그 삶은 비참하다고 느끼기 쉽다. '내'가 밥벌이를 하고, 거기서 의미를 찾는 일을 다른 사람이 비판 혹은 비난하는 건 누구든 견디기 쉽지 않다. '내로남불(내가 하면 로맨스, 남이 하면 불륜)'이 인간 심성의 디폴트다. 나도 그렇다. 운이 좋아서, 문학을 가르치고 책을 읽고 글을 쓰는 일을 하며 밥벌이를 하기에, 나는 문학을 홀대하거나 함부로 비난하는 언사를 어쩌다 들을 때 불편해진다. 종종 발끈한다. 그것도 자연스럽다. 아마 다른 이들도 그럴 것이다. 작가든, 비평가든, 혹은 어떤 종류의 글쟁이든 간에 이런 식의 자기 합리화나 자기 방어는 각 개인이 하는 여러 일에도 적용된다. 조심스러운 판단이지만, 대체로 문학예술인들은 자의식도 강하고 자아 정체성도 상대적으로 예민한 편이기에(그래야 세상과 맞설 수 있다), 자신이 하는 일과 자기가 관련된 일(문학제도, 문학상, 문단 인맥 등)에 민감해진다. 그런 일들에 대한 비판을 자기에 대한 비판으로 받아들이기 쉽다. 그래서 오히려 문학계 외부의 냉정한 시선이 어떤지에 둔감해질 수 있다. 문학계 내부의 폐쇄적 말들에만 갇힐 수 있다. 거기서 일종의 '문학자족주의', '끼리끼리주의'가 나온다. 모든 자족주의는 바람직하지 않다. 자족주의는 철이 덜든 아이들이나 세상을 초월한 듯한 사이비 도사들에게나 어울리는 것이다. 성숙한 어른의 태도가 아니다. 냉철한 성찰이 없기 때문이다.

뇌과학에 따르면 자기 객관화 능력이야말로 인류가 지닌 최고의 지적 능력이라고 한다. 동의한다. 그런데 이런 능력은 그냥 주어지는게 아니다. 문인(작가, 시인, 비평가, 교수 등)이라고 자동적으로 갖게 되는 것도 아니다. 부단한 성찰과 냉철한 자기 인식의 수련이 필요하다. 거기에는 아래 글에서 사르트르가 오래전에 (다소 냉소적으로) 일갈했듯이 때로는 '문학이 별게 아닐 수 있다'는 냉엄한 인식까지도 포함된다.

아무것도 문학의 불멸이라는 것을 보장해 주지는 못한다. 문학의 가능성, 오늘날의 그 유일한 가능성은 곧 유럽과 사회주의와 민주주의와 평화의 가능성과 결부되어 있다. 그 가능성에 걸어야 한다. 만약 이 내기에 진다면 우리들 작가로서는 유감스러운 일이다. 그러나 또한 사회로서도 유감스러운 일이다. 내가 지적한 것처럼 한 집단은 문학을 통해서 반성과 사유의 길로 들어서며, 불행 의식을 갖추고 자신의 불안정한 모습을 알게 되어, 부단히 그것을 바꾸고 개선해 나가려고 하는 것이다. 요컨대 글쓰기의 예술은 어떤 변함없는 신의 보호를 받고 있는 것이 아니다. 그것은 인간이 만들어 나가는 것이며, 인간은 자신을 선택하면서 그것을 선택하는 것이다. 만일 글쓰기가 단순히 선전이나 오락으로 전락하게 된다면, 사회는 무매개적인 것의 소굴 속으로, 다시 말해서 날파리나 연체동물과 같은 기억 없는 삶 속으로 빠져들 것이다. 하기야 이런 것은 별로 중요한 이야기가 아닐지도 모른다. 세계는 문학이 없어도 넉넉히 존속할 테니 말이다. 아니, 인간이 없으면 더욱더 잘 존속할 테니 말이다. (사르트르, 『문학이란 무엇인가』, 388면)

이런 말을 적으면 문학으로 밥벌이를 하는 나로서도 마음이 편치 않다. 그러나 스스로에게도 종종 하는 말이지만, 때로는 좁은 의미의 문학보다 더 중요한 일이 세상에는 많다. 이런 말을 문학이 필요없다는 주장으로 곡해해서는 곤란하다. 세상의 이치 중 하나다. 다만, 그것들을 애써 모른 척할 뿐이다. 그리고 내 생각에 좋은 문학은 세상사의 중요한 일들을 외면하지 않는 문학이다. 여기서 중요한 일이 꼭 정치, 역사, 사회 같은 거창한 것들만을 포함하지 않는다는 건 말할 필요도 없다. 문학은 오히려 언뜻 사소해보이는 일들에 주목하면서 독특한 서사를 통해 거창한 것들의 의미를 되묻는다. 블레이크의 말처럼 한 알의 씨앗에서 세계를 본다. 문학의 역할이다. 나는 이런 냉철한 자기 객관화의 능력, 자신의 뿌리와 근거조차도 비판의 대상에서 제외하지 않는 태도가 문학적 지성의 핵심 요소라고 판단한다. 문학이 단지 감성, 감상, 감각만의 문제가 아니라고 되풀이 말하는 이유다. 더 많은 냉철함, 자기 객관화, 지성이 한국문학에 필요하다.

(2017.9)

사르트르, 정명환 역, 『문학이란 무엇인가』, 민음사, 1998.

아름다운 단단함

선거와 민주주의

대의민주주의는 참된 민주주의가 아니라 실질적으로 소수가 지배하는 과두제의 포장일 뿐이라는 주장이 있다. 그 결과 대의민주주의의 수단인 선거나 투표를 냉소하거나 거부하는 이들이 있다. 며칠 남지 않은 대선을 앞두고 원론적으로는 타당해 보이지만, 현실적으로는 무익하거나 심지어는 해로운 이런 주장의 의미를 살펴본다. 현실 정치real politics는 정치철학이나 정치학의 놀이터가 아니기 때문이다. 묻는다. 왜 투표해야 하는가? 지식인이나 작가, 시인은 민주주의가 구현할 수 있는 최대의 희망, 혹은 "절대희망"(김해자 시인)을 말한다. 그런 시각에서 볼 때 현실에서 벌어지는 대의민주주의의 모습은 초라할 수 있다. 한 예를 들자. 한동안 한국문학 공간에서 '문학과 정치'의 관계를 새롭게 사유하는 데 기댈 만한 정치철학자로 랑시에르가 종종 인용되었다. 최근 대의민주주의의 한계에 대한 그의 인터뷰를 읽었다(자크 랑시에르, 「민주주의에 반反하는 대의제를 목도하다」, 『르몽드 디플로마티크』). 인터뷰에서 랑시에르는 "모든 권력을 직업 정치인들에게 일임하는 프랑스 시스템이 (기존 방식으로부터의) '완전한 단절'을 표방하는 후보자들을 기계적으로 찍어낼 뿐"이라고 강하게 비판한다. 그가 보기에 대의민주제는 시민들이 필연적으로 소외되는 잘못된 제도이다. 대의제로는 진정한 민주주의를 일궈낼 수 없다. 그의 발언에는 새겨들을 대목도 적지 않다. 시민들은 "대통령이나 국회의원이 우리를 대표한다고 생각하면 안 된다"는 주장, "국민들이 대표자를 선출함으로써 자신들을 표현한다"는 생각에 대한 비판 등은 날카롭다. "국민은 정치 과정에 선행해 존재하는 게 아니며, 오히려 이런 과정의 결과물"이다. 그 결과 국민들은 전문가들이 자신들을 대표하기보다는 전문가들이 국민 자신들의 욕망을 그대로 실현해 주는 화신이 돼주기를 바란다. 랑시에르는 그런 시각을 "신화적 사고"라고 비판한다. 쉽게 말하면 주권자인 시민들이 주권적 사유와 행동을 포기하고 그 대상이 누구든 대리권력이 자신을 대신해 문제를 해결할 수 있다고 믿는 것이 "신화적 사고"다. 신화의 영웅처럼 등장하는 대리권력을 추종할 때 "신화적 사고"가 탄생한다. 신화적 사고는 민주주의의 적이다. 랑시에르가 비판하는 "신화적 사고"의 위험에 쉽게 빠질 수 있는 대의민주주의가 민주주의의 가장 적합한 형태인가? 이에 대해서는 많은 비판이 있다. 그러나 적어도 아직까지 인류는 대의민주주의를 넘어서면서 시민의 주권을 최대한 구현할 수 있는 다른 민주주의 체제를 찾지 못했다.

아름다운 단단함

현대민주주의는 대중민주주의이다. 대중민주주의이기에 대중은 통치 행위에서 소외된다. 그 소외의 다른 표현이 랑시에르가 비판하는 "신화적 사고"다. 시민들이 신화적 사고에 사로잡힐 때 시민은 그들이 선출한 대리권력에 자신의 욕망을 소극적으로 투사하면서 수동적 존재가 된다. 대의민주주의의 위험이다. 그러나 냉정하게 말해서 민주주의를 포함한 어떤 제도를 막론하고 인류는 아직 지도자 없는 정치제도를 발명하지 못했다. 지도자의 역량만을 강조한다면 엘리트주의나 영웅주의가 되겠지만, 대리권력과 지도자의 역할을 무시한다면 그것은 조야한 대중주의(포퓰리즘)가 된다. 그러므로 관건은 대의민주제에서 지도자와 시민의 관계가 문제이다. 현대 대중민주주의에서 '명목상' 주권자인 시민대중이 민주주의의 '실질적' 주체인지는 의문이다. 그러므로 더욱 민주주의 체제에서 지도자의 역할과 역량이 중요해지며, 그런 지도자를 감시하는 대중의 민주주의적 통제가 관건이 된다.

랑시에르 같은 정치철학자들이 시도하는 대의민주주의 비판은 이론적으로 설득력이 있다. 철학자나 문학예술인들은 그렇게 최대의 희망을 말하는 존재들이다. 그것이 그들의 역할이다. 예컨대 논란이 된 성소수자를 비롯한 소수자 인권의 정치가 그렇다. 하지만 현실 정치의 논리는 다르다. 대의민주제에서 현실 정치인들은 표를 의식할 수밖에 없는 존재들이다. 이걸 인정하지 않는 건 관념적이다. 그러므로 현실 정치인들이 최대의 희망을 대변해야 한다고 주장하는 랑시에르 같은 정치철학자나 지식인의 기대에 못 미치는 건 일면 당연하다. 그걸 탓하는 건 나이브하다. 이 간극을 인지해야 한다. 현실 정치권은 언제나 '최대의 희망'이 아니라 '최소의 희망'을 말한다. 광장의 촛불시민들은 최대의 희망을 원했다. 뛰어난 정치인은 그 간극을 좁히려고 할 것이다. 그런데 인류 역사상 그런 위대한 정치인은 언제나 극소수였다. 왜 그런 정치인이 여기 없느냐고 탓할 이유가 없다. 그런 냉소주의에서 투표 포기의 논리가 나온다. 이상과 현실의 경계를 날카롭게 구분하지 못한 잘못된 판단이다. 누구를 지지하든 선출된 대리권력이 주권자인 시민들의 희망을 자동적으로 온전하게 실천하지는 않는다. 대리권력은 언제나 자신들의 욕망을 앞세운다. 감시받지 않는 권력은 주권자를 배반한다. 그러므로 대리권력 후보들에게 과도한 자기 욕망이나 기대를 투사해서는 곤란하다. 저들은 저들의 일을 하고, 주권자인 시민들은 시민들의 일을 해야 한다.

요약하자. 첫째, 대의민주주의의 문제를 이론적·원론적으로 비판하는 건 필요하다. 하지만 대의민주제가 현실적으로 힘을 발휘하는 대중민주주의 시스템에서 선거와 투표는 주권자가 주권을 행사하는 유일한 방도는 아니지만 유력한 통로이다. "투표는 탄환보다 강하다"(링컨)라고 말하는 건 분명 과장이다. 그러나 투표의 힘을 과소평가해서도 안 된다. 이번 선거에 적극 참여할 것을 제안하면서 내 강의의 수강생들에게 했던 말이다. "여러분이 지지하는

아름다운 단단함

후보에게 투표하라. 최선의 후보가 없으면 차악의 후보를 선택하라. 정치인들은 입만 열면 국민을 말한다. 입발린 소리다. 잊지 말라. 정치인들은 국민 일반에 관심 없다. 그들은 오직 투표하는 유권자만을 두려워한다. 여러분의 목소리를 저들이 듣게 만들려면 투표해야 한다." 덧붙여 최근에 읽은 인상적인 칼럼의 한 대목을 옮겨둔다. 투표는 "역사의 무의식 만들기"이다.

내 주변에는 젊은 날에 혁명투사였으며 지금도 사실상 혁명투사로 살고 있는 사람들이 많다. 그런데 그 가운데는 대선에서건 총선에서건 투표 같은 것을 외면하고 사는 사람들이 적지 않다. 그 거대한 혁명이 투표 행위로 줄어든 것이 한심해서일까. 불타버린 노적가리에서 타다 남은 낱알이나 줍고 있을 수는 없다고 생각해서일까. 나는 그 친구들 옆에서 투표는 역사의 무의식 만들기라고 자주 되풀이 말하곤 한다. 성급한 사람들에게는 투표가 '어느 세월에'라고 한탄하게 하는 영원히 가망 없는 일처럼 보일 수도 있다. 그러나 마침내 꽃 피는 난초 분들이 있고, 잘 자란 아이들이 있다. 마침내 깨어지는 벽이 있다. 그래서 투표는 역사적 무의식이자 그 거울이다. 한 사람 한 사람의 투표는 저 역사적 무의식의 세포를 바꾼다. (황현산)

둘째, 하지만 선거에 적극 참여하는 것과는 별개로, 주권자인 시민은 주권자와 대리권력의 간극이 생길 수밖에 없는 대의민주주의의 맹점을 인식해야 한다. 그렇지 못할 때 "신화적 사고"가 나타난다. 선출된 대리권력에 주권을 소극적으로 맡길 것이 아니라 그 대리권력을 주권자가 능동적으로 감시하고 통제할 수 있는 시스템의 마련과 감시가 필요하다. 감시받지 않는 권력이 타락한다는 것은 역사에서 검증된 진리다. '우리'가 지지하는 후보는 그렇지 않을 것이라는 태도는 나이브하다. 시민의 주권을 일방적으로 그들에게 양도하는 잘못된 "신화적 사고"의 소산이다.

셋째, 그러므로 주권자인 시민은 대의민주주의의 필요악을 냉정하게 인정하면서 대리권력을 뽑는 선거에 적극 참여해야 한다. 하지만 선거가 끝난 뒤 주권자인 시민들은 그들이 선출한 대리권력을 냉정하게, 적극적으로 감시해야 한다. 그런 참여에서만 필요악으로서의 대의민주주의가 과두제로 타락하는 것을 막을 수 있다. 지난 몇 달 동안의 탄핵국면과 촛불혁명에서 배우고 새겨야 할 민주주의의 교훈이라고 나는 믿는다.

(2017.5)

용서와 화해의 조건

영문과 선생으로 나는 학부에서 주로 비평 이론·문화 이론을 강의한다. 그 수업의 입문 시간에 먼저 하는 말이 있다. 원래부터 좋거나 나쁜 개념은 없다는 것. 예컨대 자유, 평등, 애국, 사랑, 국가, 민족 등의 개념들이다. 이들 개념을 이해하려면 그 개념의 사회역사적 의미를 구체적으로 따져봐야 한다. 그리고 이 개념들은 맥락의 변화에 따라 그 함의가 달라질 수 있다고 가르친다. 하나의 개념은 어떤 맥락에서는 좋은 의미를 지닐 수 있지만, 다른 맥락에서는 부정적인 의미를 지닐 수 있다. 태어날 때부터 좋은 개념은 없다. 비평의 기본은 개념이 사용되는 맥락의 역할을 이해하는 것이다. 용서, 화해, 통합 등의 개념도 마찬가지다. 통상 이들 개념은 '좋은' 말이라고 여겨진다. 그렇지 않다. 언제나 개념이 사용되는 구체적 맥락이 문제다.

위임된 최고권력자의 탄핵이 끝나자마자, 용서, 화해, 통합 등의 말들이 쏟아져 나온다. 이런 말들을 들으면서, 오래전에 봤던 영화가 생각났다. 이창동 감독의 〈밀양〉이다. 내가 보기에 이 영화의 핵심적 주제는 용서의 문제다. 자신이 의도하지 않은 부주의한 말실수 때문에 주인공은 아들을 잃는다. 그 사소한 말실수 때문에 어린 아들이 유괴당해 살해당하는 것이다. 그래서 엄청난 자책감과 죄의식에 사로잡힌다. 그럴 때 아이를 살해한 자를 용서할 수 있을까? 이 영화의 힘은 이 어려운 질문에 손쉬운 답을 내놓지 않는다는 데 있다. 마음의 상처를 달래기 위해 종교에 귀의한 주인공은 어려운 결심 끝에 살인자를 용서하겠다고 교도소를 찾아간다. 거기서 발견한 놀라운 사실. 살인자는 이미 종교에 귀의했고, 자신이 믿는 신에게 용서받았다고 편안한 얼굴로 말한다. 그 말을 듣고 주인공은 하늘에 삿대질을 하며 절규한다. 내가 용서하지 않았는데, 어떻게 당신이 먼저 용서할 수 있느냐고. 이런 장면들 때문에 이 영화는 반종교적인 영화라는 평가를 받기도 했지만, 물어야 할 질문은 그게 아니다. 관건은 인간의 용서와 신의 용서 사이의 관계와 차이다.

신의 용서에 대해서는 우리가 왈가왈부할 문제가 아니다. 그건 인간인 우리로서는 알 수 없는, 개입할 수 없는 신적 영역이다. 하지만 인간의 용서에 대해서는 말할 수 있다. 영화 〈밀양〉의 질문이 그것이다. 아들을 잃은, 절대적 절망감으로 고통받는 엄마·피해자가 용서하지 않았는데, 어떻게 가해자를 용서하는 것이 가능한가? 그것은 용납될 수 있을까? 신은 그럴 수 있을지 모른다. 그러나 인간은 그럴 수 없다. 영화 〈밀양〉이 전하는 메시지다. 한국사회의 문제 중 하나는 용서와 화해라는 말을 너무나 쉽게 내놓는 다는 것이다. 탄핵으로 권좌에서 쫓겨난 위임권력에 대해서도 다 시 그런 말이 나온다. 용서와 화해라는 듣기 좋은 말을 읊조린다. 마치 그런 말을 더 많이 할수록 좋은 시민, 좋은 정치인이 되는 것 처럼 여긴다. 그러나 신의 용서가 아닌, 인간의 영역에서 용서, 화 해, 관용 등의 말은 아무나 할 수 있는 말이 아니다. 특히 힘 있는 가해자가 할 수 있는 말이 아니다. 혹은 그 일에 직접 개입되지 않 은, 제3자가 할 수 있는 말도 아니다. 아무나 떠들면 되는 좋은 말 이 아니다. 용서와 화해는 오직 피해자만이 할 수 있는 일이다. 여 기에는 윤리적 권리의 문제가 작용한다. 그들만이 용서하고 화해 할 권리를 지닌다. 피해자들에게 그 누구도 '이제 그만 용서하라' 고 강요할 수 없다. 예컨대 세월호 비극의 피해자들에게, 유가족 에게 그 누구도 '이제 그만 용서하라고, 화해하라'고 말할 수 없 다. 그렇게 말할 윤리적 권리가 없다. 용서와 화해를 하고 안 하고 는 오직 피해자의 몫이다. 누구도 침해할 수 없는 권리다. 이 당연 한 상식이 종종 잊힌다. 그만 용서하라고 윽박지른다. 어떤 개념도 중립적이지 않다. 개념은 전쟁터다. 누가 어떤 맥락에서 쓰느냐에 따라 그 의미가 달라진다. 용서나 화해도 마찬가지다. 아무나 하는 쉬운 말인듯 용서와 화해를 말하면서 도사 행세를 해서는 곤란하 다. 우리가 사는 세상은 도가 지배하는 곳이 아니다.

　피해자가 용서를 하고 안 하고는 오직 그들만이 행사할 수 있는 권리이지만 용서에는 필요한 전제 조건이 있다. 가해자가 진실을 밝히고 진심으로 그 잘못에 대해 참회하는 것이다. 말로만이 아니라 참회의 증거를 명확히 보여줘야 한다. 오직 그때에만 용서의 가능성이 열린다. 진실 규명과 참회가 없는 용서는 앞뒤가 뒤바뀐 것이다. 피해자들에게 2차 가해를 하는 것이다. 오늘 자신의 집으로 돌아오면서, 탄핵된 위임권력은 이렇게 말했다고 전해진다. "시간이 걸리겠지만 진실은 반드시 밝혀질 것입니다." 무슨 의도로 말했는지 짐작이 가지만 나는 이 말을 애써 선의로 해석하고 싶다. 앞으로 다양한 경로를 통해 "진실"은 "반드시 밝혀질 것"이다. 그렇다면 그 "진실"을 명확히 밝히고 엄중한 책임을 묻기 위해 사법기관은 철저히 수사해야 한다. 어떤 의혹도 남겨서는 안 된다. 그렇게 "진실"이 만천하에 명명백백하게 드러난 다음에야, 그때 비로소 시민들은 용서와 화해의 가능성을 생각할 것이다. 그러기 전에 정치인들이나 언론이 나서서 '국민통합' 운운하며, 섣부른 용서와 화해를 주장해서는 안 된다.

나치의 박해로 유대인 수용소에서 간신히 살아남은 프리모 레비의 자서전 『주기율표』에는 이런 말이 나온다.

적을 용서할 준비가 되어 있으며 아마 그들을 사랑할 수 있을 것 같지만 그것은 그들이 후회의 표시를 보이는 경우에만, 그러니까 그들이 적으로 남아 있기를 포기한 경우에만 가능했다. 반대의 경우, 여전히

적으로 남아 있고, 남에게 고통을 가하려는 고집스러운 의지를 고수하는 사람이라면 그를 용서해서는 안 되었다. 그 사람을 구원할 수 있고 그와 대화를 나눌 수 있겠지만(나누어야만 한다!) 우리에게 의미 있는 일은 그를 심판하는 것이지 용서하는 것이 아니다.

레비는 분명하게 용서의 조건을 규정한다. "후회의 표시"를 보이고, "적으로 남아 있기를 포기"할 때만 용서는 가능하다. 여전히 자신의 잘못을 인지하지 못하고, 참회하지도 않고, "남에게 고통을 가하려는 고집스러운 의지를 고수"하는 사람이라면 그를 "용서"해서는 안 된다. 그럴 때 "의미 있는 일은 그를 심판하는 것"이다. 단호한 심판과 용서는 대립되는 개념이 아니다. 함부로 용서와 화해를 말하는 이들이 기억해 둘 말이다.

〈2017.3〉

프리모 레비, 이현경 역, 『주기율표』, 돌베개, 2007.

세상

블랙리스트와 민주주의의 적들

권력 핵심에 있었던 이의 말이란다. "블랙리스트의 취지를 설명하면서 정부비판적인 문화·예술인들을 '빨갱이'라 지칭하고 지원금을 끊는 작업을 '말살정책'이라고 불렀다." 이에 대한 관련자 진술을 확보했다고 전해졌다. 정부비판적인 영화가 상영되는 것에 대해 "국민이 반정부적인 정서에 감염될 수 있으니 자금줄을 끊어 말려 죽여야 한다"고도 한다. 특검 관계자는 "고위 공무원들의 리스트 작성 행위가 국민의 사상 및 표현의 자유를 심각하게 훼손한 것"이라고 판단했다. 이 기사에 나오는 어휘들은 익숙하다. "빨갱이", "말살정책". 많이 듣던 소리다. 해방 이후 1948년 제주 4·3항쟁을 다룬, 하지만 단지 그 사건에 한정되지 않는 호소력과 설득력을 지닌 김석범 대하소설 『화산도』에는 빨갱이 사냥에 광분하던 서북청년단의 횡포가 이렇게 그려진다.

그들은 이방근이 '서북' 사무실에 찾아온 것을 직감하고 있었다. 그것을 알 수 있었다. 한 덩어리가 된 그들의 시선은 맹금의 눈처럼 번뜩였다.

사냥감을 노리듯 방문객을 맞이하고 있었다. 커다란 벽, 아니 크레바스 같은 틈새, 같은 민족이면서 북에서 온 그들과 남쪽 끝인 이 섬에 사는 사람들은 이민족처럼 느껴지기도 했다. 그것은 남북의 지역적인 차이나 섬에 대한 본토 사람의 지방적 경멸에서 유래된 것이 아니었다. 무엇보다도 '빨갱이 소굴'이라는, 제주도에 대한 이해가 결여된 그들의 증오심에서 생겨난 어쩔 수 없는 인식의 차이였다. 북에 대한 그들의 철저한 증오심과 복수심을 만족시킬 수 있는 '대체'로서의 제주도가 있었다. 그것은 '서북'에 있어서 '제2의 모스크바·제주도에 진격해 온 멸공대'로서의 '사명감'을 뒷받침하고 있었다. 게다가 섬 전체에 8백여 명이 배치되어 있다는, 사나운 흉한이라고 불러야 할 그들 대부분이 일부 간부를 제외하고는 문맹이었다. 취조할 때에도, 사람의 성인 김金이나 이李, 박朴이라는 문자도 쓰지 못했다. 겨우 1, 2, 3, 4……라는 숫자를 대용한다. '이李' 대신 '이 ᄀ', '오吳' 대신 '오ㅍ', 그리고 '공孔'이라면 '공0'이라고 쓰는 식이다. 이러한 그들이 멸공애국을 외치며 경찰과 함께 반공전선의 최전방에 선다. 따라서 어떻게든 트집을 잡아 보통의 읍내나 마을의 무고한 사람을 연행하는 일이 끊임없이 일어난다. 그리고는, 너 빨갱이 편이지, 알고 있는 비밀을 자백해, 남로당 조직에 대해서 알고 있는 걸 몽땅 자백해, 모르는 일이라도 어쨌든 자백하라는 식으로 추궁한다. 만약 자백하지 않으면, 스스로가 빨갱이라고 할 때까지 때린다. 만약 이미 '빨갱이'라면 더 이상 '빨갱이'가 아닐 때까지 때린다. 뭔가 말장난을 하는 것 같지만, 이것은 꾸며낸 우스갯소리가 아니다. 이렇게 해서 희생자가 나와도 '빨갱

세상

이'의 죽음은 인간의 죽음이 아니었다. 이러한 사태에 대하여 이성理性은 어떻게 대처하면 좋단 말인가. (김석범, 『화산도』 4, 16~17면)

권력에게 이성 따위는 중요하지 않다. 온갖 수단을 동원해 권력을 지키는 것만이 중요할 뿐이다. 분단과 남북 대치가 가져온 비극 중 하나는 사람들의 내면에 이념의 감옥이 만들어졌다는 것이다. 그 결과 세월호 참사, 국정농단, 헌정훼손에 대해 그 사태의 본질에 대한 이성적 논증과는 거리가 먼 '종북'이니 '빨갱이'니 하는 이념적 프레임의 전쟁터로 만들려는 시도가 계속 발생해 왔다. 시민적 양식과 이성은 설 자리가 없다. 그래서 아이를 잃고 단식 농성 중인 부모들 앞에서 폭식투쟁을 하는 짓이 벌어진다. 나라를 팔아먹는다고 해도 특정인과 특정 세력을 맹목적으로 '묻지마 지지'하는 일이 벌어진다. '묻지마 지지'와 '묻지마 비판'은 민주주의의 덕목과는 거리가 멀다. 그 지지의 대상이 어느 정파인지는 중요하지 않다. 그 대상이 무엇이든 이성적 판단에 따르지 않은 지지는 맹목적이고 민주주의의 적이다. 매사에 '너는 누구의 편인가'를 따지고, 그를 통해 이념 공세를 펼치고 자기편을 규합하려는, 자기편이 아니라면 밥줄도 끊어야 한다는 식의 "빨갱이" 사냥이 벌어진다. 다시 『화산도』를 인용한다.

그런데 재미있는 일은 마완도가 혼자서 찾아왔을 때, 이방근이 묻지

아름다운 단단함

도 않았는데, 자신은 해방 전에 북한의 함흥경찰서에서 고등계 형사였다고 말한 점이었다. 그것은 지금 '반공·멸공'의 애국운동에 얼마나 도움이 되는지 모른다고 태연하게 이야기했었다. '일제'의 앞잡이였다는 사실에 대한 부끄러움의 느낌은 전혀 없었다. 거기에는 해방 전과 해방 후의 단절이 '공산주의에 대한 증오'에 의해 교묘하게 묻혀 있었다. 게다가 일부러 아름답지도 않은 자신의 과거를 밝힌 것은 듣는 사람에게 어떤 위협을 가하려는 속셈이었다고도 말할 수 있다. 고등경찰―――, 이 말은 선악의 가치판단을 넘어 공포심을 일으킨다. '반공·멸공'이라는 정의의 실현을 위해서는 모든 것이 일본제국주의의 망령과 한 몸이 되는 것도 선이고, 그중에서도 귀중한 '특고特高'의 체험은 애국을 위해 살려야 한다는 취지였다. 강몽구의 말대로 폭력은 물론, 빨갱이라는 구실로 부녀자를 강간하거나 살인을 해도 결국은 불문에 붙여지는 '서북'의 횡포를 감안하면, 이번에 보인 그들의 태도는 상상 외로 부드러웠다고 새삼 생각하지 않을 수 없었다. (『화산도』 3, 300면)

스탈린주의 등의 좌익 파시즘이든, 나치즘 같은 우익 파시즘이든 이들이 민주주의의 적인 이유가 여럿 있지만 핵심적인 공통점이 있다. 이들은 이성에 근거한 토론과 공론의 장the public sphere을 억압하고, 권력이 허용하는 단 하나의 목소리와 주장만을 '국론'의 이름으로 강요했다. 그런 국론은 항상 권력과 폭력을 동반한다. 국정교과서 문제를 한 예로 볼 수 있다. 국정교과서가 문제가 되는 이유는 그것이 편향된 해석을 담고 있어서만이 아니다. 그것이 국가가 정한 특정한 견해만을 진실이라고 내세우며, 다른 견해를 인정하지 않기 때문이다. 그 누구든 진리를 독점하려 들 때 민주주의의 적이 된다. 이성적 논거, 합리적 논리와 설득의 과정 없이, 힘으로, 권력으로, 폭력으로 특정한 주장만을 강요하는 것은 민주주의의 적, 열린 사회의 적이다. 21세기 한국 시민사회는 새로운 민주주의 가능성을 광장에서 시험하고 있다. 그런데 국가권력의 핵심 세력들은 온갖 블랙리스트를 만들어 자신들의 마음에 안 드는 문화인들을 "말살"하려 든다. 엄청난 부조화이고 인식의 괴리다. 문제는 이념의 프레임으로만 무장한, 혹은 이념의 감옥에 갇힌 저들에게 이성적·논리적 설득은 먹히지 않는다는 것이다. 그 괴리를 메울 뾰족한 방도가 없다는 것이다. 저들은 "빨갱이 말살정책"이 이성적 판단에 부합하기에 그런 짓을 하는 게 아니다. 그것이 그들의 이익과 권력욕에 부합하기에 그렇게 한다. 그래서 다시 묻게 된다. 블랙리스트를 만들어 문화계의 "빨갱이 말살"을 주장하는 자들에게 "이성理性은 어떻게 대처하면 좋단 말인가"? 국가 권력은 어디까지 이성적이 될 수 있는가? 여전히 충격적이고 현재적인 울림을 지닌 『화산도』의 한 대목을 읽으며 새삼 묻게 되는 질문이다.

(2017.1)

김석범, 김환기·김학동 역, 『화산도』(전 12권), 보고사, 2015.

아름다운 단단함

아몰랑과 『위대한 개츠비』

요즘 유행어인 '아몰랑'을 조금 유식하게 표현하면 유아론唯我論, Solipsism이다. 세상에는 자기밖에 없다는 시각. 세상 만사를 자기의 주관적 입장에서만 바라보는 시각. 자기 외부의 세계와 사람들과 관점을 도무지 이해하지 못하는 태도. 대개 힘 가진 자(돈과 권력)들 중에 유아론자가 많다. 힘이 있으면 세상이 자기 뜻대로 돌아간다고 착각하기 쉽기 때문이다. 그런데 지금 벌어지는 일들이 보여주듯이 그런 착각은 언젠가는 무참히 깨진다. 작가 카프카의 말대로 아무리 힘센 권력자나 재산가일지라도 '나'보다 세계가 힘이 세기 때문이다. "세계와 당신의 싸움에서 언제나 세계의 편에 서라."(카프카) 이것이 유아론과는 대조되는 유물론적 태도다. 미국 자본주의가 확립되기 시작한 1920년대(1925년)에 출판된 피츠 제럴드의 소설 『위대한 개츠비』에 나오는 톰 뷰캐넌과 그의 아내 데이지는 '아몰랑' 캐릭터의 좋은 예이다. 소설의 화자인 닉 캐러웨이가 모든 '비극'이 끝난 뒤 작품의 결말 부분에서, 우연히 다시 톰과 만나고 나서 하는 생각을 묘사한 대목이다.

나는 그를 용서할 수도 좋아할 수도 없었지만 그는 자기가 한 일이 완벽하게 정당한 것이었다고 생각했다. 모든 것이 뒤죽박죽, 되는 대로였다. 톰과 데이지, 그들은 무책임한 인간들이었다. 물건이든 사람이든 부숴버리고 난 뒤 돈이나 엄청난 무관심 또는 자기들을 묶어주는 것이 무엇이든 그 뒤로 물러나서는 자기들이 만들어낸 쓰레기를 다른 사람들이 치우도록 하는 족속이었다. ― 나는 그와 악수를 했다. 악수하려고 하지 않는 것이 오히려 어리석은 일처럼 보였다. 갑자기 어린아이와 이야기하고 있는 것처럼 느껴졌기 때문이다. 그러고 나서 그는 진주 목걸이를― 아니면 커프스 단추 한 쌍을―사기 위해 보석상 안으로 들어갔고, 나의 시골뜨기다운 까다로움에서 영원히 벗어났다. (『위대한 개츠비』, 252~253면. "경솔한 인간들"이란 번역은 "무책임한 인간들careless people"로 수정)

유아론자들은 "엄청난 무관심"으로 무장하고, 자기들이 만든 세상의 "쓰레기를 다른 사람들이 치우도록 하는 족속"이다. 지금 한국사회의 모습처럼. 그들은 어떤 책임도 지려고 하지 않는다. 그들은 한마디로 "어린아이"(유아幼兒)와 같다. 세상 모든 일에, 심지어는 자기가 관련된 것이 분명한 일에도 유체이탈 화법으로 '아몰랑' 하는 유아를 이성적으로, 논리를 통해 설득할 수는 없다. 유아에게는 다른 방식으로 대응해야 한다. 내가 생각하는 대의민주주의의 딜레마 중 하나다. 시민의 평균적인 양식과 지적 수준, 판단력에 훨

아름다운 단단함

씬 못 미치는 유아론자들이 국가의 지도자가 되고, 권력의 자리에 올라가는 일이 빈번하게 발생한다는 것이다. 이 문제를 해결하지 못하면 앞으로도 또 다른 '아몰랑'이 출현할 것이다. 주권자인 시민들은 그들이 남기고 도망간 "쓰레기"를 치우느라 고통받을 것이다. 평균적인 수준의 시민적 양식과 지적 수준, 판단력을 뛰어넘는 탁월한 지도자까지는 바라지도 않는다. 그건 사치스러운 욕심이다. 가능한 질문은 이것이다. 최소한 시민의 평균적 수준을 갖춘 지도자를 어떻게 알아보고 선출할 것인가? 그런 지도자를 어떻게 주권자가 통제할 것인가? 다시, 문제는 시민사회의 성숙도이다. 오래전 아리스토텔레스는 이런 말을 남겼다. "훌륭한 국가는 우연과 행운이 아니라 지혜와 윤리적 결단의 산물이다. 국가가 훌륭해지려면 국정에 참여하는 시민이 훌륭해야 한다. 따라서 시민 각자가 어떻게 해야 스스로가 훌륭해질 수 있는지 고민해야 한다." 정치권력을 제어·감독할 수 있는 시민사회의 역량이 관건이다. 아몰랑 하나를 끌어내리는 일이 한국사회가 해결해야 할 일들의 전부가 아니란 뜻이다. 또 다른 아몰랑의 출현을 방지할 제도와 방책을 고민해야 한다. 대의민주주의의 한계를 넘어설 민주주의를 상상할 때이다.

(2016.11)

F. S. 피츠제럴드, 김욱동 역, 『위대한 개츠비』, 민음사, 2010.

세상

세대를 넘어선 우정

세계문학사에 이름을 새긴 작가들을 우리는 작품으로만 만나기에, 그들이 우리처럼 한 시대와 사회를 살았던, 육신과 감정을 지닌 존재라는 걸 잊기 쉽다. 아일랜드문학의 두 거장인 시인 예이츠(1865~1939)와 작가 조이스(1882~1941)도 그렇다. 20세기에 출판된 가장 뛰어난 작가 평전 중 하나인 엘먼의 조이스 평전(국내에도 번역되어 있다)에는 이 둘의 관계를 보여주는 흥미로운 대목이 나온다. 이들이 처음 만난 것은 1902년 10월이었다. 당시 조이스는 만 20세, 예이츠는 37세였다. 이 만남에서 조이스는 예이츠에게 그의 나이를 물었고 이렇게 반응했다. "당신은 나를 너무 늦게 만났군요." 이 말에는 젊은 조이스 자신이 아니라 오히려 예이츠가 자신의 도움을 필요로 하고 있다는 암시가 깔려 있다. 패기만만한 문학청년의 자신감, 혹은 거만함이 깔려 있는 발언이다. 그러나 둘의 관계를 살펴볼 때 조금 과장해서 말하면 예이츠가 거의 일방적으로 조이스를 후원하고 지지하는 관계였다. 그것이 단지 연장자이자 문학의 선배였기 때문이었을까?

아름다운 단단함

1915~1916년에 걸쳐 조이스는 심각한 경제적 어려움에 처하게 된다. 조이스는 어려움을 해소하려고 문학기금 등에 지원을 하게 된다. 조이스의 편지다.

　　일자리를 찾기 어려울 것 같습니다. 지난 11년간의 집필 활동에서 제가 얻은 것은 아무 것도 없습니다. 오히려 두 번째 작품 『더블린 사람들』이 출간되기까지 8년간의 소송 때문에 비용이 상당히 많이 들었습니다. 이곳의 여러 학교와 계약을 시도해봤지만 실패로 끝나고 말았습니다. 제가 처한 상황을 있는 그대로 말씀드리는 것입니다. 친구 W. B. 예이츠와 에즈라 파운드에게도 편지를 쓰겠습니다. 두 분은 제가 한 말에 거짓이 없음을 보증해 주실 겁니다.

　　이때도 예이츠, 그리고 파운드가 결정적인 도움을 준다. 당시 상황을 엘먼은 평전에서 이렇게 설명한다.

　　고스는 친절하게도 왕실 문학기금의 간사에게 조이스의 작품이 기금의 규준에 적합함을 보증하는 편지를 썼다. 그러나 고스는 예이츠에게 예이츠나 조이스가 전쟁 동맹국에 충성을 표하지 않았다고 불평했다. 예이츠는 다음과 같은 답신으로 고스를 달랬다. "저는 간절히 승리를 소원하고 있습니다. 조이스가 그의 이웃과 같은 의견이라는 소리는 들은 적이 없으므로 오스트리아에서는 (…한 행 분실…) 당신이 원하는 만큼 솔직하게 공감했을 겁니다. 그에게 편지에서 이 점에 대해 물어본 적은 없습니다. 과격하든 아니든 그는 아일랜드 정치에 전혀 관여하지 않았습니다. 그는 언제나 문학과 철학에만 공감하는 것 같습니다. 그런 사람에게 아일랜드의 분위기는 반영反英 감정보다는 소외감을 가져옵니다. 이제 그는 이 가증스러운 시기가 지나갈 때까지 오직 작품에만 골몰하려고 하는 것 같습니다. 이 천재를 위해 애써주신 데 대해서 다시 한 번 사의를 표합니다." 예이츠는 기금의 간사에게도 편지를 썼다. "조이스 씨는 참으로 탁월한 재능을 지녔습니다. 『실내악』의 마지막 쪽에는 후세에 길이 남을 시가 들어 있습니다. 기법과 정감이 훌륭한 걸작입니다. 단편집 『더블린 사람들』은 위대한 소설가, 그것도 새로운 부류의 위대한 소설가를 예견하게 해줍니다. 아직은 충분한 전경도 없는 분위기뿐이라고 할 수 있겠지만 저는 그것이 인생에 대한 독창적인 탐구의 징후라고 생각합니다. 『에고이스트』라는 잡지에서 자서전을 가장한 새 작품의 몇몇 장(「젊은 예술가의 초상」)을 읽어봤는데 저는 그가 오늘날 아일랜드에서 가장 뛰어난 신인 작가라고 확신하게 되었습니다. (『제임스 조이스』, 762면)

조이스의 『율리시스』에 대한 예이츠의 평가도 주목할 만하다.

『리틀 리뷰』에 연재 중일 때 한두 장을 읽고는 처음에는 미치광이의 책이다! 라고 생각했다. 그러나 얼마 안 가서 L. A. G. 스트롱에게

아름다운 단단함

"나는 크나큰 잘못을 저지르고 말았소. 이 책은 천재의 작품일지도 모
르오. 이제야 나는 그 일관성을 이해하오"라고 예이츠는 말했다. 그는
첫 논평에 이렇게 썼다. "완전히 새로운 책—눈으로 보는 것도, 귀로
듣는 것도 아닌 방황하는 정신이 시시각각 감각으로 생각하고 상상
하는 것의 기록. 그 강렬함에 있어서 그는 오늘날의 어떤 소설가보다
뛰어나다."

　　1922년 말에 예이츠 부부, 파운드 부부, 그리고 조이스 부부
는 파리에서 오찬을 같이 했다. 거의 예이츠 혼자 얘기를 했다.
　　1924년 예이츠는 조이스를 더블린에 초대했다. 그는 또한 톨
테안 축하연에 조이스를 국빈으로 초대하려 했으나 조이스는 거
절했다. 두 차례나 거절당한 예이츠는 톨테안 상의 수여식에서 이
렇게 말했다. "버나드 쇼 씨와 마찬가지로 아일랜드 주민이 아닌
패드랙 콜럼 씨의 『성城의 정복자』나 제임스 조이스 씨의 『율러시
스』나 조지 무어 씨의 『이베리 가의 대화』는 고려할 필요가 없습
니다. 그러나 제임스 조이스 씨의 작품은 라블레와 마찬가지로 외
설적이고, 그래서 영국과 미국에서 법적으로 금지되었지만, 싱의
죽음 후에 아일랜드에서 씌어진 어느 산문보다 더욱 확실한 천재
적인 작품입니다."(1065면) 그런데 그 후에도 여러 번에 걸친 예이
츠의 청을 조이스는 매번 거절한다. 1932년에 있었던, 아일랜드문
학 아카데미 건립과 관련한 의견 교환도 한 예이다. 1932년 9월 2

일 조이스에게 보낸 예이츠의 편지다.

친애하는 조이스 씨. 버나드 쇼와 나는 아일랜드문학 아카데미 창립 준비로 정신이 없습니다. 아일랜드를 제재로 창조적 활동을 한 스물다섯 명과 충분한 자격은 있으나 이 정의에 부합하지 않는 열 명의 초창기 회원을 추천 중입니다. 창작 활동을 하는 사람들은 아카데미 정회원, 나머지는 준회원으로 할 겁니다. 회원에 대한 이야기가 나왔을 때 우리는 이 구분을 확실히 해야 한다는 것을 알았습니다. 그렇지 않으면, 아일랜드 혈통은 적은데 민족적 기질 획득에 크나큰 욕망을 가진 영국이나 스코틀랜드 출신의 인간들이 몰려올 것이기 때문입니다. 쇼나 나나 제일 처음 입에 올린 이름은 물론 당신의 이름이었습니다. 당신은 당신 자신에 대해 단테처럼 말하겠지요. '만약 내가 가지 않는다면 누가 갑니까. 내가 간다면 누가 가지 않습니까'라고 말입니다. 요컨대 당신이 우리 명부에서 빠진다면 그것은 빈 깡통이나 다름없을 것입니다. 다음 주말까지 서명된 추천장이 준비되어야 합니다. 규약의 복사본과 함께 서류를 보내드리겠습니다. 이 편지가 도착하는 대로 동의해 주신다면 더 이상 바랄 것이 없겠지요. 당신의 런던 변호사를 통해서 보내주시겠지만 당신의 이름이 때맞춰 도착할지 걱정입니다. 아카데미는 우리의 이익을 수호하고 정부와 교섭하며 검열을 방지할 수 있는 강력한 단체가 될 겁니다. 위원회를 구성하게 될 작가들은 모두가 당신 작품의 연구자들입니다.

아름다운 단단함

이런 요청에 대해 조이스는 1932년 10월 5일에 역시 거절의 편지를 보낸다.

친애하는 예이츠 씨. 편지와 친절하신 말씀, 감사드립니다. 당신이 처음 도움의 손길을 제게 내민 지가 벌써 30년이나 되었습니다. 만나 뵙지는 못했지만 버나드 쇼 씨에게도 저의 고마운 마음을 전해 주시기 바랍니다. 두 분께서 창립 중인 '아일랜드문학 아카데미'(이 호칭이 될 거라면 말입니다)는 반드시 성공할 것입니다 그러나 무슨 연유로 저 같은 자의 이름이 그런 아카데미와 연관하여 거론되었는지 알 수 없 습니다. 저는 그 회원으로 저 자신을 천거할 자격이 있다고는 전혀 생 각하지 않습니다.

하지만 예이츠의 죽음을 듣고 조이스는 충격을 받았다. 1939 년 1월 23일 예이츠가 사망했을 때 조이스는 심하게 동요했다. 장례 식에 화환을 보냈으며, 어떤 친구에게는 예이츠가 자기보다 위대한 작가라고 인정했다. 동시대 작가 누구에게도 보내지 않았던 찬사였 다. 항상 그를 현혹시켰던 것은 예이츠의 상상력이었으며, "어떤 초 현실주의 시인도 예이츠에는 당할 수 없다"라고 그는 말했다.

1902년부터 1939년에 이르는 약 40년에 걸친 조이스와 예이 츠의 만남을 보면서 문학적 교류, 우정의 의미를 생각한다. 조이스 가 첫 만남부터 예이츠에게 보였던 오만한 태도는 어디서 나온 것일까? 평생을 아웃사이더이자 무정부주의자로 지냈던 성정의 표현이었을까? 아니면 이미 런던과 더블린문학계에서 확고한 자리를 차지한 예이츠에 견주어, 이제 문학의 길에 들어선 패기만만한 문학청년의 자의식의 표현이었을까? 상이한 문학적 기질 등에도 불구하고 지속적으로 조이스를 후원한 예이츠의 마음은 무엇이었을까? 이런 예이츠의 후원에도 여러번에 걸쳐 예이츠의 청을 거절한 조이스의 태도는 어디서 연유한 걸까? 시인과 소설가라는 차이가 작용하는 걸까? 가톨릭계인 조이스와 신교계 이주민의 후손인 예이츠의 차이일까? 예이츠나 파운드같은 이들이 조이스에게 문학내외적으로 지속적인 도움을 주지 않았더라도 조이스는 자신의 문학적 입지를 쉽게 굳힐 수 있었을까? 한 작가의 창작 활동에 문학적 교류와 후원은 어떤 영향을 미치고, 의미를 지니는 걸까? 여러 질문들이 떠오른다.

(2016.8)

리처드 엘먼, 전은경 역, 『제임스 조이스』(전 2권), 책세상, 2002.

아름다운 단단함

그들의 사생활

나는 홍상수 감독 영화를 거의 보지 않았다. 그리고 별로 챙겨보고 싶은 마음도 없다. 그냥 내 취향이 아니라고 생각한다. 영화평론가들이나 영화잡지에서 거의 해마다 홍 감독 영화를 그해의 최고영화로 꼽을 때마다 솔직히 좀 시큰둥했다. 영화계에 '홍빠'들이 많구나 생각했다. 하지만 그렇게들 높이 평가하는 영화라면, 언젠가 그의 영화를 체계적으로 보고 내 생각을 정리해보고 싶다는 생각을 갖고는 있다. 편견인지 모르지만, 나는 한국에 좋은 여배우가 상대적으로 적다고 생각한다. 그렇게 된 데는 여러 상황적 요인도 있겠지만, 그에 대해서는 따로 살펴볼 일이다. 그중에서 김민희 배우는 작품을 찍을수록 계속 나아지는 드문 배우라고 생각한다. 〈화차〉의 연기는 인상적이었고, 이번 〈아가씨〉의 연기도 괜찮았다.

홍 감독과 김 배우의 '불륜설'로 시끄럽다. 나는 유명인들의 스캔들은 무조건 시국의 어떤 현안을 가리기 위한 공작이라는 말에는 선뜻 동의하지 않는다. 다만 이런 생각은 한다. 이 사회는 지긋지긋하게 집단주의적이고 남의 일에 참견하길 좋아하는 사회라는 생각. 홍 감독과 김 씨의 불륜이 사실이든 아니든 엄연히 그건 그들의 사생활 문제다. 남들이 상관할 일이 아니다. 하물며 대중에 대한 '배신' 어쩌고 할 문제가 아니다. 연예인, 영화인들은 어차피 이미지를 팔아서 생활하는 이들이다. 자본주의 연예산업의 속성 이다. 그 이미지를 어떻게 수용 혹은 소비할지 여부는 대중의 책임 이지 저들의 책임이 아니다. 그러니 대중의 배신감 운운하는 말은 접어두는 게 좋다. 두 사람이 요즘 또 다른 논란이 된 어느 가수처 럼 현행법을 위반하는 성폭행이나 성범죄를 저지른 것도 아니다. 간통죄가 폐지된 이상 불륜은 성인들의 사적인 관계의 문제가 되 었다. 두 사람의 문제는 이 일에 연계된 당사자들과 그들의 가족들 이 원만하게든 고통스럽게든 그들끼리 해결할 문제다. 가족이 겪 어야 할 고통에 공감한다고 해서 제3자가 나서서 뭐라 할 일이 아 니다. 왜들 그렇게 남의 가족사에 참견하길 좋아하는지 모르겠다. 결혼했으므로 절대 불륜은 안 된다는 식의 고리타분한, 도덕군자 의 '꼰대'스러운 발언은 자제하자. 본인이 그렇게 생각한다면 그냥 그렇게 살면 된다. 본인이 도덕군자라고 해서 남들의 사생활에 대 해 뭐라고 할 자격이 자동적으로 주어지는 건 아니다. 그리고 나는 '도덕군자'인 척하는 사람치고 진정으로 '도덕적'인 사람은 아직 까지 만나보지 못했다.

더욱이 이런 사적인 일로 감독과 배우로서의 앞길은 이제 끝 났다는 식의 보도를 보면 어이가 없다. 설령 유명 연예인, 감독, 배

아름다운 단단함

우가 '공인'(sic!)이라고 하더라도, 그들에 대한 평가는 그들의 활동(영화인이라면 그들의 영화와 연기)으로만 평가하면 그만이다. 그들의 사생활은 남들이 왈가왈부할 일이 아니다. 남의 사생활에 간섭하길 좋아하는 도덕군자들이 많은 사회일수록 억압적인 사회일 확률이 높다. 이건 내 얘기가 아니라 정신분석학의 주장이다. 이들이 공인公人이므로 불륜은 더욱 잘못된 거라고 주장하는 시각도 있다. 묻는다. 그러면 공인은 모두 다 도덕군자가 되어야 한다는 뜻인가? 공인은 자신만의 욕망과 사생활을 가져서는 안 되는가? 그런 법을 누가 정했는가? 이렇게 물으면 불륜을 옹호한다느니, 공인의 사회적 역할과 영향력을 무시한다느니 엉뚱한 소리를 하는 목소리가 있다. 그런 이들에게 해주고 싶은 영화 〈친절한 금자씨〉의 조언. "너나 잘하세요." 유명인의 사생활을 파파라치처럼 파헤쳐 이윤을 얻는 상업언론에 대해서는 뭐라 말하지 않겠다. 그들은 돈벌이를 위해 그렇게 할 뿐이다. 다만, 감독과 배우의 사생활과 그들의 직업적 활동을 연결시키지는 말라. 남들이 불륜을 저지르든 말든 그건 그들의 사적 문제이다.

홍 감독의 영화 만들기와 김민희 배우의 연기 활동이 이번 일로 흔들리지 않기를 바란다. 이건 내가 그들의 영화와 연기를 좋아하고 안 하고와는 별개의 문제다. 내가 그들의 불륜을 옹호하고 안 하고와도 별개의 문제다. 도덕군자들이 목소리를 높이는 위선자들의 사회, 솔직히 지겹다. 그들이 사적 생활에서 무슨 짓을 하든 그것이 현행법을 어기지 않은 이상 그건 그들의 자유다. 그 사생활 때문에 작품과 연기가 망가진다면 그건 그것대로 평가하면 된다. 그리고 그 선택에 그들이 개인적으로, 사적으로 책임지면 된다. 제3자가 뭐라 할 일이 아니다. 물론 친일부역자 같은 반민족 행위처럼 엄연히 공적으로 평가받아야 할 삶의 문제는 달리 따져야 한다. 그런 행위들은 엄정한 역사적 평가와 단죄를 받아야 한다. 그러나 불륜 등의 사생활은 다른 문제다. 사생활을 들먹이기 시작하면, 아마도 세계문학사나 영화사에서 살아남을 작가나 감독, 배우, 예술가는 거의 없을 것이다. 도덕군자이면서 뛰어난 작가, 감독, 배우, 예술가를 나는 거의 알지 못한다. 행여 오해 마시라. 바람을 피우고, 불륜을 저지르면 다 뛰어난 감독과 배우가 된다는 말을 하고 있다고. 예술가에게 필요한 것은 주어진 사회적 도덕에 모자라는 것이 아니라 그것을 뛰어넘는 것이다. 그것이 예술이 추구하는 초도덕이고 전위 정신이다. 예술은 창작 활동에서는 언제나 극한의 사유를 추구한다. 우리도 진도 좀 나가자.

(2016.6)

아름다운 단단함

아름다운 에세이스트 신영복

신영복 선생(이하 선생). 1941~2016. 향년 75세. 숫자는 단순하지만, 착잡한 한국현대사에 남긴 울림은 그렇지 않다. 27살의 청년 장교는 1968년 통일혁명당 사건으로 무기징역형을 받았다. 세계 곳곳에서 '68혁명'의 열기가 뜨겁던 때였다. 20년 뒤인 1988년 광복절 특사로 출소. 1987년 시민항쟁과 민주화를 향한 염원이 온전한 민주화의 실현으로 이뤄지지 못한 환멸감이 짙던 때였다. 대학(원)생이던 나는 그 환멸감의 한복판에 있었다. 그리고 1990년. 『감옥으로부터의 사색』이 출간되었다. 1989년부터 1991년에 이르는 현실 사회주의권 붕괴의 소용돌이 속에서 이 책이 나왔다. 이 책은 나를 비롯한 수많은 독자를 감화시킨 시대의 책이 되었다. 직접 선생에게서 배운 적은 없지만, 선생의 책과 삶에서 많은 걸 깨우쳤으니 선생은 나의 스승이셨다. 존경의 마음을 품고 있다가 감사하게도 사적 인연을 맺게 되었다. 1993년 내 결혼식의 주례로 선생님을 모시고 싶어 몇 번 연락을 드렸고, 선생은 어려운 부탁을 들어주셨다. 선생이 결혼 선물로 써주신 글귀. "배운다는 것은 자기를 낮추는 것이다. 가르친다는 것은 다만 희망에 대하여 이야기하는 것이다." 대학 선생 노릇을 하는 내게는 언제나 죽비 같은 말씀으로 남아 있다.

재주를 부려 쓰는 글과 삶의 깊은 경험이 스며 있는 글은 구분될 수 있다고 나는 믿는다. 좋은 글은 화려하고 아름다운 글美文이 아니다. 정확한 글이다. 그런 글을 쓰려면 경험과 통찰과 내공이 요구된다. 삶의 고통을 갈무리하는 인내와 단련이 필요하다. 글재주로 '제작'한 글은 잠깐의 재미와 흥미는 주겠지만, 큰 감응을 주지 못한다. 좋은 글은 글재주나 기발한 관념놀이에서가 아니라 그 글을 관통하는 삶의 자세에서 우러나온다. 이런 깨달음을 선생의 글을 읽으면서 얻었다. 선생의 사상과 글에 대한 총체적 점검과 평가는 앞으로의 과제이다. 탁월한 에세이스트로서 선생의 글이 지닌 가치에 대해서만 몇 자 적겠다. 한국문학에서 에세이는 합당한 대우를 못 받는 '서자'이다. 가벼운 수필(미셀러니)은 많지만, 삶과 현실에 대한 통찰을 개성 있는 문체로 표현하는 에세이는 적다. 이는 고독하지만 독립적인 정신의 표현을 가능케 하는 건강한 개인주의의 뿌리가 깊지 못한 한국문화의 척박한 토양도 한 이유이리라. 에세이는 사회 현상에 대한 비판 의식을 고유한 형식과 문체로 표현한 산문이다. 좋은 에세이는 한 개인의 내면을 드러내면서, 동시에 그 내면에 스며 있는 역사와 사회의 풍경을 포착한다. 그렇게 한 개인의 초상을 통해 시대의 목소리가 들린다. 『감옥으로부터의 사색』에서 『담론』에 이르는 선생의 글쓰기는 그 형식

아름다운 단단함

은 서신, 강의록, 기행문으로 다양했지만 모두 에세이다. "회화에서는 원근법이, 소설에서는 3인칭 소설이 리얼리즘을 완성한다고 하지만 나는 반대로 1인칭 서술의 리얼리티를 극대화하려고 합니다. 적어도 인간 이해에 있어서 감옥은 대학이었습니다. 20년 세월은 사회학 교실, 역사학 교실, 그리고 최종적으로 인간학의 교실이었습니다."(『담론』, 205면) 에세이는 "1인칭 서술의 리얼리티"를 표현한다. 핵심은 그 서술의 리얼리티가 보여주는 인식의 깊이, 혹은 감각의 깊이다.

선생이 영면하신 뒤 누구는 선생의 글에서 배운 것이 없다고 밝혀서 논란이 되었다. 누군가에게 무엇인가를 배우고 안 배우고는 그만의 자유다. 쟁점은 '배움'의 의미이다. 문학 이론과 미학 등을 연구하고 가르치는 나는 요즘 '이론'의 한계, 이론적 글쓰기의 한계를 느낀다. 이 한계는 선생이 보여준 에세이적 글쓰기의 의미와도 관련된다. 범박하게 말해 한국사회가 '헬조선'이 된 것이 이론이 부족해서인가? 우리에게 필요한 것은 더 많은 지식과 이론이라기보다는 그렇게 배운 것들을 자신의 것으로 만들어서 각자의 삶을 바꾸고, 조금이라도 세상을 바꾸는 그 무엇이 아닐까? 사람들은 말과 이론이 옳기 때문에 따르는 게 아니다. 그 반대다. 스스로 믿는 것을 옳다고 간주한다. 인간은 이성적·논리적·이론적 존재가 아니다. 인간은 감성적·충동적 존재에 가깝다. 이런 진단에 그 나름의 설득력이 있다면, 글쓰기의 내용만이 아니라 형식에 관한 성찰을 요구한다. 에세이는 이런 질곡을 돌파하는 글쓰기의 형식이 될 수 있다. 선생의 글쓰기는 하나의 전범이다. "학문은 우리에게 실증적 사실과 그것의 상관관계를 제시하지만, 예술은 영혼과 운명을 제시한다."(루카치) 에세이는 예술적 글쓰기의 독자적 형식이다.

좋은 에세이는 몇 가지 요건을 필요로 한다. 첫째, 경직된 형식이나 체계로는 표현되기 어려우면서도 표현되기를 갈망하는 독특한 체험. 둘째, 그 체험을 갈무리하는 지성과 사유의 깊이. 셋째, 이런 물음을 그만의 고유한 형식과 스타일로 표현하는 능력. 정리하면 체험과 사유와 표현의 완미한 결합이 좋은 에세이의 요건이다. 선생의 글은 좋은 에세이의 힘을 보여준다. 예컨대 많이 언급되는 이런 대목.

없는 사람이 살기는 겨울보다 여름이 낫다고 하지만 교도소의 우리들은 없이 살기는 더합니다만 차라리 겨울을 택합니다. 모로 누워 칼잠을 자야 하는 좁은 잠자리는 옆 사람을 단지 37도의 열 덩어리로만 느끼게 합니다. 이것은 옆 사람의 체온으로 추위를 이겨나가는 겨울철의 원시적 우정과는 극명한 대조를 이루는 형벌 중의 형벌입니다. 자기의 가장 가까이에 있는 사람을 미워한다는 사실, 자기의 가장 가까이에 있는 사람으로부터 미움 받는다는 사실은 매우 불행한 일입니다.

아름다운 단단함

징역살이를 모르는 사람들에게 감옥은 인식의 외부에 있다. 거기에도 삶이 있다는 사실을 느끼기 어렵다. 그러나 갇힌 좁은 공간이라는 극한적 조건에서 인간이 지닌 수많은 양상들이 더 직접적이고 노골적으로 드러난다. 그 모습 속에서 왜 사람은 다른 사람의 존재와 "체온"을 필요로 하는지를 선생은 설득력 있게 보여준다. 나무는 다른 나무와 더불어 숲이 되어야 한다.

나는 나의 내부에 한 그루 나무를 키우려 합니다. 숲이 아님은 물론이고 청정한 상록수가 못 됨도 사실입니다. 그러나 단 하나, 이 나무는 나의 내부에 심은 나무이지만 언젠가는 나의 가슴을 헤치고 외부를 향하여 가지 뻗어야 할 나무입니다. (『감옥으로부터의 사색』)

선생이 자주 쓰는 경어체는 짐짓 겸손한 척하는 포즈가 아니라, 이런 인간 관계의 내밀함을 깨달은 결과이다. 주위 사람들을 위에서 내려다보면서 재단하거나 훈계하는 것이 아니라 같은 담요를 덮을 수밖에 없는 수감 동료로서의 인식을 체현했기에 가능한 문체다. 문체는 사유의 표현이다.

우선 그 사람의 인생사를 알고 있는 경우에는 충분히 이해가 갑니다. 그 사람의 생각은 그가 살아온 삶의 역사적 결론이기 때문입니다."(『담론』)

세상

문학예술은 다양한 방식으로 각 "사람의 인생사"를 다룬다. 소설이나 시에서는 작가가 자신의 견해를 직접 표현하지 않는다. 작가는 작중 화자나 등장 인물을 통해 우회적으로만 그 인생사를 형상화한다. 그러나 에세이는 그런 간접성의 서사를 채택할 수 없기에 자칫 글쓴이의 주관에 매몰되기 쉽다. 혹은, 그 주관성의 한계를 덮기 위해 뻔한 추상적 교훈이나 훈계에 빠진다. 선생 글의 매력은 이런 뻣뻣함이나 뻔한 훈계가 없다는 점이다. 깊은 겸허함의 글이다. 겸허함은 각 "사람의 인생사"를 우선 그의 입장에서 이해하게 만드는 여름 감옥의 체험에서 비롯된다. 그것은 머리에서 나온 관념적 체험이 아니라 몸에서 나오는 감각적 체험이다. 선생의 글 중 가장 널리 알려진 「청구회 추억」이 좋은 예이다. 글의 말미에 선생이 "언젠가 먼 훗날 나는 서오릉으로 봄철의 외로운 산책을 하고 싶다. 맑은 진달래 한 송이 가슴에 붙이고 천천히 걸어갔다가 천천히 걸어오고 싶다"고 적을 때, 독자는 아련한 통증과 슬픔을 느낀다. 그런 감응은 청구회 아이들 하나하나에 보여준 한 올곧고 심성 깊은 젊은 장교의 마음, 그런 마음조차 살벌한 이념 재판의 증거로 만들어버리는 뒤틀린 시대에 대한 날카로운 인식을 독자가 구체적으로 실감했기에 가능하다.

선생이 작은 것이 주는 기쁨을 언급한 연유도 여기 있다. 사람들을 움직이는 것은 거창한 이념이 아니라 그런 기쁨이다.

아름다운 단단함

제가 무기징역 받고 추운 독방에 앉아 있을 때, 나는 왜 자살하지 않나 생각해본 적이 있습니다. 자살하지 않은 이유는 두 가지였어요. 저는 햇빛 때문에 죽지 않았어요. 그때 있었던 방이 북서향인데, 하루 두 시간쯤 햇빛이 들어와요. 가장 햇빛이 클 때가 신문지 펼친 크기 정도고요. 햇빛을 무릎에 올려놓고 앉아 있을 때 정말 행복했어요. 그다음에는 내가 자살하면 굉장히 슬퍼할 사람들이 있었어요. 부모, 형제, 친구. 존재라는 것이 나만의 것이 아니다, 그런 생각을 했어요.

짐작건대, 선생의 병(희귀 피부암)은 선생에게 행복을 준 햇빛을 오랜 감옥 생활로 충분히 누리지 못했기 때문인지 모른다. 그렇게 생각하면 마음이 아프다. 작은 기쁨의 가치를 아는 사람은 아름답다.

아름다움이란 뜻은 알다, 깨닫다입니다. 진정한 아름다움이란 세계와 자기를 대면하게 함으로써 자기와 세계를 함께 깨닫게 하는 것입니다. 그런 뜻에서 아름다움은 우리가 줄곧 이야기하고 있는 성찰, 세계 인식과 직결됩니다. (『담론』)

그렇게 감각적 미와 이성적 인식은 하나가 된다. 정확한 인식과 깊은 깨달음을 보여주는 지식인은 아름답다. 선생은 아름다운 에세이스트셨다. 선생은 "필자는 죽고 독자는 끊임없이 탄생하는 것"이라고 쓰셨다. 그렇다면 선생은 앞으로도 우리 곁에 머무실 것이다. 육체의 죽음을 겪은 신영복은 우리 곁에 없지만 선생의 글은 우리의 기억 속에 앞으로도 생생하게 살아 있을 것이다. 탁월한 에세이스트로서 선생의 독자는 "끊임없이 탄생"할 것이다.

신영복 선생님, 부디 그곳에서는 '감옥으로부터의 사색' 같이 아픈 글은 더 이상 쓰실 일 없이, 따뜻한 햇빛 흠뻑 받으시면서 평안하시길 기원합니다. 선생님이 우리 곁에 계셔서 감사했습니다. RIP^{Rest in Peace}.

(2016.1)

신영복, 『감옥으로부터의 사색』, 돌베개, 1998.
신영복, 『담론』, 돌베개, 2015.

자비의 원칙과 비판의 원칙

표절과 문학권력 논쟁과 관련해서 그동안 침묵하던 창비 쪽의 입장이 나오고 있다. 창비 편집위원인 김종엽·황정아 교수(호칭 생략)의 글들이 연이어 발표되었다. 이런 잇따른 입장 표명이 창비 내부의 협의에 따른 것인지, 아니면 개인적인 견해인지 명확히 판단할 수 없다. 하지만 두 글 모두 현직 편집위원의 글이므로 아주 개인적인 견해라고 보기는 힘들다고 생각한다. 두 글이 공유하는 문제 의식에 적지 않은 공통점이 있기 때문이다. 두 글이 개진하는 몇 가지 쟁점에 관한 단상을 적는다.

먼저 김종엽의 글에 대해. 김종엽은 이렇게 "자비의 원칙 principle of charity"을 말한다. "이 말은 타자를 비판하고 평가하지 말라는 것이 아니다. 평가나 비판을 위해서도 해석 작업에서 자비의 원칙을 견지해야 한다는 것이다." 지당한 말씀이다. 다른 사람의 글이나 주장을 평가하고 비판할 때는 언제나 상대방의 입장을 최대한 이해하고, 사실에 즉해야 한다. 그렇지 못할 때 비판은 비난이 되기 쉽다. 그런데 이 글에는 두 가지 납득할 수 없는 전제가 깔려 있다. 첫째, 김종엽이 이해하는 것처럼 그동안 표절과 문학권력 문제를 제기하고 비판했던 이들이 그렇게 막무가내로 상대방의 입장을 곡해하고 거친 비판을 했던가? 비판자들의 입장도 제각각 차이가 있으므로 만약 그런 점이 있다면 뭉뚱그려서 말할 게 아니라 어떤 것이 그런 거친 비판인지를 구체적으로 논해야 한다. 둘째, 자비의 원칙을 논하려면 남들에게 그 원칙을 들이대기 전에 김종엽 혹은 창비는 자신들에게 먼저 그 원칙을 적용해야 한다. 김종엽은 "신경숙과 문학권력에 대한 비판자들이 자신의 동기를 달성하기 위해 필요한 자비의 원칙을 지켰는지 의문"이라고 불평하지만, 그 말은 그대로 창비에게 되돌려 줄 수 있다. 창비는 그동안 비판자들의 비판에 대해 "필요한 자비의 원칙을 지켰는지 의문"이다.

비평에서 자비의 원칙은 중요하다. 그렇다면 본질적인 비판의 원칙은 어디 갔는가? 자비와 비판은 대립적인 것이 아니다. 그런 점에서 나는 신경숙 작품의 평가에 대한 그의 주장을 납득할 수 없다. 우선 "신경숙의 작품 전체가 형편없다는 견해"를 누가 표명했는지 궁금하다. 적어도 내가 알기로는 표절과 문학권력 비판자들 중에 누구도 신 작가의 "작품 전체가 형편없다"고 주장한 이는 없다. 내 경우 신경숙의 문학적 성취를 엄정하게 재평가해야 한다는 입장을 견지해 왔지만, 내 입장은 재평가의 필요성을 말한 것이지 섣불리 그의 작품을 매도하자는 게 아니다. 그리고 백 보 양보해서 설령 누군가가 그런 주장을 했다고 해서 그게 왜 문제가

아름다운 단단함

되는지 이해할 수 없다. 근거가 있다면 그런 강한 비판도 가능한 게 비평적 공론장의 고유성이다. 신경숙의 문학적 성취는 건드릴 수 없는untouchable 성역인가? 칭찬이든 비판이든 그것도 비평적 입장이다. 요는 주장의 구체적 근거일 뿐이다.

신경숙을 옹호하는 근거로 "신경숙 작품들에 대한 그간의 비평과 대중의 반응" 운운하는 말도 예사롭게 읽히지 않는다. 먼저 물어야 할 것을 묻지 않았기 때문이다. 첫째, 김종엽은 그간의 신경숙에 대한 '칭찬의 비평'을 옹호한다. 그럴 수 있다. 비평적 가치판단에 정답은 없기 때문이다. 그렇다면 다른 시각에서 그동안 유력 문예지를 중심으로 제출된 신경숙에 대한 고평高評이 어느 정도 설득력과 적실성을 지니고 있었는가를 다시 물을 수도 있다. 그것도 충분히 가능한 비평적 입장이다. 둘째, 김종엽은 "대중의 반응" 운운하면서 신경숙의 문학적 성취를 옹호하지만, 이런 시각은 현대문학에서 흔히 목도되는 대중성과 작품성의 거리를 외면한 것이다. 많이 팔린다고 반드시 좋은 작품이라는 근거가 될 수 있는가? 이런 문제를 살펴보지 않고, 몇몇 유력 잡지의 비평가들이 신경숙을 높이 평가해 왔고 많이 팔렸으므로 그 수준은 이미 검증된 거라고 우기면 곤란하다. 참고로 말하자면, 당대의 베스트셀러 중에서 문학사에 남는 걸작은 거의 없다. 어떤 작품이 많이 팔렸다는 사실은 그 특정 시점에 (대중의 감수성을 자극하는) 대중성을 그 작품이 지니고 있었다는 뜻 이상도 이하도 아니다. 작가나 작품에 대한

(재)평가에 종료의 시점은 없다. 언제나 새롭게 논의되고 재평가되는 게 문학사다. 문학사는 평가의 전쟁터다. 어느 작가이든지 예외일 수 없다.

얼핏 지엽적으로 보이지만, 내게는 중요해 보이는 문제. 김종엽은 현재 논란의 중심에 있는 창비의 편집위원이다. 그런데 『한겨레』 칼럼에서 그 사실을 밝히지 않은 채 마치 제3자의 입장에 서 있는 것처럼 '자비의 원칙'을 말한다. 나로서는 납득할 수 없다. 나는 창비 편집위원이라는 그의 위치가 이번 글에 직접적 영향을 미쳤다고 단언하고 싶지는 않다. 다만, 아무리 객관성을 표방하는 경우에도 자신이 처한 입장의 주관성을 성찰하는 것이 중요하다. 그것이 이른바 '이해충돌의 배제' 원칙이다. 나는 김종엽의 글이 그런 원칙을 위배한 글이라고 판단한다. 글의 내용에 대한 동의 여부를 떠나서, 이 글을 읽고 내가 불쾌감을 느꼈던 이유다.

황정아의 글에 대해서는 짧게 적는다. 이 글은 여러 가지를 말하지만 핵심은 표절에서 의도성의 문제를 어떻게 볼 것인가에 있다. 황정아의 주장이다. "의도적 절도로서의 「전설」이나 상습범 신경숙을 단정했다가 그간의 논의를 통해 '의도'를 가정한 비난이 부적절하다는 점을 새삼 발견한 것이라면 스스로 그러한 비난에 얼마나 동조했는지도 솔직히 밝히는 게 옳다." 첫째, 내가 동의하는 지점. "의도를 가정한 비난"은 타당하지 않다. 만약에 신경숙의 표절 여부를 표절의 의도가 있는가, 아닌가를 따져서 단죄해야 한다는 주장을 누군가가 내세운다면 나부터 동의하지 않을 것이다.

둘째, 동의하지 않는 지점. 황정아는 표절에서 의도성의 여부를 파고들지만 문학 작품의 평가에서 의도성은 중요하지 않다. '의도의 오류intentional fallacy' 등의 개념을 통해 신비평을 비롯한 여러 현대 비평이론이 이미 밝혔듯이 작품의 의미는 작가의 의도와 같지 않다. '작가를 믿지 말고 작품을 믿어라'라는 유명한 격언이 나온 배경이다. 표절 문제도 마찬가지이다. 표절을 하려는 의식적 의도가 있었든 없었든 작품에 표현된 문장이 다른 작가의 작품과 결과적으로 아주 유사하거나 심지어 동일하다면 그것은 표절이다. 물론 문장 차원의 표절 판단과 작품의 모티프, 서사, 구성 등의 표절 여부에 대한 판단은 구별해야 한다. 후자의 경우는 더욱 조심스럽게 따져야 할 문제다.

창비 편집위원들이 자신들의 목소리를 내는 것은 반갑다. 하지만 내 편견인지 모르겠지만, 김종엽과 황정아의 글은 그간 창비가 내놓은 입장의 반복에 가까운 인상이다. 비판자들에게 '자비의 원칙'을 요구하기 전에, 그 원칙을 자신들에게 먼저 적용하여 상대방의 말을 경청하길 바란다. 그래서 좀더 새로운 견해를 제시하길 바란다. 그럴 때 생산적 대화가 가능할 것이다.

(2015.10)

유물론자는 자기변명을 하지 않는다

"유물론자는 자기변명을 하지 않는다"(알튀세르), "세계와 당신과의 싸움에서 언제나 세계의 편에 서라"(카프카). 이 말들의 의미를 새겨 보며 단상 몇 개를 적는다. 많은 사람들이 노력하고 애를 써도 무엇 하나 제대로 달라지는 것 없는 듯 보이는 갑갑한 현실. 그 현실에 서 나는 어떤 마음으로 살아야 하는지를 생각하게 된다. 세상을 조 금이라도 편안하게 사는 길은 무엇일까? 범박하게 말하면 '되면 좋 고, 안 되면 말고'의 마음으로 사는 것이다. 안달하고, 아등바등한 다고 되지 않을 일이 되지는 않는다. 그건 자기를 추하게 만들 뿐이 다. 일을 어떻게든 되게 만들려고 무리하게 뛰어다니면서 안달하 는 모습. 물론 어떤 일이 성사되도록 노력은 해야 한다. 감나무 아 래 그냥 누워 있다고 감이 떨어지는 법은 없다. 하지만 감이 떨어지 고 안 떨어지고는 한 개인의 힘으로 되는 게 아니다. 때가 되어야 감은 떨어진다. 미리 흔들어 봐야 먹지 못하는, 덜 익은, 아니면 썩 은 감이 떨어질 뿐이다. 딱 내 입에 맞는 감이 떨어지고 아니고는 내가 어쩔 수 있는 게 아니다.

아름다운 단단함

어떤 일이 되고 안 되고는 개인의 뜻, 의지, 바람, 욕망, 노력으로 되지 않는다. 이게 내가 이해하는, 정신분석학자 라캉의 윤리학이다. 타자the Other의 윤리학. '나'는 '타자'를 통제할 수 없다! 그럼에도 불구하고 거기에 얽매일 때, '왜 나는 이렇게 노력하고, 간절히 바라는데 세상 일이 되지 않는가'라고 타자와 세상을 한탄하고 원망할 때 삶은 피곤해진다. 타자는 나에게 냉담하다. 그게 '나'의 마음에 들고 안 들고와는 아무런 상관이 없다. 세상의 냉엄한 이치이다. 그걸 인정하지 못하면 마음에 원한과 분노가 쌓인다. '내'가 원하는 대로 세상이 굴러간다면 삶의 고통, 세상의 비극은 없을 것이다. 통제할 수 없는 세계의 힘에 의해 우리는 행운을, 혹은 불운을 맞는다. 그걸 어떻게 설명할 수 있는가? 행운과 불운을 기뻐하고 슬퍼한다고 달라지는 건 없다. 섭리, 운명, 팔자, 인연이라는 다양한 표현들은 이런 세상의 이치를 일컫는 표현들이다. 그것이 운명애amor fati의 의미이다. "유물론자는 자기변명을 하지 않는다"는 알튀세르의 말을 나는 그렇게 이해한다. 물론 이해와 행동은 별개의 문제이지만 말이다.

아이들과 어른들의 차이는 무엇일까? 아이들은 자신이 욕망하는 것이 모두 이뤄질 수 없다는 걸 참지 못한다. 이해하지 못한다. 아이에게 자신의 나약한 자아·주체와 강고한 객관 세계의 논리는 분리되지 않는다. 그게 유아론이다. 라캉이 말하는 상상계the Imaginary의 논리다. 상상계의 아이에게 주체와 세계는 분리되지 않는다. 강하게 표현하면 아이에게는 자신이 곧 세계이다. 그러므로 자신의 욕망이 곧 세계의 욕망이다. 아니, 세계의 욕망이 되어야 한다. 따라서 자신의 욕망은 언제나, 즉각적으로 성취되어야 한다. 욕망의 유예나 미성취는 참을 수 없다. 자신의 욕망이 세계의 논리, 타자들의 욕망 앞에 좌절될 때, 즉 타자인 부모가 '그건 안돼'라고 말할 때 아이는 울음을 터뜨린다. 아이들이 미성숙하다는 건 이런 뜻이다. 영화 〈베테랑〉의 조태오 같은 이들, 갑질을 일삼는 돈 가진 자들의 천박함이 좋은 예이다. 한국사회 곳곳에서 발견하는 유아론자들. 몸만 어른인 아이들의 모습. 정신적으로 어른이 된다는 건 자신의 욕망이 곧 세계의 욕망, 타자들의 욕망이 될 수 없다는 쓰라린 진실, 세계의 이치를 담담하게 승인하는 것이다. 쉬운 예를 들어보자. 우리는 살면서 어떤 평안한 순간을 욕망한다. 대개 그런 평안한 순간은 내가 욕망하는 것들이 이뤄지는 순간이다. 그건 아주 사소한 대상이나 물건을 소유하는 것에서부터 좀더 거창한 것들, 권력, 명예, 지위 등을 얻는 것이 될 수 있다. 그런 것들을 순조롭게 성취할 때 우리는 기뻐한다. 그런 순간이 지속되기를 욕망한다. 팔자나 운수가 좋다는 것은 이렇게 자신의 욕망이 타자들의 욕망과 일치하여 그 욕망이 손쉽게 성취되는 경우를 가리킨다. 아쉽게도 그런 이들은 극소수이다. 대개의 경우 세상일은 그렇게 '나'의 욕망대로, 뜻하는 대로 굴러가지 않는다. 현실이, 삶이 불공평하고 불공정한 이유, 아니, 그렇다고 우리가 느끼는 이유는 나의

아름다운 단단함

욕망과 세계와 타자들의 욕망 사이의 불일치 때문이다. 우리가 어떤 대상을 간절히 욕망하는데 왜 그 대상은 우리에게 주어지지 않는가? 왜 똑같이 어떤 대상을 욕망하는데 누구는 운이 좋아 그 대상을 손쉽게 성취하고, 누구는 애를 써도 그것을 얻지 못하는가? 왜 세상은 그렇게 불공평한가? 이렇게 한탄하기 쉽다. 그러나 한탄해야 소용없다. '나'의 욕망과 타자들의 욕망 사이의 거리 때문이다. 세상은 근원적으로 불공정하고 불공평하다. 그렇지 않다고 믿는 이들도 있겠지만, 그런 이들은 내가 보기에 관념론자들이다.

라캉의 말 '나의 욕망은 타자의 욕망이다'의 뜻은 다양하게 해석될 수 있지만 이렇게도 해석 가능하다. 타자들은 '나'의 욕망에는 별 관심이 없다. '나'의 욕망이 대단하다고 믿는 건 오직 '나' 자신뿐이다. 우리는 자기 중심주의를 벗어나기 힘들다. 하지만 다른 이들에게 '나'의 소중한 욕망은 무관심한 대상에 불과하다. 어른이 된다는 건 이런 자기 중심주의를 벗어난다는 뜻이다. '나'의 욕망이 아니라 타자들의 욕망이라는 시각에서 현실을 본다는 뜻이다. 그게 라캉이 말하는 '나의 욕망은 타자의 욕망이다'를 적극적으로 해석하는 방식이다. 타자들은 각기 그들의 욕망에 관심이 있을 뿐이다. 그리고 타자들의 욕망은 언제나 나의 욕망보다 힘이 세다. 타자들은 '나'보다 다수이며 그 수많은 타자들이 서로의 관계맺음을 통해 만들어내는 욕망의 무한한 세계는 '나'나 타자들이 통제할 수 없다. '나'는 무엇을 욕망할 수 있다. 그건 자연스러운 것이다. 인간은 끊임없이 무엇인가를 욕망하기에 인간이다. 정신분석학의 핵심 원리이다. 나는 욕망의 단절이나 억제, 초월을 가르치는 종교적 가르침에 공감하지 않는다. 그보다는 욕망하는 인간을 지지하는 라캉이나 들뢰즈의 편에 선다. 따라서 우리는 각자의 욕망의 정체를 냉철하게 인식하고, 그 한계를 냉철히 분석하고, 그것을 얻을 수 있도록 노력할 뿐이다. 노력하는 건 우리의 자유이다. 그게 인간답다. 그러나 '내'가 하는 노력의 중요한 전제는 그런 노력을 한다고 '내' 욕망이 이뤄질 가능성은 그리 많지 않다는 것을 인정하는 것이다. 어른이 될수록 욕망을 절제하고 바라는 바가 적어져야 한다는 것을 나는 이렇게 이해한다. 그것은 '내' 주관적 욕망이 객관적으로 달성될 가능성이 나이들수록 축소되기 때문이지만, 더 근본적으로는 '내' 욕망의 한계를 좀더 냉철하게 인식한 결과이기도 하다.

카프카는 이렇게 말했다. "세계와 당신과의 싸움에서 언제나 세계의 편에 서라." 우리는 '나'와 세상의 싸움에서 언제나 세상을 지지해야 한다. '나'의 욕망은 세상의 욕망, 타자들의 욕망에 견주어볼 때 아무것도 아니기 때문이다. 주체의 공백과 한계를 인식할 때 우리는 비로소 주체가 된다. 세상에서 말하는 팔자, 운수, 운명, 섭리, 인연의 뜻을 라캉 식으로 이렇게 정리할 수 있다. 타자들의 욕망은 내가 이해할 수 없는, 통제할 수 없는 객관적 힘이다. 그 힘의 정체는 '나'도, 심지어 '타자'들도 모른다. 라캉의 말대로 "타자

아름다운 단단함

밖에 타자는 없다". 요는 알 수 없는 세상의 이치나 타자들이 만들어내는 무한한 욕망의 운동 속에서, '내'가 운이 좋을지, 불운할지는 아무도 모른다는 것이다. 어떻게 그런 무한한 타자들의 욕망을 '내'가 알 수 있고 통제할 수 있는가? 오직 신만이 할 수 있다. 삶은 언제나 불공평하고 불공정하다. 그 불공평함과 불공정성을 무심히 받아들일 때 비로소 우리는 어른이 된다. 그러나 우리는 욕망하기를 멈출 수 없으니, 그 어른되기는 얼마나 힘든가. 라캉이 끊임없는 욕망의 가로지르기를 강조한 이유이다. 문득 어느 시의 구절이 떠오른다. "절망에 대해 말해보렴, 너의 절망을, 그럼 나도 내 절망을 들려줄 테니. 그러는 동안에도 세상은 돌아가고. 그러는 동안에도 태양과 선명한 빗방울들은 풍경을 가르며 지나간다네. 대초원 너머, 우거진 수풀 너머, 산과 강 너머로. 그러는 동안에도 기러기는 맑고 깨끗한 저 하늘 높이에서 다시 집을 향해 날아간다네."(메리 올리버, 「기러기」 부분)

〈2015.10〉

세상

말년 예술의 위대함

W. B. 예이츠의 초기 시 「버드나무 정원Down By the Salley Gardens」을 노래로 만든 곡을 들었다. 슬프고 아름답다. 예이츠 자신의 설명에 따르면, 이 시는 구전되어 온 아일랜드의 민요를 바탕으로 예이츠가 완성한 시다.

버드나무 정원

W. B. 예이츠

내 사랑과 나는 만났습니다
그녀는 눈처럼 흰 작은 발로
버드나무 동산을 지나갔습니다
나무에서 나뭇잎이 자라듯이
느긋하게 사랑하라고 그녀는 나에게 권했지만
젊고 어리석었기에 나는
그녀의 권고를 따르지 않았습니다

아름다운 단단함

강가 들판에

내 사랑과 나는 서 있었습니다

기울어진 내 어깨 위에

그녀는 눈처럼 흰 손을 올렸습니다

방죽에서 풀들이 자라듯이

인생을 여유롭게 살라고 그녀는 내게 권했지만

나는 젊고 어리석었습니다

내 눈에는 지금 눈물이 가득합니다

이 시는 예이츠의 첫 시집인 『오이신의 방랑*The Wanderings of Oisin and Other Poems*』(1889)에 실렸다. 국내에서는 예이츠가 1888년에 쓴 「이니스프리의 호수 섬*Lake Isle of Innisfree*」이 그의 대표작으로 알려져 있지만 이 시도 좋다. 이 시는 1865년생인 예이츠가 20대에 쓴 초기 시들의 성격을 잘 보여준다. 그의 초기 시에도 삶의 비애를 통찰하는 시인의 안목이 잘 드러난다.

다른 유럽 시인들과 마찬가지로 예이츠의 경우도 초기의 낭만적/전라파엘적*Pre-Raphaelite* 시들만이 대표작인 것처럼 한국에서는 알려져 있다. 오해다. 예이츠의 위대성은 말년에 이르기까지 그가 구축한 하나의 시 세계에 안주하지 않고 계속해서 변모하는 다양한 경향의 시들을 실험했다는 것이다. 그는 계속해서 변모하고, 더 깊어지는 시를 썼다는 것에서 드러난다. 1923년에 예이츠는 아일랜드 작가로는 처음으로 노벨문학상을 받았다. 그런데 노벨상을 수상한 이후에 더 좋은 시들을 썼다는 것이 그의 위대함이다. 모든 위대한 작가들이 그렇듯이, 그는 섣불리 현실을 초월하거나, 도사 연하지 않는다. 그런 점에서도 그는 사이드가 말한 위대한 말년 예술의 특징을 보여준다. "차분함과 성숙함이 기대되는 곳에서 우리는 털을 곤두서게 하고 까다롭고 가차없는, 심지어 비인간적이기까지 한 도전을 발견한다."(에드워드 사이드,『말년의 양식에 관하여』)

조금만 이름을 얻고 지식이 쌓이고 사람들이 주위에 모이면 세상을 달관한 듯 짐짓 대가연하는 작가나 지식인들과는 좋은 비교가 된다. 물론 비판적 지성과 참된 달관이 통하는 면도 있을 것이다. 그러나 내가 좋아하는 영국 낭만주의 시인 블레이크가 말했듯이 높은 경지의 순수함higher innocence은 순수함innocence과 경험experience을 아우르고 넘어서는 것이지 경험의 세계를 외면하지 않는다. 탁월한 시는 세계 안에 존재하고 그 세계를 끌어안는 내재성immanence의 시이지 섣부른 초월성을 지향하지 않는다. 그런데 우리 시대의 도사들은 그런 태도와는 거리가 멀다. 상식적인 말이지만 지식은 지성이 아니다. 지성은 언제나 비판적 지성이며, 그 비판의 첫번째 대상은 자기 자신이다. 그러므로 위대한 시인이나 예술가, 사상가는 달관한 도사와는 거리가 멀다. 자기 비판과 달관은 양립할 수 없다. 그들은 끊임없는 자기 쇄신과 정신의 영구 혁명을 감행하는, 청년 정신을 잃지 않는 이들이다. 위대한 시인이나 예술가,

아름다운 단단함

사상가는 언제나 전위적이다. 전위에게는 달관이나 초월, 혹은 도사연하는 태도가 없다. 한국지식계나 문학계의 얼치기 도사들이 새겨들을 말이다. 내가 예이츠에게서 발견하는 미덕이다.

(2015.7)

에드워드 사이드, 장호연 역, 『말년의 양식에 관하여』, 마티, 2012.

세상

재승덕 才勝德

뛰어난 재주가 덕성만 못하다. 후덕한 덕성이 좋은 운세만 못하다. 많이 언급되는 옛 말이다. 물론 재능과 덕성을 쌓지 않으면 좋은 운세도 오지 않는다. 좋은 운세는 대개 노력하는 이에게 찾아온다. 게으른 자에게 좋은 운세가 오는 경우도 물론 있지만 극히 드물다. 하지만 재능과 덕성이 있다고 반드시 좋은 운세가 오지도 않는다. 불합리해 보이고 납득할 수 없지만 그게 세상의 이치이다. 삶의 비극성은 이런 불합리해 보이는 세상의 이치에서 나온다. 삶의 납득할 수 없는 불합리성, 공평하지 못함, 하지만 자신에게 주어진 불운을 탓하지 않고 묵묵히 견디는 견인주의. 여기서 비극적 인물들이 탄생한다. 뛰어난 문학의 주인공들 중에는 그런 비극적 인물이 많다. 『비운의 주드』를 비롯한 토마스 하디 소설의 주인공들이 대표적이다. 그들은 자신에게 주어진 세상의 불합리성을 탓하지 않는다. 다만 묵묵히 견딜 뿐이다. 불운을 탓한다고 달라지는 게 없다는 걸 그들은 잘 알기 때문이다. 참고 견디며 주어진 삶을 살 뿐이다. 그런 태도에서 어떤 숭엄함이 나타난다. 삶이 유토피아 세상처럼 언제나 합리적

아름다운 단단함

이고 공평하게 반듯하게만 굴러간다면 비극이나 비극적 주인공도 없을 것이다. 비극적 주인공은 불합리한 세상이 낳은 것이다.

오늘 들른 동네 수퍼마켓에서 밝은 얼굴로 대화를 나누는 성장 지체 장애인을 우연히 보았다. 나이는 적지 않아 보이는데 키가 채 1미터도 되어 보이지 않았다. 너무나 왜소한 체구였다. 하지만 대화를 나누는 그의 얼굴은 놀랍도록 밝았다. 그는 즐거워 보였다. 물론 내 시각에서 판단한 인상에 불과하다. 내가 저런 처지라면 어땠을까? 그런 의문이 문득 들었다. 아마도 나를 비롯한 많은 이들은 자신에게 주어진 도무지 납득할 수 없는 불운한 처지를 낙담하며 하루하루를 한탄하며 세상을 저주하며 살아가지 않았을까? 그렇게 삶을 탕진하지 않았을까? 그리고 생각했다. 삶의 납득할 수 없는 불운에 대해. 그 불운을 견디는 법, 더 나아가 이기는 삶의 태도에 대해. 자신이 지닌 얼마 안 되는 재능을 내세우며 자신만만하게 세상을 사는 사람들이 있다. 재주가 덕성을 이기는 사람들, 재승덕才勝德한 이들이다. 나는 그런 사람들과 별로 가까이 하고 싶지 않다. 물론 내가 지니지 못한 재주가 부럽고 시샘이 나는 것도 한 이유이겠다. 하지만 더 큰 이유는 그런 이들에게는 배울 게 없기 때문이다. 그런 이의 곁에 있으면 내 마음이 불편해지기 때문이다. 재주가 많은 사람보다는 깊은 덕성이 있는 사람을 만나고 싶다. 뛰어난 재주나 깊은 덕성이 좋은 운세를 이기지 못한다는 걸 나도 잘 안다. 덕성이 부족해 보이는 이들이 자신의 재주와 좋은 운세로 깊은 덕성을 지닌 사람을 제치고 소위 잘나가는 세속적 지위를 차지하는 경우를 종종 보기 때문이다. 특히 한국사회 같은 곳에서는 그런 이들이 대개는 출세한다. 물론 그들 중에는 재주와 덕성, 그리고 운세까지 따라주는 이들도 있다. 그러나 역시 드물다. 대개는 재주가 덕성을 이긴다. 거기에다 운세까지 따라주면 더 잘나간다. 모든 일이 자기 뜻대로 되니 세상이 원래 그런가 보다 여기고 모든 일에 자신만만하고 오만하다. 덕성을 쌓을 이유가 없다. 그렇게 세상을 사니 천박해진다. 세속적으로는 출세해서 인정받고 잘나가지만 사람됨은 깊이가 없다.

세상의 이치 중 하나. 세상은 다수의 주인공을 필요로 하지 않는다. 모든 사람들이 빛나는 주인공 역할을 맡기를 바라지만, 그럴 수도 없고, 그렇게 되어서는 일이 안 된다. 세상의 이치상 각광을 받는 주인공은 하나일 수밖에 없다. 그리고 불운하게도 우리들 각자가 그 주인공을 맡지 못할 수도 있다. 능력으로나 자격으로나 스스로 생각하기에 자신은 당연히 주인공 역할을 맡아야 한다고 생각하지만, 불운으로, 혹은 기타의 이유 때문에 각광받지 못하고, 이름조차 기억되지 못하는 초라한 조역이나 단역을 맡을 수도 있다. 그러나 그게 대수인가? 세상일이 잘 되려면 빛나는 주인공 한 명보다는 눈에 띄지 않는 수많은 조역, 단역들이 있어야 한다. 그들 사이의 화음이 이뤄져야 한다. 그리고 세상일이 좋아지기만 한다면 꼭 '내'가 주인공이 되지 않아도 좋다는 깨달음이 공유되어

아름다운 단단함

야 한다. 그렇게 생각하는 사람들의 수가 늘어나는 만큼 세상은 달라진다고 나는 믿는다. "猪怕肥 人怕出名"이라는 경구가 있다. 돼지는 살찌는 것을 두려워하고 사람은 이름나는 것을 두려워해야 한다는 것이다.

나는 번뜩이는 재주와 좋은 운세를 지녔으나 천박한 사람보다는 좌절하고 고통을 겪으면서 깊은 덕성을 쌓는 사람이 더 좋은 사람이라고 생각한다. 되도록 그런 사람들과 가까이 하고 싶다. 좋은 재주와 운세를 지닌 사람보다는 덕성이 깊은 사람에게 배울 것이 많기 때문이다. 사람의 깊이는 결국 재능이나 운세보다는 그가 좌절과 고통 속에서 쌓은 덕성에 좌우된다고 나는 생각한다. 그러나 현실에서는 재능과 덕성을 지닌 많은 이들이 불운에 따른 고통 때문에 좌절하는 경우도 적지 않다. 삶의 비극성이다. 하지만 세상에는 자신의 불운을 더 깊은 덕성의 수양으로 전환시키는 이들도 적지 않다. 요즘 내가 그런 삶을 산 인물들의 평전에 끌리는 이유이다.

（2008.7）

돈과 욕망의 교육

자본주의 사회에 살면서 돈에 초연할 수는 없다. 나는 돈에 초연하다고 말하는 사람들, 돈에 관심없다는 사람들을 그래서 별로 신뢰하지 않는다. 대개 그런 이들은 현실을 모르는 철부지이거나 아니면 돈에 신경을 쓸 필요가 없는 이들이다. 아니면 위선자들이다. 도사들 같은 부류다. 도력과 신비주의를 팔아 부를 챙기는 이들이다. 때로는 진짜로 현실에 초연한 도사들도 있겠다. 나는 아직 그런 이들을 보지 못했지만 그런 도사들도 자본주의 사회를 떠나 깊은 산으로 들어가 노동해서 자신의 먹을거리를 찾지 않거나 물과 공기만 먹고 살지 않는 한 자본주의 체제의 논리에 무감할 수는 없다. 돈·자본이 지배하는 자본주의의 논리를 의식하느냐 아니냐의 차이가 있을 뿐이지 누구도 돈의 힘에서 벗어날 수는 없다. 따라서 진정으로 자본주의에서 조금이나마 자유롭게 살려면, 돈의 논리, 자본의 논리를 알아야 한다. 제대로 된 인식에서 자유로움의 가능성이 싹튼다. "자유는 필연의 인식"이라는 헤묵은 언명의 의미를 나는 이렇게 이해한다. 돈과 자본이 지닌 막강한 힘의 의미와 한계를 알아야 한다. 맑스의 자본주의 분석이 여전히 매력이 있는 이유다. 자본이 지배하는 현실을 살면서 돈에 무감한 척, 초연한 척하는 것은 자랑이 아니라 부끄러운 일이다. 현실의 힘을 알아야 현실에 맞설 수 있다. 그렇기에 우리는 돈을 알아야 한다. 단지 문제가 되는 건 돈만 아는 것이다.

돈에 초월한 사람들은 자신의 삶에서 돈이 아니라 다른 욕망의 대상을 발견한 사람들이다. 이런 사람들은 흔치 않다. 이유는 두 가지이다. 대개는 돈 혹은 돈이 끌어오는 권력이나 다른 사회적 힘의 지표들 말고는 다른 욕망의 대상을 찾기 쉽지 않다. 그걸 찾기 위해서는 상당한 내공이 필요하다. 그리고 설사 그런 욕망의 대상을 찾는다 하더라도 그 욕망을 실현하기 위해서는 역시 자본주의 사회에서 생활하는 한은 어느 정도의, 혹은 상당한 돈이 필요하다. 예컨대 우아한 예술 활동을 하는 예술가도 밥을 먹어야 하고 삶을 영위해야 한다. 누군가는 그를 위해 생활의 뒷바라지를 해야 한다. 예술도 물적 조건을 필요로 한다. 자기의 돈이든 다른 사람의 돈이든 모두 돈이 필요하다. 그걸 모르면서 자기가 잘나서 우아한 예술 활동을 하는 척하는 이들을 보는 건 안쓰럽고 때로는 역겹다.

이렇게 돈에 초연하기가 어렵기 때문에 나를 비롯한 대다수의 사람들은 돈에 얽매여, 혹은 그것에서 벗어나지 못하고 산다. 폄하하는 말이 아니다. 나는 겉으로 돈에 초연한 척하는 사람보다는 차라리 돈의 중요성과 의미를 솔직하게 인정하는 사람을 더 신

세상

뢰하는 편이다. 환상에 살고 현실의 해탈을 꿈꾸는 정신주의자도 때가 되면 돈을 내고 밥을 먹어야 하기 때문이다. 이분법적으로 들리지만, 내가 굳이 선택하라면 관념론·정신주의보다는 유물론·물질주의를 선호하는 이유이다. 요는 정도가 문제이다. 작가 김훈이 말하듯이 '밥벌이의 지겨움' 혹은 밥벌이의 중요성을 아는 것은 중요하다. 하지만, 그것들이 중요하기에 그만큼 힘이 세기에 더욱 거리를 두는 것이 필요하다. 삶에서 돈은 중요하지만 돈이 전부는 아니다. 그 차이를 섬세하게 구분해야 한다. 그렇지 않으면 돈에서 비롯된 욕망의 대상들이 '나'를 지배한다. 물신주의가 별 게 아니다. 욕망의 대상과 주체가 뒤바뀌는 것. 그게 물신주의이다. 물론 더 많은 돈을 갖게 되면 자본주의 세상에서 살기가 분명히 편하다. 그래서 더 많은 돈을 욕망한다. 욕망의 한계가 없다. 점점 커지는 욕망을 위해서는 더 많은 돈이 필요하다. 문제는 지나친 돈을 갖게 되면, 그 욕망이 지나치면 잃는 게 생긴다는 점이다. 언제나 얻는 게 있으면 잃는 게 있기 마련이다.

　　자본주의 사회의 일상에서 느끼는 삶의 비루함 중 상당 부분은 돈과 관련된다. 그 비루함을 외면하는 예술들, 언술들, 우아한 말들을 나는 신뢰하지 않는다. 우리 시대는 자신의 인간다움과 최소한의 품위를 지킬 수 있는 돈을 벌기도 쉽지 않은 사회이다(그게 정확히 어느 정도의 돈인지는 일단 논외로 하자). 내 생각에 한국사회의 가장 핵심적인 문제는 여기에 있다. 인간다움과 최소한의 품격을

　　　　　　　　　　아름다운 단단함

유지할 수 있는 밥벌이와 일자리의 문제를 고민하지 않은 경제 살리기에 내가 냉소적인 까닭이다. 이 문제가 해결되지 않으면 국민소득 3만 달러, 경제 성장률 몇 프로 따위의 수치들은 공허한 숫자놀음에 불과하다. 돈으로부터 자유로워지려면 최소한 그런 자유가 가능한 돈을 갖고 있어야 한다. 하지만 그 다음에는 돈에 대해 있으면 좋고 없으면 말고의 마음이 필요하다. 물론 욕망의 교육은 쉽지 않다. 하지만 우리 시대에 필요한 욕망의 교육은 무엇보다 돈에 대한 우리의 욕망을 적절히 조절하는 데서 시작되어야 한다는 생각이다. 어릴 때부터 그런 욕망의 교육이 필요하고 성인들에게는 더욱 그런 교육이 필요하다. 그래야만 돈으로 대표되는 우리 시대 욕망의 대상의 노예가 아니라 주인이 될 수 있으리라. 돈과 자본의 논리를 알 만큼 알면서 동시에 초연하기. 돈에 부림을 당하는 게 아니라 돈을 부리기. 돈에 대한 욕망의 한계짓기. "부자 되세요"가 공공연하게 선전되는 시대에 문득 든 생각이다.

(2008.4)

철밥통 지키기

요새 교수들이 동네북이다. 그리고 교수 목을 자르는 게, 대학에서 퇴출시키는 게 잘하는 일로 주요 언론에서 칭송된다. 간단히 말해 이렇다. 현재 한국사회에서 수많은 사람들이 안정된 일자리도 없이 전전긍긍하는데 교수 너희들만 '철밥통'을 누려서 되겠느냐는 거다. 그렇게 교수를 비판하고, 대학에도 시장 논리를 들여와야 한다는 말들이 대중에게 선전된다. 급기야는 교수 퇴출이 대학 '개혁'(sic!)의 상징인 양 포장된다. 나는 이런 말을 떠드는 기자들이나 자본과 국가의 고위급 대리자들에게 해주고 싶은 말이 있다. 그러면 당신들은 왜 철밥통을 누리는가? 당신들부터 구조조정의 칼바람 앞에 먼저 서야 하는 것 아닌가? 구조조정 받아야 할 자들이 남들에게 구조조정을 강요하는 현실. 단상 몇 개를 적는다.

첫째, 교수직이 철밥통이면 왜 안 되는가? 철밥통 밥그릇을 요구하면 왜 안 되는가? 지금 우리 사회의 문제는 사회 전반에 걸쳐, 안정된 철밥통 밥그릇이 깨지고 있다는 것이다. 정규직은 급격히 없어지고 비정규직이나 계약직만 늘어난다. 교수도 이제는 모두 계약직 교수이다. 2002년부터 임용된 모든 정규직 교수는 계약 직이다. 그게 정년보장트랙이든 비정년보장트랙이든 마찬가지이 다. 노동력을 저가로 착취하기 위해 사용되는 비정년보장 교수직 의 문제에 대해서도 할 말이 있지만 최근 모 대학 정외과의 두 교 수가 비정년보장 교수직에서 재임용 탈락되어 문제가 되고 있다 는 사례만 전해둔다. 사정이 이런데 철밥통이 깨지는 게 그렇게 좋 은 일인가? 남 밥그릇 뺏기는 것 보는 게 그렇게 기쁜가? 물론 자 본과 권력에게는 좋은 일일 것이다. 자본과 권력은 노동 분할을 통 해 대중을 통제한다. 그런데 그게 일을 해서 하루하루 밥을 먹고 살아야 하는 대중들에게도 좋은 일인가? 우리가 해야 할 일은 사 회 전반에 걸쳐, 특히 자본과 국가에게 밥그릇의 철밥통을 당당하 고 뻔뻔하게 요구하는 것이다. 남의 철밥통까지 빼앗아야만 철밥 통이 흔들리는 '나'의 마음도 편해진다는 속좁은 이기주의는 결 국 모두를 공멸하게 만든다. 일자리의 하향평준화다. 사회적 연대 solidarity는 먼저 철밥통 밥그릇을 서로서로 챙겨주는 데서 출발해야 한다. 남이 밥그릇을 빼앗기는 걸 보고 고소해하는 순간 언젠가 같 은 논리로 나의 밥그릇도 빼앗기게 된다.

둘째, 물론 제대로 못 가르치고 연구 안 하는 교수에게 일정 한 제재를 가하고 심하면 퇴출시킬 수도 있다. 나도 경쟁의 논리를 어느 정도는 이해한다. 하지만 전제가 있다. 사람 자르는 것은 못 쓰는 물건 치우는 게 아니다. 그렇게 잘리는 사람에게 먹여 살릴 가족이 있다는 생각들이나 하고 퇴출 운운하는지 궁금하다. 미국에도 정년 보장이나 재임용 탈락이 있지만, 그곳의 고용 시장은 한국에 비해 비교할 수 없이 개방적이다. 한 대학에서 잘렸다고 해도 다른 대학에 다시 취업할 기회가 열려 있다. 한국이 그런가? 한국에서 한 대학에서 잘리면 다른 대학에 가기는 매우 힘들다. 그만큼 교수 고용 시장이 좁고 경직되어 있다. 이런 사정이나 제대로 고려하고 미국식 교수 퇴출 제도 운운하는지 궁금하다. 한국대학 안팎의 숭미주의자들은 아는지 모르겠지만 한국은 미국이 아니다. 미국의 유수 대학에서도 한국대학처럼 납득할 수 없는 평가 잣대를 기준으로 교수를 무더기로 자르는지 나는 잘 모른다. 설사 그렇다고 쳐도 그런 미국식 정년 보장 제도를 들여올 거면 미국대학만큼의 연구와 교육 여건을 만들어놓고 칼자루를 휘두를 일이다. 연구와 교육 여건은 그냥 한국식으로 하되 교수 업적이나 평가 기준은 미국식으로 하겠다는 심보는 뭐라 불러야 하나? 도둑놈 심보라고 부르면 되겠다. 교수 평가하고 재임용하는 것 좋다. 하지만 분명한 기준이 필요하다. 독재 정권 때 자의적인 기준으로 교수들을 자르고 통제했듯이 이제는 시장의 경쟁 논리를 들먹이며 임의적인 기준을 만들어 교수를 자르는 일을 해서는 곤란하다. 경쟁과 평가는 필요하지만 그 전제 조건은 납득할 수 있는 기준을 먼저 세우는 것이다.

셋째, 한국대학에서 늘 들먹이는 게 미국식 정년 보장 제도

아름다운 단단함

가 좋다는 것이다. 일단 사실이 그런지도 의문이지만 설사 그렇다고 쳐도 미국식으로 교수 평가제를 시행하려면 위에서도 지적했지만 전제 조건이 갖춰져야 한다. 먼저 한국은 미국이 아니라는 것을 분명히 해야 한다. 미국식 제도도 좋으면 당연히 들여올 수 있다. 지금까지 미국식 제도를 들여와서 잘된 것을 별로 보지 못했지만 말이다. 미국식으로 연구 업적 평가를 강화해서 교수 목을 조이기 전에 연구와 교육 여건부터 미국식으로 강화해야 한다. 그만큼의 교수의 연구와 교육에 대한 지원은 없이 업적만 늘리라는 요구는 투자는 없이 결과만 내놓으라는 무리한 요구이다. 한국의 고등교육 예산이 OECD 꼴찌이다. 이런 상황에서 연구 업적만 늘리라고 교수를 족치고 자르고, 그걸 대학 개혁이라고 언론 플레이를 하면 대학이 발전할까? 대학의 다른 여건이나 학생들의 교육 조건, 교수의 연구 여건은 지극히 후진적인데 교수만 옥죄면 대학이 발전할까? 그렇게 해서 대학이 발전한다고 생각하지도 않지만, 백보 양보해서 그렇게 해서 얻는 발전은 도대체 누구를 위한, 무엇을 위한 발전일까? 세계 대학 순위를 조금 올리는 것? 그것이 대학의 내실과는 별로 상관이 없다는 것은 대학의 행정 책임자들이나 교육 관료들이 누구보다 더 잘 알 것이다.

(2008.3)

세상

백마에서

기억이 가물거리지만 내가 백마라는 곳에 가본 것은 아마 대학 3~4학년 무렵이 아니었나 싶다. 그때 동기 여학생 중에 여러 사정으로 주위 친구들의 부러움(?)을 사면서 일찍 결혼을 한 친구가 있었다. 나를 포함한 동기 몇 명이 무슨 일인가로 그 친구의 초대를 받았고 그 친구 집이 백마역 근처였다. 신촌역에선가 타고 간 교외선은 꽤 한참을 달려서 백마역에 섰다. 이제는 기억도 가물가물하지만 역 근처에 몇 개 있던 작고 추레해 보였던 찻집과 술집들, 조야한 물건들로 지나는 이들을 부르던 초라한 놀이시설들, 그런 것들을 기억한다. 그것들을 빼고는 그저 황량한 논밭이 펼쳐져 있던 곳이었다. 저녁 무렵에 도착한 친구의 집에서 무엇을 했는지는 이제 다 잊었다. 하지만 그날 걸었던 그 조금은 황량했던 길의 기억은 지금도 아스라한 잔영처럼 남아 있다. 백마도 이제 서울 근교에 불어닥친 개발, 혹은 땅 투기의 광풍 속에 다 사라졌다. 그 황량했던 벌판에는 대규모 아파트 단지가 들어섰다. 이제 그곳은 아마 제 이름도 잊어버리고 대규모 신흥 아파트 단지인 일산의 한 부분이

아름다운 단단함

되었을 게다. 그러니 이제는 조명들을 번쩍이며 상업적인 카페촌으로 변했다는 그곳에 다시 찾아갈 생각은 별로 없다. 백마의 기억을 더 이상화시켜 주었던 노래가 동물원의 노래 〈백마에서〉이다. 1990년대 초에 나왔을 이 노래를 들으면서 내가 갔던 그곳이 백마라는 것을 다시 상기하게 되었다. 그리고 이 노래의 가사들과 내 기억을 연결시키게 되었다.

백마에서

동물원

첫눈 내리던 지난 겨울날 우린 어디론가 멀리 떠나가고 싶어서
흔들거리는 교외선에 몸을 싣고서 백마라는 작은 마을에 내렸지
아무도 없는 작은 주점엔 수많은 촛불들이 우리를 반겼고
너는 아무런 말도 없이 내 품에 안겨서 그렇게 한참을 있었지
이제 우리는 멀리 헤어져 다시 만날 수는 없어도
지는 노을을 받아 맑게 빛나던 너의 눈은 잊을 수 없어
햇살에 눈이 녹듯 그렇게 사랑은 녹아 사라져 가도
그 소중했던 지난날의 기억들은 너도 잊을 순 없을 거야
눈 덮인 논길을 따라서 우린 한참을 걸었지
너는 아무런 말도 없이 내 품에 안겨서 지는 해를 바라보고 있었지
이제 우리는 멀리 헤어져 다시 만날 수는 없어도
지는 노을을 받아 맑게 빛나던 너의 눈은 잊을 수 없어

세상

햇살에 눈이 녹듯 그렇게 사랑은 녹아 사라져 가도

그 소중했던 지난날의 기억들은 너도 잊을 순 없을 거야

오늘도 소리 없이 첫눈이 내려 난 어디론가 멀리 떠나가고 싶어서

흔들거리는 교외선에 몸을 싣고서 백마라는 작은 마을에.

때로는 기억은 사실보다 더 강한 법이다. 종종 현실보다 기억이 더 중요하게 느껴지는 게 삶이다. "첫눈 내리던 지난 겨울날 우린 어디론가 멀리 떠나가고 싶었던" 그때. "소중했던 지난날의 기억들"을 회상하는 지금의 "나"의 기억. 그리고 더 이상 "우리"가 아닌 "나" 홀로 하는 회상. "오늘도 소리 없이 첫눈이 내려 난 어디론가 멀리 떠나가고 싶"은 쓸쓸한 회상의 정서. 이런 것들이 마음에 다가왔던 듯싶다. 어쨌든 사라진 것들, 사라져 가는 것들은 슬프다. 많은 사람들이 동물원 1집과 2집에 참여했던 김광석의 목소리를 좋아하지만(그가 부른 〈흐린 가을 하늘에 편지를 써〉의 절창) 나는 〈백마에서〉를 부른 박기영의 목소리도 좋아한다. 그의 목소리에는 '동물원'적인 어떤 특색이 있다. 촌스럽고 아마추어적이지만 그러면서도 어떤 풋풋함의 진정성이 있는 목소리. 내가 보기에 이 노래가 실린 5집 이후로 동물원의 음악은 어떤 한계에 이르렀다. 하지만 적어도 이 노래가 실린 동물원 5집까지 이들의 노래는 마음에 든다. 내가 이들의 노래를 좋아하는 까닭은 내 이십 대의 착잡했던 정서와 공명하는 것이겠지만 단지 그뿐만도 아닌 듯하다.

(2005.7)

아름다운 단단함

책 수집과 지식 물신주의

어제『한겨레』책 소개란을 보니 책 수집에 관한 기사가 실렸다. '나는 책에 미쳤다'는 제목으로 책 수집에 "미친" 사람들의 이야기를 다룬 것이다. 나처럼 주로 책을 읽고 글을 쓰고 거기서 배운 지식으로 밥벌이를 하는 사람에게 책은 주요한 생계 수단이다. 그래서 아무래도 다른 사람들보다는 상대적으로 책과 가깝고 책 사고 모으는 일을 자주 하게 된다. 때로는 그걸 즐기기도 한다. 그러나 나는 다른 한편으로는 그런 책 모으기 혹은 책 수집욕이 마땅치 않기도 하다. 간단히 말해 이런 질문에 답할 필요가 있다는 말이다. 왜 돈이나 재산, 혹은 땅 모으기 등이 물신주의요 소유욕의 표현이라면 책 모으기는 그렇지 않단 말인가? 이 기사에서도 만 권의 책을 모은 어느 책 수집가가 비슷한 심경을 털어놓는다. 책 모으기가 "지식욕으로 포장된 소유욕인지도 모르겠어요". 다 읽지도 않을 책에 돈을 털어 넣고 그걸 다른 사람들은 같이 이용하지도 못하는 자기 집 구석에 잔뜩 쌓아 놓는 것이 돈이나 재산 모으기의 물신주의와 다르다는 근거는 무엇일까? 책 수집은 또 다른 물신주의의 표현이 아닐까? 일종의 지식 물신주의 혹은 책 물신주의.

필요한 책은 사서 봐야 하고 꼭 갖고 싶은 책을 소유하고 싶은 욕망을 나도 잘 안다. 그리고 실제 갖고 싶은 책을 발견하면 터무니 없는 가격이 아니라면 때로 사기도 한다. 하지만 결국 책은 책일 뿐이다. 구입하기 위해서는 돈이 필요한 물건이다. 그리고 읽지 않는 책, 읽고 거기 담긴 지식을 자기 것으로 소화하지 않는 책은 종이 무더기일 뿐이다. 어제 『한겨레』에 같이 실린 강도영의 북 카툰은 이 점을 날카롭게 지적한다. "책은 이를 펴보지 않으면 나무 조각이나 다름없다."(영국 속담) 그렇다면 바람직한 책의 소유 형태는 무엇일까? 개인들이 각자 돈을 들여 다 읽지도 못할 책을 집안에 가득 쌓아 놓는 것이 아니라 동네 곳곳에 손쉽게 찾아갈 수 있는 도서관들을 많이 만드는 것이다. 그게 당장 어려우면 각 지역의 대학과 공공 도서관이 보유한 장서와 시설을 대폭 확장하고 그것을 지역 주민들에게 개방하여 누구나 손쉽게 이용할 수 있게 하는 것이다. 다시 말해 각자의 개인 서재를 만드는 것이 아니라 공공의 서재인 도서관을 확충하는 것이 훨씬 생산적이고 바람직하다는 것이다. 그것이 적어도 읽지도 않는 책을 잔뜩 쌓아 놓고 지식의 소유욕을 자랑하는 것보다는 훨씬 나은 방안이 아닐까? 문득 내가 아는 어느 대학 선생의 말이 생각난다. "읽지도 않을 책을 잔뜩 쌓아 놓으면 뭐 하누. 가지고 있는 책이나 다 읽을 생각을 해야지. 그리고 책은 도서관에 가면 있는데 왜 그걸 꼭 자기 돈 들여

아름다운 단단함

사서 쌓아 놓아야 하나?" 별로 많은 책을 갖고 있지도 않고 그나마 그걸 다 읽지도 못한 얼치기 선생인 나로서도 가슴이 뜨끔해지는 말이다. 공부하는 사람은 무엇보다 책 소유욕으로 드러나는 지식의 소유욕, 지식 물신주의를 경계할 필요가 있겠다. 책 많이 소유한 것이 더 이상 자랑할 일이 아니란 뜻이다.

(2005.6)

세상

II

———

영화

계급투쟁과 가족, 〈기생충〉

화제작인 봉준호 감독의 〈기생충〉을 봤다. 어떤 의미에서든 감각과 사유를 자극하고 그 텍스트에 대해 뭔가를 쓰고 싶게 만드는 영화는 좋은 영화다. 〈기생충〉도 그렇다. 아래 평은 최대한 스포일러를 조심하며 쓴 글이다. 서사와 상황의 전개를 상세히 묘사하지 않으면서 평을 쓰기가 어렵지만 그래도 스포일러를 최대한 유의하면서 내가 받은 감흥을 적어 본다. 이번 학기 학부에서 맑스주의 비평을 강의한다. 학생들이 제일 이해하기 어려워하는 개념이 계급투쟁class struggle이다. 아니, 학생들만이 그런 것은 아니다. 맑스주의에 대한 많은 오해 중 하나가 바로 이 개념을 둘러싸고 생긴다. 계급투쟁은 각 계급이 주관적으로, 의지를 갖고 이뤄지는 것이 아니다. 물론 상황에 따라 그런 투쟁이 일어날 수도 있다. 많은 문학 작품이나 영화에서 묘사하는 파업이나 정치투쟁이 그런 것들이다. 하지만 계급투쟁은 각 계급의 주관적 의지나 결단의 문제가 아니라 주어진 사회적 적대 관계가 만들어내는 '구조적 효과'이다. 계급투쟁은 주관적인 의지의 문제가 아니라 객관적인 효과의 문제다. 각 계급이나 사람들의 주관적 의지와 상관없이 계급사회에서 모든 일들은 '객관적'으로 계급투쟁의 관계 속에 놓여 있다. 이 점이 중요한 이유. 계급투쟁이 각 계급 주체들의 주관적 선함이나 악함과 관계없는 구조적 효과라는 것을 잊는 일이 종종 벌어지기 때문이다. 좋은 예로 악덕 자본가와 선한 노동자의 이분법적 구도를 들 수 있다. 그러나 우리가 종종 목도하듯이 현실에서 그런 식의 이분법은 작동하지 않는다. 맑스의 말대로 본래적인 선함이나 악함은 없다. 윤리는 언제나 계급 관계의 문제다. 각 계급은 각자의 조건에서 각자의 이해 관계에 따라 생각하고 판단하고 행동한다. 그리고 그것들이 객관적으로 충돌할 때 계급투쟁이 발생한다. 〈기생충〉은 이런 의미에서의 계급투쟁에 주목한다.

내 판단으로는 지금까지 봉준호는 다양한 방식으로 억압-종속의 관계, 혹은 계급 관계의 문제를 다뤄왔다. 〈기생충〉 이전에 나온 봉 감독의 영화 중 최고작이라고 내가 생각하는 〈마더〉가 좋은 예이다. 〈설국열차〉도 그렇지만 〈마더〉는 계급지배-종속의 단순한 이분법을 무너뜨린다. 현실의 지배 구조는 그보다 훨씬 복잡한 방식으로 작동한다는 것. 그래서 〈설국열차〉가 보여주듯이 지배-피지배층의 대표자들은 더 은밀하게 현재의 지배 구조를 유지하기 위해 결탁하기도 하고 〈마더〉가 보여주듯이 피지배층 사람들은 단지 살아남기 위해 서로를 잡아먹는 끔찍한 지옥도를 연출하기도 한다. 그런 점에서 〈기생충〉이 봉 감독의 필모그래피에서

아름다운 단단함

아주 새로운 지평을 연 영화라고 보기는 힘들다. 이 영화는 〈마더〉의 계보를 분명하게 이어받으면서 계급투쟁의 의미를 블랙코미디, 서스펜스, 추리물 등 다양한 장르 영화를 뒤섞어서 다시 천착한다. 몇 가지 키워드를 중심으로 이 계급투쟁의 영화를 읽는다.

반지하층 가족. 온가족이 백수로 반지하방에 사는 가족이 있다. 아버지 기택(송강호), 기택의 아내 충숙(장혜진), 네 번이나 입시를 치렀지만 대학에 가지 못한 장남 기우(최우식), 이런저런 재능을 지녔지만 역시 백수인 기우의 여동생 기정(박소담). 영화의 앞부분에 묘사되는 이들 가족의 생활 묘사는 종종 웃음을 자아내지만 정확히 말하면 그 웃음은 '웃픈'(웃기고 슬픈) 웃음이다. 봉 감독은 '봉테일'이란 별명에 걸맞게 이들이 겪는 생활의 곤경을 몇 가지 에피소드로 압축해서 보여준다. 그리고 뒤에 다시 적겠지만 이들이 살고 있는 반지하층이라는 공간 자체가 이들이 놓인 계급적 위치와 그들이 놓인 상황의 정확한 상징이 된다. 그들에게 필요한 것은 생존을 위한 일자리이다. 그 일자리를 위해서는 어느 정도의 거짓말과 사기 행각과 기생충적 행동은 용납된다(고 스스로 믿는다). 어떤 관객들에게는 이들이 보이는 기생충적 행동이 불편하게 느껴질 수도 있을 것이다. 그러나 그 불편함은 영화의 후반부에서, 느끼기에 따라서는 다소 충격적으로 해소된다. 그리고 묻게 된다. 계급투쟁의 사회에서 진짜 기생충은 누구인가? 누가 누구에게 기생하는가?

지상의 가족. 잘 나가는 IT기업 CEO인 박 사장(이선균)의 가족. 그에게는 젊고 아름답지만 생활 능력은 거의 없어 보이는 부인 연교(조여정), 딸과 아들이 있다. 내가 위에서 군이 계급투쟁의 의미를 살펴본 이유는 이들 가족을 논하기 위해서다. 이들은 자본가이고 악한 사람들이 아니다. 그들은 자신들의 생활의 범위에서 그들 나름대로 성실하게 생활한다. 남편은 기업을 운영하고 아내는 남편과 아이들의 생활에 신경을 쓰고 아이들은 그 나이에서 생기는 이런저런 문제가 있지만 착하다. 그들은 주관적으로는 선량한 사람들이다. 그러나 앞서 말했듯이 이런 주관적인 미덕과 선함은 구조적으로 주어진 계급투쟁의 관계에서는 큰 의미를 지니지 못한다. 봉 감독은 이들의 선량함이 명확한 계급적 구분 위에서만 작동한다는 것, 그리고 그 착함의 물질적 근거가 돈에 있다는 것을 분명히 보여준다. 충숙이 말하듯이 그들은 "부자이기에 착하다"는 것. 그래서 충숙은 "자신이 부자라면 저들보다 더 착할 수 있다"고 덧붙인다. 날카로운 지적이다. 오래전 평론가 김현이 다른 맥락에서 지적했듯이 여유와 관용은 부르주아의 특권이다. 선량함은 주관적 심성의 문제만이 아니다. 그런 마음을 가질 수 있는 물질적 조건이 중요하다. 굶어 죽을 위기에 놓인 사람에게 착하게 살라는 건 잔인한 요구다.

충돌과 냄새. 두 가족이 서로 만나지 않았다면 영화가 묘사하는 폭력과 투쟁은 전개되지 않았을 것이다. 그리고 아마도 현실의 삶에서는 실제로 이 두 가족은 만날 일이 없을 것이다. 그것을

아름다운 단단함

알기에 감독은 조금은 비현실적인 방식을 통해 두 가족을 만나게 한다. 그리고 다소 작위적으로 보일 수 있을 정도로 두 가족을 같은 공간에 놓는다. 그래야 가족의 계급적 충돌이 발생하기 때문이다. 그 충돌은 서로가 다른 쪽을 증오하거나 미워해서 생기는 것이 아니다. 오히려 표면적으로는 두 가족은 선의와 고마움을 지니고 다른 가족을 대한다. 특히 반지하층 가족인 기택 가족은 그렇다. 그러나 그런 선의는 명확한 구분의 선을 전제할 때만 작동할 수 있다. 박 사장이 되풀이 언급하는 넘어서는 안 되는 선이 그 점을 가리킨다. 그 선을 넘을 때 충돌과 비극이 발생한다. 그런데 그런 구분의 선은 거창한 이념이나 계급 의식에서 표현되지 않는다. 어쩌면 사소해 보이는 것들에서 나타난다. 예컨대 영화에서 되풀이 표현되는 냄새가 그렇다. 계급적 차이는 거창한 이념의 충돌이 아니라 생활의 냄새로 구분된다. 영화의 결말 부분에서 기택이 행사하는 폭력은 그 냄새로 선을 다시 긋는 행동에 대한 반발이 촉발한 것이다. 그 폭력이 느닷없이 느껴질 수도 있지만 설득력 있게 다가오는 이유. 감독이 촘촘하게 짠 이야기의 구조 속에서 누적된 강고한 생활의 논리가 서로 화해 불가능하다는 것을 드러내기 때문이다. 주관적 의도나 선함보다 더 강한 것은 언제나 생활의 논리, 계급 관계의 무의식적 효과라는 것을 감독은 놓치지 않는다. 그래서 누군가에게는 생활을 위협하는 폭우가 다른 이들에게는 미세먼지를 없애서 공기를 깨끗하게 해주는 좋은 일이 된다. 그럴 때 '좋음'의 기준은 무엇인가를 영화는 묻는다. 계급사회에서 객관적인 좋음은 없다.

지하층 가족. 스포일러가 될 수 있기에 자세히 적을 수 없지만 영화는 〈마더〉가 그랬듯이 기생충으로라도 살아남기 위해 하층계급이 벌이는 생존의 투쟁에 주목한다. 지하층 사람들은 상층의 사람들에게는 영화가 표현하듯이 느닷없이 출몰하는 유령일 수 있다. 그 유령은 안온하고 교양 있어 보이고 젠틀한 지상 사람들의 삶을 위협한다. 영화의 결말 부분은 그 위협의 실제적 형태를 제시한다. 맑스는 계급투쟁을 유산계급과 무산계급, 혹은 지배계급과 피지배계급의 화해할 수 없는 적대적 사회 관계의 결과라고 지적했지만 현실에서는 종종 그런 계급투쟁이 피지배계급끼리 서로를 약탈하는 생존투쟁으로 전환되어 나타난다. 그 점이 더욱 이 영화를 끔찍하게 만든다. 이 점에서 영화는 〈마더〉의 계보에 있다.

모르스 신호. 영화에서 몇 번 언급되는 모르스 신호는 (반)지하층 사람들 혹은 계급들이 보내는 생존의 신호이기도 하고, 살려달라는 구조 요청의 신호일 수도 있다. 그러나 그 신호는 아무나 해독할 수 있는 것이 아니다. 해독할 수 있는 이들만이 알아듣는 신호이다. 계급사회의 사회적 적대는 쉽게 해결될 수 없는 것이지만 그 적대가 폭력적으로 해소되지 않으려면 그들의 모르스 신호를 해독하는 법을 알아야 하지 않을까. 나는 이 영화가 보내는 모르스 신호를 그렇게 이해했다. 그 신호를 해독하는 법이 쉽게 나오

아름다운 단단함

지는 않을 것이다. 영화는 그런 답을 제시할 의무가 없다. 다만 물음을 던질 뿐이다.

연극적 요소와 연기. 감독이 어느 인터뷰에서 지적했듯이 이 영화의 이야기는 거의 대부분 실내에서 이뤄지는 인물들의 관계와 충돌을 담으면서 연극적 요소를 활용한다. 명백하게 제시되는 상층, 하층, 지하층을 연결해주는 계단의 이미지, 계급 위치에 따라 분할되고 구획되는 공간의 위계 등을 영화는 실감나게 제시한다. 송강호 배우의 연기야 다시 말할 필요가 없지만 주요 배우들의 연기가 다 좋다. 특히 젊은 배우들인 최우식, 박소담, 그리고 지하층 사람들을 연기한 이정은, 박명훈 배우들의 연기가 뛰어나다. 좋은 배우들을 알게 돼서 기쁘다.

(2019.5)

외양과 진실, 〈사바하〉

이 영화는 일종의 오컬트영화이다. 어느 장면에서는 〈곡성〉을 연상하게 한다. 악과 선은 어떻게 나눌 수 있는가? 그런 물음을 파고든다. 사운드와 음악이 좋다. 배우들의 연기도 괜찮다. 박정민, 이재인이라는 젊은 배우들을 주목하게 되었다. 영화의 줄거리는 이렇다.

한 시골 마을에서 쌍둥이 자매가 태어난다. 온전치 못한 다리로 태어난 '금화'(이재인)와 모두가 오래 살지 못할 것이라고 했던 언니 '그것'. 하지만 그들은 올해로 16살이 되었다. 신흥 종교 비리를 찾아내는 종교문제연구소 '박 목사'(이정재)는 사슴동산이라는 새로운 종교 단체를 조사 중이다. 영월터널에서 여중생이 사체로 발견되는 사건이 발생하고 이를 쫓던 경찰과 우연히 사슴동산에서 마주친 박 목사는 이번 사건이 심상치 않음을 직감한다. 하지만 진실이 밝혀지기 전 터널 사건의 용의자는 자살하고, 그가 죽기 전 마지막으로 만난 실체를 알 수 없는 정비공 '나한'(박정민)과 16년 전 태어난 쌍둥이 동생 금화의 존재까지 사슴동산에 대해 파고들수록 박 목사는 점점 더 많은 미스터리와 마주하게 되는데……! 그것이 태어나고 모든 사건이 시작되었다. (『씨네21』)

악과 선의 경계에 관한 대사들이 마음에 남는다. 예수를 죽이기 위해 만 2세 이전의 아이들을 모두 죽였던 성탄절의 슬픈 배경 이야기. 자신이 믿는 신의 이름으로 다른 종교를 가진 이들, 심지어는 아이들도 죽이는 권력자들. 이른바 대의를 위해 자신과 남을 희생해도 된다고 믿는 이들. 이 영화가 묻는 질문이다. 그때 신은 어디에서 무엇을 하고 있었는가? 모두가 '선'이라고 믿었던 이가 과연 선한 존재인지, 모두가 '악'이라고 믿었던 존재가 악한 것인지를 영화는 묻는다. 영화의 '그것'은 악인가, 선인가? 이 물음에 명료한 답을 내기는 어렵다. 그게 어쩌면 인간의 한계일지도 모른다는 생각도 든다. 인간은 자신이 보고 싶은 것만 본다. 그래서 언뜻 보기에 추하고 비정상적인 것은 악으로 규정된다. 악은 대개 짐승스러운 것과 연결된다. 선은 온화함과 우아한 외양으로 평가된다. 그런데 악은 종종, 아니 거의 대부분 선의 외양을 하고 나타난다. 가장 천사처럼 보이는 이가 실은 악마이다. 그럴 때 어떻게 선과 악을 구분할 수 있을까?

제목 '사바하娑婆詞'는 "원하는 바가 이루어지소서"라는 뜻의 불교 용어라고 한다. 그때 원하는 바는 누구의 욕망인가? 절대자의 뜻인가? 아니면 절대자의 힘을 빌어 자신의 욕망을 채우려는 자의 것인가? 신의 욕망과 인간의 욕망은 어떻게 구별할 수 있는 가? 인간이 욕망을 벗어나는 것은 어디까지 가능한가? 초월의 욕망도 또 다른 욕망이다. 마음을 비웠다고 떠드는 자가 가장 욕망으로 가득 차 있는 법이다. 영화에서 가장 인상적인 장면 중 하나. 아이를 재우는 엄마의 자장가가 들리는 장면이다. 엄마-보살의 이미지는 언뜻 클리셰처럼 보이지만 이 영화는 그 둘을 설득력 있게 결합시킨다. 대의를 믿어 저지른 죄악들이 주는 고통을 달래는 자장가 소리들. 그 장면들이 마음에 남는다. 삶과 인간적인 것을 제거하고 이뤄지는 초월과 구원은 없다. 그렇게 주장하는 종교가 사이비 종교다. 사이비 종교와 그렇지 않은 종교를 나누는 기준은 뭘까? 여러 기준이 있겠지만 내가 생각하는 기준은 이렇다. 그 종교가 사람들에게 (정신적·물질적) 대가를 요구하고('나'를 위해 너희를 바쳐라!) 그 종교의 창시자가 자신을 내세우면서 스스로를 절대적 존재, 신이라고 주장하는 종교들은 의심해 봐야 한다. 예컨대 기독교 성경은 이렇게 말한다. "사람의 아들도 섬김을 받으러 온 것이 아니라 섬기러 왔고, 또 많은 이들의 몸값으로 자기 목숨을 바치러 왔다."(마태 20장 28절) 종교는 '나'가 아니라 '나' 이외의 다른 존재들을 먼저 생각한다. '나'를 앞세우고 섬김을 받으려는 것은 사이비 종교의 특징이다. 그리고 대개 창시자 '나'의 욕망은 돈과 권력과 관련된다. 그들은 사이비 도사들이다.

아름다운 단단함

이 영화에서 '악'을 제거하기 위해 '나'를 희생하는 존재가 마음에 남는 이유다. 악은 선의 희생 없이 저절로 사라지지 않는다. 그래서 어떤 존재는 오랜 기간을 짐승의 외양으로 산다. 인간들의 혐오와 배척을 견디면서. 종교의 숭고함은 여기에 있다. "죄과로 인해 고통받는 중생들을 모두 해탈하게 한 후 성불하겠노라"는 서원을 한 불교의 지장보살이 내게는 종교적 존재의 상징으로 여겨지는 이유다. 종교는 높고 고귀한 곳을 바라보는 것이 아니라 낮고 비천한 짐승들의 세계를 바라본다. 그 짐승들의 구원을 위해 자신을 던진다. 종교의 숭고함은 여기에 있다. 그런 숭고함이 사라져가는 한국 제도권 종교의 모습을 생각하게 된다.

(2019.2)

인종차별을 넘어서, 〈그린북〉

영화를 좋아하는 관객·문학평론가로서 내가 본 마음에 든 영화를 페북이나 '허프 포스트' 같은 온라인 매체를 통해 알리는 경우가 있다. 좋은 작품은 홍보하고 싶은 게 비평가의 욕망이다. 지인들의 추천을 통해 추천된 영화를 보는 경우도 종종 있다. 오늘 본 영화 〈그린북〉은 후자의 경우다. 추천에 부응하는 영화다. 문학도 그렇지만 영화도 보고 나서 뭔가 그에 대해 말을 하고 싶은 경우가 점점 드물다. 여러 요인이 있겠지만 어쨌든 내 마음은 그렇다. 그런데 〈그린북〉을 보고 나서는 뭔가 쓰고 싶은 마음이 들었다. 그만큼 이 영화가 언뜻 다소 뻔해 보이는 서사 구조 속에 다양하고 미묘한 이슈들을 담고 있기 때문이다. 그리고 그 이슈들을 상투적으로 말하지 telling 않고 보여준다showing. 좋은 작품은 주장하지 않고 담담하게 보여줄 뿐이다. 느끼는 건 독자나 관객의 몫이다.

먼저 영화의 줄거리.

뉴욕 브롱스에 사는 토니 발레롱가 (비고 모르텐슨)는 나이트클럽

경호원으로 일하며 문제가 생기면 주먹으로 해결하는 남자다. 일거리를 찾던 중 세계적인 흑인 피아니스트 돈 설리(마허샬라 알리)의 운전사로 취직한다. 인종 분리정책과 짐크로법이 존재하던 1960년대 미국을 배경으로 계급과 신분이 완전히 다른 두 사람은 콘서트 투어를 위해 맨해튼에서 출발해 미국 남부로 긴 여정을 함께하면서 인종 차별로 인한 온갖 끔찍한 일을 겪게 된다. (『씨네21』)

좀더 정확히 말하면 영화의 도입부에 밝히듯이 1962년 크리스마스를 앞두고 벌어지는, 약 두 달 정도의 미국 남부 여정을 다룬 '로드무비'다. 미국문학을 공부하는 이들에게는 친숙한 말이지만 남북전쟁 당시 주로 남부 연방군Confederacy에 속했던 지역인 '딥 사우스Deep South'로 두 사람이 연주 여행을 떠나는 배경이 주요한 제재가 된다. 그런 위험한 여정을 왜 흑인 음악가 돈이 감행하는가를 영화는 묻는다. 영화는 그 물음에 예술가의 천재성과 용기라는 답을 제시한다. 이렇게 적으면 상투적인 답안처럼 보인다. 영화는 이런 답을 상투적이지 않은 방식으로 이미지화한다. 당대 현실에서 드물게 인정받은 흑인 예술가로서 돈이 지닌 개성이 있다. 그 개성의 표현에는 영화에서는 전면적으로 다루지 않은 미국역사의 인종주의가 깔려 있다.

스필버그 감독의 영화 〈링컨〉에서 실감나게 묘사되었듯이 1860년대부터 1970년대에 걸쳐 미국은 몇 번의 헌법 개정

Amendments을 거쳐 법적인 차원에서는 노예제 폐지, 동등한 투표권과 시민권을 보장했다. 그러나 법은 법일 뿐 그로부터 약 100년이 지난 1960년대까지 흑인들은 다양한 형태의 차별을 겪는다. '딥 사우스' 지역은 그런 차별이 노골적으로 혹은 무의식적으로 드러나는 곳이다. 이런 차별의 상징이 영화의 제목이기도 한 '그린북' 이다. "〈그린북〉은 1936년부터 1966년까지 발간된 연간 여행 안내 책자로, 흑인 여행자들이 여행 중 생길 수 있는 희롱, 체포 또는 물리적인 폭력을 피해 여행할 수 있도록 가이드 역할을 했다. 미국 전역을 직접 운전하며 다닌 아프리카계 우편배달원 빅터 휴고 그린이 생존 도구가 필요하다는 현실적인 문제 의식"(『씨네21』)에서 만든 안내 책자다. 나도 이번에 이런 책이 실제로 있었다는 걸 알았다. 영화에서도 토니를 비롯한 백인들은 이런 책의 존재를 처음 알게 된다. 영화에서는 특히 숙소가 문제시된다. 흑인은 흑인이 머물 수 있는 숙소에만 투숙 가능하다. 이런 분리와 차별은 두 주인공이 점점 더 남부로 내려갈수록 노골화된다. 식당, 화장실 이용에서도 노골적인 차별이 나타난다. 그게 당대 백인들의 일반적 시각이었을 것이다. 사람들은 언제나 자기가 놓인 조건에서 세상을 보는 법이다. 객관적인 시선은 없다. 이 영화는 그런 엇갈리는 시선의 관계를 다룬다. 인종차별주의의 어두운 유산이다.

이렇게 적고 있으면 이 영화가 다소 뻔해 보이는 인종차별 고발 영화처럼 보인다. 그렇지 않다. 모든 좋은 작품이 그렇듯이 엉성한 줄거리 요약이나 작품의 시대 배경의 설명으로는 영화의 재미와 감흥을 제대로 전하지는 못한다. 좋은 영화는 개별적 인물들의 삶과 관계를 통해, 그 관계가 섬세하게 드러나는 장면과 디테일의 배치를 통해 간접적으로 시대의 정서를 전한다. 더 정확히 말하면 그런 정서를 전하는 것도 영화의 일차적 목적이 아니다. 핵심은 인물들과 그들이 품고 있는 정감의 고유성이다. 이 영화는 그 점에서도 주목할 만하다. 나는 이 영화를 보면서 몇 년 전 본 프랑스영화 〈언터처블 – 1%의 우정〉을 떠올렸다. 둘 다 다른 인종 사이의 우정과 이해의 문제를 다룬 버디무비다. 두 영화 모두 실화에 바탕한다. 하지만 상황은 정반대다. 〈언터처블〉은 부유하지만 신체장애가 있는 백인 남성과 가난하지만 자신만의 개성과 생명력을 지닌 흑인 간병인의 이야기다. 다루는 세목은 다르지만 두 영화의 기본 모티프는 유사하다. 그러나 〈그린북〉에서 토니와 돈이 맺는 관계는 더 많은 생각거리를 준다. 이 영화는 인종 문제를 다루는 영화가 보여주는 상투적인 관점의 틀을 깬다. 백인 – 부유층 – 지성, 흑인 – 하층민 – 무식함의 틀이 그것이다.

토니 역을 맡은 배우 비고 모르텐슨은 이 영화를 찍기 위해 몸무게를 20킬로나 불렸다는데 그만큼의 개성을 잘 보여준다. 거의 식탐 수준으로 묘사되는 토니의 왕성한 식욕이 한 예다. 그는 미국 사회의 주류라고는 할 수 없는 이탈리아계 미국인이다. 영화는 백인 – 흑인의 단순한 이분법으로 포착할 수 없는 그 내부의 다

영화

양한 (계급적·성적 정체성의) 차이점에 주목한다. 이탈리아계나 아일랜드계 백인이 잘 보여주듯이 남북전쟁이 끝나고 1870년대 이후 폭발적으로 이민자들이 증가하면서 이들은 미국사회에서 종종 흑인들과 경쟁 관계에 놓인다. 그들은 백인이지만 그 '백인다움'도 오랜 기간 역사적으로 규정된 것이다. 혹은 그 백인의 정체성은 쟁취한 것이다. 맑스에 기대 말하자면 흑인이 그렇듯이 '백인'도 원래 백인이 아니라 특정한 관계 속에서 백인이 된다. 영화에서도 비주류 백인의 독특한 위치에 대한 문제 의식이 드러난다. 그런 독특한 위치 때문에 토니 같은 이탈리아계 미국인들은 자기들만의 강한 (가족)공동체를 유지한다. 그 이유는 이들이 주류 백인사회와는 차별성을 지니고 외부의 압력에서 자신들을 보호해야 하기 때문이다. 주류 백인사회는 종종 WASP(백인-앵글로색슨-개신교)로 통칭된다. 이탈리아계, 혹은 아일랜드계 미국인은 거기에 속하지 못한다. 영화에서는 이와 관련해 흥미로운 에피스드가 나온다. 돈이 당시 대통령이었던 J. F. 케네디를 열렬히 옹호하거나 그의 동생이자 당시 법무장관이었던 로버트 케네디에게 자신이 처한 '어떤 곤경'을 해결해 달라고 도움을 요청하는 장면이다. 1961년 케네디의 대통령 취임은 미국역사에서 WASP에 속하지 않는 비주류 백인의 부상을 보여주는 결정적 계기 중 하나로 언급된다. 영화는 백인, 흑인으로 단순하게 범주화할 수 없는 그들 안의 차이, 즉 이탈리아계 백인-아일랜드계 백인-주류 백인-흑인 등이 맺는 다층적 관

아름다운 단단함

계의 모습을 무심한 듯하면서도 세밀하게 포착한다.

토니는 스스로를 허풍쟁이라고 말한다. 하지만 그는 스스로 말하듯 거짓말쟁이는 아니다. 다만 말과 논리보다 주먹으로 문제를 해결하는 거친 남자다. 그런 백인 남성이 사회적 관습에 따르면 백인 밑에서 굽실거려야 하는 흑인 예술가를 보스로 모시고 길을 떠나는 데서 이 영화는 범상치 않은 경로를 예고한다. 그런 경로의 시작은 영화의 초반부터 나온다. 집에 찾아온 흑인 수리공들이 마신 컵을 몰래 쓰레기통에 버리는 토니의 행동. 흑인은 토니에게도 불결한 검둥이nigger일 뿐이다. 그런 인물의 편견이 범상치 않은 여정을 통해 상투적이지 않은 방식으로 조금씩 깨져 가는 과정을 보여주는 데 영화의 매력이 있다. 남부 곳곳에서 벌어지는, 영화가 보여주는 사건들은 어느 정도는 예상할 법한 것들이다. 1960년대 미국 남부를 지배했던 견고한 인종주의의 벽들이 보여주는 모습들. 그 벽 앞에서 돈과 같은 교양 있고 지적이고 명망 있는 연주자도 예외는 아니다. 더욱이 단정할 수는 없지만 돈은 동성애적 기질이 있는 걸로 묘사된다. 통상 이런 종류의 영화는 미국사회의 인종 문제에 초점을 맞추게 된다. 그런데 이 영화는 토니와 돈의 계급적 차이, 성적 정체성의 차이에도 주목한다. 그런 차이들이 단순하게 정리되지 않는다는 점에 이 영화가 전해주는 메시지의 복합성과 깊이가 있다.

영화에서 가장 인상적인 장면 중 하나. 토니는 돈에게 자신과 돈의 계급적 차이를 언급하면서 왜 흑인으로서 네가 속한 공동체를 외면하느냐고 힐난한다. 그러나 흑인이라고 해서 모두 프라이드 치킨을 좋아하지 않듯이 돈이 지닌 다양한 정체성은 그가 어느 집단에도 쉽게 속할 수 없다는 걸 드러낸다. 토니가 백인이지만 주류 백인에 속하지 않듯이 돈은 백인사회에도, 흑인사회에도 속하지 못한다. 각기 다른 이유로 그들은 백인-흑인사회에서 배척된다. 돈은 어디에서나 주변인이다. 카메라는 종종 그런 돈의 고독을 포착한다. 그런 점에서 영화의 끝부분에서 돈이 자신을 차별하는 연주회를 거부하고 우연히 들른 흑인 전용 식당에서 흑인들과 어울려 경쾌하게 피아노를 연주하는 장면은 인상적이다. 영화는 이렇게 다른 개성을 지닌 두 인물이 맺는 관계를 재미있게, 때로는 그 상황에서 나올 법한 유머를 보여주면서 표현한다. 종종 이런 영화는 시대의 압력에 눌린 인물들의 비극적인 이야기로 끝맺는다. 이 영화는 그렇지 않다. 나는 그 점도 마음에 들었다. 그래서 영화의 마지막 장면이 주는 따뜻한 감흥은 감상주의가 아니라 두 인물이 맺어온 이해가 낳은 자연스러운 귀결로 느껴진다. 이런 종류의 버디무비에서는 역시 배우들의 연기가 관건이다. 토니 역의 비고 모르텐슨과 독특한 위치에 놓인 흑인 예술가를 연기한 돈 역의 마허샬라 알리의 과장되지 않은 연기는 뛰어나다. 나는 비고 모르텐슨을 〈반지의 제왕〉으로만 기억하고 있고 마허샬라 알리는 잘 몰랐는데 좋은 배우를 만난 느낌이다.

아름다운 단단함

강하고 센 영화만이 사람들의 마음을 사로잡을 수 있다고 믿는 이상한 경향이 한국영화계에 있다고 느껴왔다. 영화를 좋아하는 문학평론가로서 그 점이 아쉬웠다. 하지만 여전히 한국영화가 한국문학보다 힘이 있다고 생각한다. 관객보다 영화가 먼저 흥분하고 열을 내는 경우도 종종 목격한다. 그렇지 않은 영화도 사람의 마음을 사로잡을 수 있다는 걸 보여준 영화를 만나서 반갑다. 그리고 좋은 영화는 역시 디테일의 묘사에 좌우된다는 걸 다시 느끼게 한 영화를 만나서 또한 반갑다. 세상사가 그렇듯이 영화의 진실이나 힘도 거창한 주제의 제시가 아니라 디테일에서 나오는 것이다.

(2019.1)

경계인의 삶과 음악, 〈보헤미안 랩소디〉

영국의 락밴드 퀸과 그 밴드의 리더이자 보컬이었던 프레디 머큐리의 삶을 다룬 영화 〈보헤미안 랩소디〉는 개인적으로 기다리던 영화였다. 내가 퀸의 팬이었기 때문이다. 실망스럽지 않았다. 최근 개봉한 거의 모든 영화들, 특히 한국영화에 실망을 했던지라 오랜만에 극장에 간 보람이 있었다. 조심스러운 판단이지만 사람의 감수성은 대략 10대 후반에서 30대 초반에 받았던 영향에서 벗어나기 힘들다. 인식이나 사유의 깊이는 나이들수록 달라질지 모른다. 그러나 취향, 예컨대 음식, 음악, 예술, 사소한 생활의 대상들을 좋아하고 싫어하는 것은 나이를 먹는다고 크게 달라지지 않는다. 음악이나 미술 등의 취향은 특히 그렇다. 나는 지금도 그 시절에 즐겨 들었던 노래를 찾아 듣는다. 그만큼 취향은 보수적이다. 그 보수성이 꼭 좋다는 뜻은 아니고 조금씩의 변화도 있기는 하나 퀸은 그런 음악 중 하나였다.

이 영화는 1970년 프레디 머큐리가 밴드에 가입하는 시점부터 시작된다. 영화는 크게 머큐리의 사생활과 밴드 활동의 두 축

아름다운 단단함

으로 구성된다. 브라이언 메이(리드 기타), 로저 테일러(드럼), 존 디콘(베이스) 등 밴드의 다른 멤버들은 머큐리의 시점을 통해서 조명된다. 그들 모두의 이야기를 다루는 건 영화에서 현실적으로 불가능하기에 이해할 법한 설정이다. 그 설정에 기반해 꽤 설득력 있게 영화는 전개된다. 생존해 있는 멤버들이 영화의 고증에 도움을 주었다고 한다. 각 멤버들의 대학 전공을 두고 그 자신도 디자인을 전공한 머큐리가 쏟아내는 영국식 위트와 풍자도 재미있다. 일단 프레디 머큐리라는 인물이 지닌 개성이 드라마틱하고 영화적이다. 조로아스터교를 믿는 파르시Parsi 가족에서 태어나 아프리카, 인도에서 살다가 10대 후반에 영국으로 이주한 머큐리의 성장 배경부터가 통상적이지 않다. 1946년생(1991년 사망)으로 24살에 밴드에 합류한 머큐리는 영화의 초반부에 나오듯이 공항의 하역 노동자로 일하는데 그 장면에서도 인종주의적 편견이 드러난다. 영화는 아주 깊이 있게 다루지는 않지만 주변인적 인종성, 그리고 영화에서 상당한 비중을 두고 다루는 동성애 성향이 당대에 가졌던 의미를 들여다 본다. 지금보다 훨씬 소수 인종과 동성애자에 대해 억압적이었던 당대의 시대 분위기가 정확히 퀸의 음악에 어떤 영향을 미쳤는지는 나 같은 문외한이 말할 바는 아니다. 영화에는 그런 분위기를 짐작케 하는 언론 인터뷰 등이 꽤 길게 나온다. 다만, 자신들의 음악적 지향점을 설명하면서 주류가 아닌 주변인들을 대변하는 밴드가 되겠다는 머큐리의 말에는 그의 이런 독특한 정체성이 영향을 미쳤음을 짐작할 수 있다. 밴드의 대표곡 중 하나인 〈We Are The Champions〉가 좋은 예다.

영화에는 락 음악의 황금기라고 불리는 1970~1980년대 대중음악의 소소한 풍경이 흥미롭게 제시된다. 그 풍경은 단지 퀸만이 아니라 당시 서양 대중음악계 전반의 모습처럼 읽힌다. 이제는 모든 것이 컴퓨터로 조작되지만 퀸이 음악을 녹음하던 시절에는 다양한 (지금 시점에서는 코믹해 보이기까지 하는) 아날로그 방식이 사용되었다. 영화에는 밴드의 대표곡 중 하나인 〈보헤미안 랩소디〉의 녹음 장면이 꽤 길게 묘사되는데, 재미있다. 밴드의 멤버들도 머큐리가 작사한 내용의 정확한 의미를 몰랐다는 것 등. 그리고 지금 들어도 혁신적인 이 노래가 당시의 주류 대중음악계에서 받았던 오해와 홀대 등이 흥미롭게 그려진다. 그걸 보고 나서 그런 반항과 저항이 우리 시대의 대중음악계에는 얼마나 허용되는지 궁금해진다. 하긴 이미 락의 시대는 끝났으니 이런 얘기를 할 것도 없지만. 어떤 장면들은 다소 상투적이다. 짐작한 바를 크게 벗어나지 못한다. 음악을 하는 아들을 못마땅해 하는 아버지의 모습, 그런 가족과의 화해, 밴드 멤버들 사이의 동료애와 갈등과 화해, 동성애 때문에 생기는 여러 긴장 관계 등. 그러나 지금 보면 다소 상투적으로 보이는 이런 모습들이 당대에 가졌을 전형성을 생각해보면 그것도 나름대로 설득력이 있다.

그리고 무엇보다 음악이 있다. 영화의 피날레를 장식하는

아름다운 단단함

1985년 라이브 에이드 공연이 주는 압도감도 대단하지만 머큐리의 삶과 연결되어 소개되는 퀸의 노래들이 주는 감흥은 크다. 그런 감흥에는 어쩔 수 없이 이 밴드를 좋아했던 내 젊은 시절의 정서도 작용한다. 게다가 거기에 많은 사람들이 지적하는 높은 싱크로율을 지적하지 않을 수 없다. (다만, 머큐리의 독특한 입모양은 과도하게 강조된 느낌을 준다.) 퀸을 알든 모르든 볼 만한 음악영화다.

(2018.11)

가족은 무엇인가, 〈어느 가족〉

사람살이의 모양새는 역사적·사회적 조건에 따라 변하지만, 그 핵심 DNA는 별반 다르지 않다. 가족은 그중 하나다. 그러니 수많은 문학과 영화가 가족 이야기를 한다. 가족 관계에서 벌어지는 애증을 이야기한다. 그래서 때로는 놀랍다. 이 진부하고 시시하고 다 알 것 같은 가족 이야기가 그렇게도 되풀이해서 만들어진다는 것이. 고레에다 히로카즈의 경우에도 같은 질문이 가능하다. 2018년도 칸느 영화제 황금종려상을 수상한 〈어느 가족〉(원제는 '좀도둑 가족'이란 뜻의 万引き家族)을 보기 전 이런저런 말들을 들었다. 그런 말들을 들으며 내가 가졌던 마음은 기대와 우려가 뒤섞인 양가적인 감정이었다. 먼저 우려. 그동안 여러 번에 걸쳐 가족 이야기를 압도적으로 다뤄온 감독이 일견 진부해 보이는 소재를 갖고 어떤 새로운 이야기를 할 수 있을까? 혹시 전에 했던 이야기의 반복에 머무는 것은 아닐까? 그리고 기대. 하지만 가족을 다룬 영화를 만드는 역량으로는 당대 최고라 할 만한 고레에다 감독이 아닌가. 그렇다면 이번에도 뭔가 다른 얘기를 하지 않을까라는 기대. 내가 가졌던 우

아름다운 단단함

려를 완전히 떨치지는 못했지만, 그래도 역시 '고레에다 감독이구나' 싶은 만족감을 채워준 영화다.

현대 가족의 기본적 형태는 부르주아적 혈연 관계에 근거한다. 종종 그런 관계는 피로 맺어진 관계의 끈끈함과 지겨움을 낳는다. 영화는 그런 피의 순수성에 근거한 가족 관념의 의미를 다시 묻는다. 물론 감독의 이전 영화 〈그렇게 아버지가 된다〉나 〈바닷마을 다이어리〉에서도 그런 물음이 이미 제기된 바 있으나 이번 영화에서는 그 물음이 더 날카로워지고 확장된다. 그러므로 영화는 그답게 따뜻하면서도 서늘하다. 사실 이 문장은 모순적이다. 그러나 이 영화에 대해서는 이렇게밖에 말하지 못하겠다. 이제는 '감동'이라는 말도 케케묵은 상투어가 되었지만 때로 어떤 영화나 문학 작품은 그런 말을 쓸 수밖에 없게 만든다. 이 영화도 그렇다. 몇개의 키워드로 내가 받은 감동의 이유를 적어본다.

먼저 가족. 이런 가족이 있다. 이들의 관계를 통상적인 가족이라고 부를 수 있을지 모르겠지만 일단 그렇게 부르자. 영화는 뒤로 갈수록 이들이 맺는 가족 관계가 통상적인 것과는 다르다는 걸보여준다. 이들은 가족인가, 아닌가? 가족이 아니라면 이들은 무엇인가? 가장家長이라고 하기 어려운 남자가 있다. 오사무(릴리 프랭키). 그는 좀도둑질로 생활용품을 훔쳐오고 일용직 노동 일을 한다. 그리고 "집에서 배우지 못하는 아이들이 가는 곳이 학교"라고 믿는 어린아이 쇼타에게 좀도둑질을 가르친다. 영화의 첫 장면은 둘이 합을 이뤄 좀도둑질을 성공적으로 하는 장면이다. 대단한 것도 아닌 좀도둑질이다. 여기서 흥미로운 건 이들이 하는 도둑질이 거창한 계획을 세워 한탕을 하는 하이스트 필름heist film이나 케이퍼 영화caper movie와는 전해주는 느낌이 전혀 다르다는 것이다. 오사무나 쇼타에게, 그리고 그의 아내인 노부요(안도 사쿠라)나 할머니 하츠에(키키 키린)에게 좀도둑질은 생계와 생활을 위한 범상한 생활의 수단이다. 아니, 적어도 그들에게는 그렇게 인식된다. '유괴'에 대한 태도도 마찬가지다. 그들은 통상적인 사회적 관념과는 다른 삶을 산다. 그 간극이 결국 비극을 낳지만. 그래서 묻게 된다. 이들이 하는 좀도둑질이나 유괴가 좋다는 뜻인가? 사회적으로 용인될 수 있다는 뜻인가? 영화에서 이 질문에 대한 명쾌한 답을 하지는 않지만 두 개의 대사가 약간의 힌트를 제공한다. 좀도둑질은 "가게가 망하지 않을 정도로 하면 되지 않을까"라는 말로 정리된다. 이들에게 그들이 맺는 이상한 가족 관계는 "남이 버린 것을 주운 것이다". 유리는 그 사례이다. 그렇다면 버린 자들은 누구이고, 주운 자들은 누구인가? 버림과 주움의 주체와 기준은 무엇인가? 영화가 묻는 무거운 질문이다. 영화는 이 무거운 주제를 무겁지만은 않게 전달한다.

다음으로 계급과 감상주의. 영화의 중요인물들 모두는 사회적으로 하층 계급이다. 정확히 말하면 최하층으로 떨어지기 직전에 서 있는 이들이다. 이들의 좀도둑질이나 돈에 대한 태도를 쉽게 비난할 수 없는 이유다. 누가 말했듯이 관용과 여유는 부르주아의 특권이다. 일용 노동자인 오사무, 세탁 공장에서 일하는 비정규직 노동자였고 데려온(하지만 결국 사회적으로, 법적으로 유괴로 판결되는) 유리/쥬리(사사키 미유)를 지키기 위해 직장에서 잘리는 노부요. 죽은 전남편의 연금(월 6만 엔)으로 생활하는 하츠에, 유사 성행위 업소에서 일하는 아키(마츠오카 마유), 학교에 다니지 않는 어린아이 쇼타(죠 카이리), 정확한 이유는 알 수 없지만 가정 폭력으로 고통받는 유리 등. 모두가 사회적 주변계급의 인물들이다. 이런 인물들을 묘사할 때 종종 빠지는 오류가 있다. 이들을 이상화하거나(민중주의적 시각) 혹은 무시하거나(엘리트주의) 하는 것이다. 그 모두는 종종 감상주의로 귀결된다. 자신들을 억압하는 외부의 힘들에 맞서 가족 간의 유대를 확인하는 것. 그렇게 감상주의는 케케묵은 가족주의로 귀결된다. 만비키 가족의 미덕은 이런 여러 'XX주의'들에 대해 아슬아슬하게 거리를 유지한다는 것이다. 내가 굳이 '아슬아슬'하게라는 말을 쓴 이유는 그만큼 감상주의와 가족(주의)의 힘이 강하기 때문이다. 이 영화는 이런 감상주의, 가족주의에 거리를 유지하면서 따뜻하게, 서늘하게, 그리고 끈질기게 묻는다. 도대체 가족은 무엇인가?

영화 막바지에서 노부요가 던지는 질문이 그래서 예리하다. "아이를 낳기만 하면 엄마가 되나요?" 그래서 "쇼타와 유리에게 당신은 누구였는가"라는 심문관의 질문에 아무 말도 하지 못하는 노부요의 얼굴을 클로즈업으로 오래 응시하는 장면은 이 영화의 주제를 압축한다. 때로 좋은 문학 작품의 장면은 어떤 영화 장면으로 대체할 수 없는 경우가 있다. 문학적 묘사의 힘이 절대적으로 필요한 경우다. 그러나 그 반대 경우도 있다. 영화에서 노부요가 짓는 그 표정을 어떤 문학적 묘사로 대체할 수 있을까. 이럴 때 좋은 영화와 좋은 배우의 힘(연기력)을 실감한다. 혼잣말로 가족들에게 고마움을 표하는 하츠에의 표정이나 역시 오사무와 헤어지면서 혼잣말로 아빠라고 말하는 쇼타의 표정도 그런 영화적 표현의 예들이다. 좋은 작품은 줄거리나 이야기 구성만이 아니라 이런 디테일, 숏에서 힘을 발휘한다. 아쉬운 점도 있다. 제한된 시간 안에 다양한 가족의 이야기를 배치하는 관계로 각 인물들의 내면과 사연이 온당하게 표현되지 못한 느낌도 든다. 이렇게 적지만 심각한 비판이라기보다는 일종의 트집이자 아쉬움이다. 하츠에는 왜 굳이 아키와 같이 살려고 했을까? 아키의 의심대로 정말 돈 때문이었을까? 혹은 자기를 버리고 떠난 전 남편에 대한 복수심 때문이었을까? 오사무와 노부요는 어떻게 만난 것일까? 그들이 과거에 했다는 그 '행위'는 이들의 지금 행위와 관련이 있는 것일까? 아니면 그들의 말대로 무관한 것일까? 아키는 왜 집을 떠난 것일까? 그녀의 부모는 왜 자신들의 딸에 대해 거짓말을 할까? 하츠에의 죽음 이후 아키는 앞으로 어떤 삶을 살게 될까? 쇼타도 버려진 아이였을까?

많은 질문이 제기되지만 영화는 명쾌한 답을 주지 않는다.

아름다운 단단함

그리고 그 침묵은 어쩌면 당연하다. 누구도 이 질문들에 답하기 힘들기 때문이다. 삶에서는 명확한 답변이 주어지는 경우보다는 이 영화가 보여주듯이 그렇지 않은 경우가 더 많다. 어떤 평자들은 이런 서사의 구멍을 비판할지 모른다. 나는 그런 구멍 혹은 여백들이 삶과 생활 앞에서 최대한 감상주의에 빠져들지 않으면서도 따뜻함을 잃지 않은 서늘한 시선을 유지하려는 노력이라고 본다. 그래서 이 영화의 여백을 옹호한다. 그런 이유 때문에도 영화의 제목을 원제인 '좀도둑 가족'에서 '어느 가족'으로 바꾼 것은 유감이다. 영화의 이 가족은 단지 '어느 가족'이 아니다. 이들은 매우 특별한 '좀도둑' 가족이다. 아니, 가족이라고 섣불리 단정하기도 힘든 사람들이다. 바뀐 제목은 그 특별함을 가려버린다. 이 영화의 독특한 활기를 온전히 전해주지 못한다. 고레에다 감독을 두고 영화의 형식적이고 기술적인 측면에 심혈을 기울이는 스타일리스트라고 말하기는 어렵다. 그러나 이들 가족이 사는 집·공간을 바라보는 카메라의 시선이나 세세한 디테일들은 감독의 전작 〈바닷마을 다이어리〉의 집·공간이 그렇듯이 또 하나의 중요 배역의 역할을 한다. 모든 배우들의 연기가 좋지만 안도 사쿠라의 연기, 특히 영화 후반부의 연기는 인상적이다. 앞서 지적했듯이 좋은 배우는 표정과 몸짓으로 어떤 문자예술이 표현할 수 없는 것을 전달한다.

다른 나라 영화와 한국영화를 단순 비교하는 건 조심스럽다. 고레에다 감독 영화를 좋아하는 한 관객으로서 나는 이만한 가족

영화를 만들지 못하는 한국영화의 어떤 공백을 생각한다. 한국영화의 실상에 문외한인 문학평론가로서 하는 판단이지만 한국의 가족영화는 양과 질 모두에서 아쉬움이 적지 않다. 그래서 가끔씩 나오는 가족영화들은 진부한 신파적 감상주의 혹은 가족주의에 갇혀 있다. 굳이 영화를 보지 않아도 어떤 얘기들이 어떻게 전개될지 능히 짐작된다. 감상이나 신파는 힘이 세지만 감상이나 신파로 좋은 영화를 만들기는 어렵다. 좋은 영화는 좋은 문학이 그렇듯이 뻔해 보이는 제재와 소재를 갖고 관객과 독자가 갖고 있는 기대치를 돌파하고 넘어선다. 그때 필요한 것은 냉철한 시선이다. 그 시선에 고레에다의 영화가 보여주는 따뜻함과 활기라는 요소가 더해진다면 더 좋을 것이고. 이 영화가 유수의 국제영화제에서 최고상을 받아서 하는 말이 아니라 극장가에서 이런 영화를 찾아보기가 매우 힘들다는 건 유감이다. 한두 편의 블록버스터 영화가 상영관을 거의 독점한다. 예술이자 산업·비지니스의 성격이 문학에 비해 훨씬 더 강한 영화 매체의 특징을 모르지 않는다. 그러나 아무리 그래도 이건 지나치다. 관객은 좋은 영화를 더 많이 볼 권리가 있다.

(2018.8)

아름다운 단단함

사랑의 모양, 〈셰이프 오브 워터〉

영화 〈셰이프 오브 워터The Shape of Water〉를 봤다. 이번 제90회 아카데미상 작품상·감독상·음악상·미술상 수상작이고 제74회 베네치아 영화제 황금사자상(대상) 수상작이다. 먼저 제목 번역에 대해. 나는 영어 제목을 어색하게 한국어로 옮기는 게 마음에 안든다. 이 영화만이 아니라 많은 영어권 영화 번역이 그렇다. 제목을 번역해서 〈물의 모양〉이라고 하든지, 아니면 의역해서 〈사랑의 모양〉이라고 하면 될 일이다. 어색하게 〈셰이프 오브 워터〉가 뭔가. 왜 이렇게 하는지 이해가 안 된다. 영어도 아니고 한국어도 아닌 기괴한 표현이다.

　이 영화는 꽤 괜찮은 영화지만 걸작은 아니다. 내 판단으로는 아카데미 작품상, 감독상을 받을 작품도 못 된다. 기예르모 델토로 감독의 전작, 특히 〈판의 미로〉 등에 비해서도 못 미친다. 각박한 세상에 아카데미가 이런 로맨틱 판타지에 매료된 이유가 대충 짐작은 되지만, 만약 내가 심사위원이었다면 크리스토퍼 놀란의 〈덩케르크〉에게 작품상과 감독상을 주었을 것이다. 『씨네21』에

나온 영화 소개에 드러나듯이 영화의 전개와 서사는 짐작 가능한
선을 벗어나지 않는다.

〈셰이프 오브 워터〉는 1962년 미국 볼티모어를 배경으로 미 항공우
주 연구센터의 비밀 실험실에서 일하는 청소부 일라이자(샐리 호킨
스)의 뒤를 좇는다. 그녀의 삶은 몹시 고요하다. 일라이자가 말을 하지
못하는 농아이기 때문만은 아니다. 집에는 신식 TV와 매끈한 새 자동
차를 갖추고, 직장에서는 소련과의 우주 경쟁에서 이기기 위해 앞만
보고 나아가는 중산층 미국인들에겐 언어 장애가 있는 청소부의 수화
를 끈기 있게 들어줄 마음의 여유가 없다. 단조로운 삶을 이어나가던
일라이자는 어느 날 비밀 실험실에 갇혀 있는 '아가미 인간'(더그 존
스)을 발견한다. 비늘로 뒤덮여 있으며 아가미로 호흡하지만 인간의
형상을 한 이 정체 불명의 존재와 교감하며 일라이자는 어느덧 그를
사랑하게 된다. 한편 소련과의 우주 경쟁에서 밀리자 초조해진 미국은
그들의 히든카드인 '아가미 인간'을 해부해 실험에 박차를 가하려 하
고, 일라이자는 실험실의 보안 책임자 스트릭랜드(마이클 섀넌)의 눈
을 피해 아가미 인간을 탈출시키려 한다. (『씨네21』)

일라이자와 양서류 생명체 사이의 관계와 사랑은 이전에 이
미 나왔던 수많은 인간-괴물 이야기의 변주다. 익숙한 이야기다.
그렇다면 이들의 관계를 다루는 이 영화의 독특함은 무엇인가?

아름다운 단단함

먼저 양서류 생명체는 괴물이 아니다. 인간은 자신에게 낯선 존재를 무조건 괴물이라고 칭하는 본능적 적대감을 갖고 있다. 인간이란 종의 한계다. 그러나 영화에 드러나듯이 괴물 같은 모습을 보이는 것은 오히려 낯선 생명체가 아니라 인간들이다. 실감나는 악역인 스트릭랜드나 그의 상관인 장군이 그런 예이다. 그래서 일라이자는 그녀와 소통하는 거의 유일한 존재인 이웃의 게이 예술가 자일스(리처드 젠킨스)에게 이 생명체를 구하는 것을 도와줄 것을 요청하며 말한다. "우리가 그를 구하지 않는 것이야말로 비인간적인 짓이다"라고. 이 영화에 나오는 인간의 형상을 한 괴물들의 모습에서 지금, 이곳 한국사회의 괴물들의 모습을 떠올리게 되는 건 어려운 일이 아니다. 인간의 외적 형상이 인간다움을 규정하지 않는다.

둘째, 일라이자와 양서류 생명체는 말이 아니라 표정과 몸짓과 행동으로 소통한다. 그런데 그들이 나누는 침묵의 교류가 더 울림이 있다. 아마 이 영화가 기존에 나온 숱한 인간─괴물의 사랑 이야기에 비해 강하게 다가오는 이유는 그 침묵의 의미 때문일 것이다. 인간들은 소통하기 위해 말을 사용하지만 종종 그 말이 소통을 파괴한다. 이 영화에 나오는 말 잘하는 인간들은 낯선 생명체를 전혀 이해하지 못한다. 아니, 그들은 다른 인간들, 특히 사회적 약자·소수자·하층민을 이해하지 못한다. 강하게 표현하면 그들 사회적 소수자들은 인간이 아니다. 그래서 가장 낯선 존재인 양서류 생명

영화

체는 미국과 소련의 체제 경쟁에 이용될 신기하고 유익한 대상에 불과하다. 그러나 영화의 결말에서 이 생명체는 인간 이하가 아니라 인간의 능력을 초월한 신적 존재라는 게 드러난다. 영화에서 반복적으로 사용되는 물의 이미지는 그래서 인상적이다. 델 토로 감독은 환상적이고 초현실적인 이미지를 잘 구사하는 것으로 알려져 있는데 이 영화에서 사용되는 물의 이미지도 그렇다. 물은 서로를 나누지 않고 뒤섞는다. 물은 수다스럽지 않다. 물은 대상을 껴안는다. 생명의 근원이다. 물로 삶은 달걀(생명의 상징으로서 알egg)을 일라이자와 비인간 생명체가 좋아하는 것이나 그 달걀을 통해 처음 교류를 시작하는 것은 상징적이다. 이 생명체가 살았던 곳이 생명의 근원격인 아마존강이었고 그곳에서 신으로 추앙받았다는 것은 그래서 설득력 있다. 물(강과 바다)-생명체-신은 자연스럽게 연결된다. 인간의 문명에게 그 모든 것은 야만적인 것으로 보이지만.

그런 맥락에서 영화의 배경이 1960년대 초반으로 설정된 것도 이해가 된다. 이 시기는 1950년대까지의 강고한 보수주의가 균열을 드러내기 시작한 때이다. 그렇지만 새로운 반체제anti-system의 흐름(예컨대 68혁명)이 자리잡지도 못한 시대다. 그래서 사회적 소수자들은 제 목소리를 인정받지 못한다. 농아인 일라이자의 섹슈얼리티는 표현되지 못한다. 아침마다 규칙적으로 이뤄지는 그녀의 자위행위의 의미는 거기에 있다. 동성애자인 자일스, 일라이자의 거의 유일한 직장 동료인 하층민 흑인 여성노동자 젤다, 미국과

아름다운 단단함

소련의 체제 어디에도 속하기 힘들게 된 연구자이자 스파이인 로버트 호프스테틀러 등은 모두 그런 인물들이다. 그리고 이 모든 주변적인 소수자의 대표격으로 인간과 비인간의 경계에, 서 있는 존재로서 양서류 생명체가 있다. 이 생명체의 양서류적 특징을 주목할 만하다. 양서류는 경계의 생명체다. 물에도 육지에도 모두 속하지만 동시에 어디에도 귀속되지 않는 생명체이다. 이 영화의 매력은 일라이자와 생명체의 결말이 뻔히 보이는 사랑 이야기가 아니라 이 소수자적 존재들이 보여주는, 물론 짐작가능하지만 그래도 뭉클한 데가 있는 교류와 연대의 힘에 있다. 이제는 케케묵은 것처럼 보이는 소통, 교류, 이해, 연대 등의 말과 그 가치들이 전해주는 감흥. 설령 그것이 판타지처럼 느껴질지라도 그런 감흥 없이 세상을 살기도 힘들지 않은가.

음악상, 미술상을 수상한 데서 드러나듯이, 영화의 세팅과 색감은 델 토로 감독만의 고유한 느낌을 전달한다. 음악도 좋다. 영화에서 이미지의 색감이 주는 효과를 잘 활용하는 감독 중의 한 명이라는 걸 다시 확인한다. 영화 〈내 사랑, 모디〉를 보고 나서 배우 샐리 호킨스를 알게 되었는데, 이 영화의 연기도 뛰어나다. 영화의 여성 주연이 꼭 예쁜 배우일 필요가 없다는 것, 배우는 모델이 아니라 연기자라는 걸 확인시켜 준다. 인상적인 악역 리처드 스트릭랜드를 연기한 마이클 섀넌의 연기도 좋고, 양서류 생명체를 연기한 더그 존스도 훌륭하다. 이 모든 훌륭함에도 불구하고 이 영

영화

화가 내용과 형식 면에서 풍성하고 깊이 있는 영화라고 말하기는 힘들다. 몇몇 울림이 있는 장면(특히 엔딩 신)이 있지만 영화 전체로 볼 때는 울림이 깊지는 않다. 그래도 볼 만하다. 인간의 인간다움을 규정하는 근거는 무엇인지를 생각하게 만들기 때문이다.

(2018.3)

여성과 예술, 〈내 사랑 모디〉

영화 〈내 사랑 모디〉를 봤다. 최근에 이런저런 영화를 몇 편 봤지만, 그에 대해 뭐라고 쓸 마음도, 시간도 나지 않았다. 〈내 사랑 모디〉는 줄거리나 내용으로 영화의 매력을 전달하기 힘든 영화다. 이 영화는 실존인물인 캐나다 화가 모디Maud Lewis(1903~1970)의 삶을 그린다. 주로 모디가 머물던 숙모집을 나와 에버릿을 만나게 되는 1930년대부터 그녀의 죽음까지를 다룬다. 어린 시절부터 심한 관절염으로 정상적인 생활을 하지 못하고, 어린 시절 고아가 되고, 그밖에도 어떤 비극적 경험을 지닌 여성화가 모디(샐리 호킨스)의 삶을 따라간다. 이렇게 적고 보니 마치 이 영화가 역경을 극복한 '인간 승리'류의 영화 같지만, 그렇지만은 않다는 데 매력이 있다. 영화는 모디를 편견으로 대하는 주위 사람들의 시각을 보여주지만 그것이 영화의 초점은 아니다.

영화에는 모디의 그림에 관한 내용도 있지만 이 영화는 그녀와 그녀의 남편인 에버릿 루이스(이썬 호크)의 관계에 집중한다. 가난한 어업 노동자 출신인 에버릿은 처음에 집안일을 도와줄 가정부를 구했고, 숙모의 집에서 나오길 원했던 모디가 그 일을 지원해 둘은 만나 얼마 후 결혼까지 하게 된다. 결혼 당시 에버렛은 40세, 모디는 34세였다. 당시로는 늦은 나이다. 이 영화는 그렇다고 장애를 지닌 화가 아내와 예술을 잘 모르는 어업 노동자 남편 사이의 이해와 존중을 다루지는 않는다. 그랬다면 뻔한 내용이 되었을 것이다. 경제적 어려움에 처했던 두 사람에게 그림은 곧 돈의 문제였고 그 점에서는 둘의 이해가 통한 면도 있어 보인다. 그걸 드러내는 장면도 나온다. 그러나 에버렛은 자신의 입장에서만 아내를 바라본다. 그가 세월의 흐름 속에서 아내를 좀더 이해하게 된 점도 있지만 그것도 아내의 그림을 팔아 경제적 도움을 얻게 되었다는 이유가 크다. 그러면서도 에버렛은 유명세를 얻는 아내로 인해 생기는 생활의 불편함을 토로하기도 한다. 이런 세목들이 생생하게, 하지만 과하지 않게 표현되는 데 미덕이 있다. 영화의 힘은 그 관계를 다루는 시선의 깊이에서 나온다.

이 영화는 말이 많지 않다. 최근 한국영화의 문제 중 하나는 지나치게 장황하다는 점이다. 말로 해주지 않으면 관객들이 이해를 못할 것처럼. 관객을 우습게 보는 태도다. 이 영화는 말보다는 장면과 행동, 표정으로 인물의 내면을 전달한다. 이 부부의 사랑은 감정 과잉도 아니고 감상주의적으로 묘사되지도 않지만, 오히려 그렇기에 더 강하게 전달되는 정서가 있다. 특히 멀리서 잡은 숏을 통해 인물들, 특히 모디의 동선을 보여주는 장면들, 웅크리고 있는

아름다운 단단함

모디의 옆모습, 뒷모습을 아무 말도 없이 잡은 숏들은 이 영화의 배경인 캐나다 북동부 노바 스코티아 주에 속한 마셜타운이 보여주는 한적하고 쓸쓸한 어촌 풍경과 결합해 감흥을 더한다. 좋은 작품은 그 작품이 다루는 인물과 사건에 궁금증을 갖게 한다. 그 작품이 실존인물과 사건을 다루는 경우는 특히 그렇다. 영화를 보고나서 모드 루이스의 삶과 그림이 궁금해졌고 찾아봤다. 영화에서도 나오지만 1970년에 사망할 때까지 이들 부부는 상당히 유명해졌지만 가난에서 벗어나지는 못했다고 한다. 지금 모디의 그림은 호당 2만 달러 정도로 팔린다고 한다. 모디가 말하는 두 대사가 기억에 남는다. "붓만 들고 있으면 만족해요. (그림의) 프레임에 인생이 모두 담겨 있어요." 남편 역의 이썬 호크는 눈에 익지만 아일랜드 출신 여성 감독 애이슬링 월시, 모디 역을 한 영국 출신 배우 샐리 호킨스는 낯설다. 연출도 좋고, 호킨스의 연기는 뛰어나다. 추석 연휴에 볼 만한 좋은 영화다.

(2017.10)

한 시대를 추억하기, 〈첨밀밀〉

가수 등려군(덩리쥔)에 관한 기사를 읽었다. 그리고 나서 등려군의 노래가 주제가로 쓰인 영화 〈첨밀밀〉(1996)에 대해 십여 년 전 쓴 아래 글을 다시 읽었다. 나는 감상주의를 싫어한다고 몇 번 말했지만, 어쩌면 그건 내 마음 깊은 곳에 숨은 감상주의를 감추려는 무의식적 태도일 수 있다. 정신분석학에 기대면 내면의 결핍은 그걸 보충하려는 말과 행동을 수반한다. 내적으로 공허하고 열등감에 사로잡힌 이들이 그걸 감추려고 허세를 부리고 잘난 체를 하는 것, 자존감이 부족하고 열등감에 사로잡힌 이들이 자신만만한 체하고 호언장담하는 것, 실제로는 감상적인 사람이 이성적인 척하는 것, 사심이 넘치는 자가 사심이 없다고 떠드는 것 등. 아래 글을 쓴 뒤 흘러간 시간 속에서, 내 내면에서 무엇인가를 잃었고 그만큼 얻었다. 거기에 대해 유감은 없다. 그렇지만 이 영화의 두 주인공의 사랑을 보면서 공감할 수 있었던 어떤 감정의 결이 얇아진 것은 씁쓸하다. 그렇게 마음의 결이 둔감해져버렸다는 뜻이다. 읽어보니, 아래 글을 쓴 2000년대 초만 하더라도 영화를 비디오방에서 빌려서 많이 봤

아름다운 단단함

다는 기억이 난다. 격세지감이다.

　나는 중국영화를 좋아한다. 이때 중국영화란 중국 본토영화,
이제는 한물간 홍콩영화, 대만영화를 아우른다. 중국영화의 특정
장르만을 선호하는 것도 아니다. 볼 만한 수준이 된다면 장르 불문
하고 다 좋아한다. 예컨대 〈비정성시〉 등의 진지한 혹은 뭔가 찐한
느낌을 주는 드라마 영화, 〈황비홍〉, 〈동방불패〉, 〈영웅〉 등의 무
협 영화, 〈천녀유혼〉 등의 판타지영화, 〈영웅본색〉, 〈첩혈쌍웅〉 등
의 이른바 홍콩 느와르영화, 〈소림축구〉 등의 코미디영화, 그리고
오늘 단상을 적을 〈첨밀밀〉 등의 멜로영화. 웬만한 수준만 되면 다
좋아한다. 중국영화, 특히 홍콩영화의 문제점은 수준이 되는 영화
보다는 그렇지 않은 영화가 거의 대다수라는 것이다. 하긴 어느 나
라 영화든 사정은 비슷하다. 이렇게 말하면 공연히 홍콩영화에 대
한 지나친 폄하로 들릴 수도 있겠다. 그래도 나는 헐리웃영화보다
는 중국영화나 일본영화를 보면서 가슴이 찡한 적이 더 많았다. 동
양인으로서 느끼는 어떤 비슷한 정서의 공유 때문인지도 모르겠
다. 여담이지만 이런 중국영화에 대한 편견을 교정하는 좋은 글들
을 오래전에 『씨네21』에서 읽었다. 중문학자 유중하 교수가 중국
영화·중국문화에 관해 꽤 오랫동안 연재했던 글들이다. 분석과
감상의 날카로움만이 아니라 읽는 재미를 주는 좋은 연재였다. 나
중에 책으로 묶여 나오면 기꺼이 사보리라 마음 먹었는데, 중국영

화를 홀대하는 우리 영화판, 출판계의 풍토 때문인지 출판되지 못해 아쉬웠다.

내가 밥벌이하는 도시의 비디오 대여비가 서울보다는 조금 싼지라 극장에서 보지 못했던 영화를 빌려 본다. 그런 중에 〈첨밀밀〉이라는 영화를 빌려 보았다. 이 영화가 국내 개봉되었을 때 나는 미국 유학 중이어서 보지 못했다. 별 생각없이 우연히 빌려본 영화다. 이런 저런 생각이 들었다. 이와이 슌지 감독의 〈러브레터〉나 〈4월 이야기〉를 연상시키기도 하고. 솔직히 얘기하자면 그것은 생각이 아니라 내 감정에 남긴 어떤 인상의 강렬함이었다. 기본적으로 남녀 간의 사랑의 본질에 대해 회의적인 나 같은 사람도 강렬한 인상을 받았으니까 감상주의만은 아니라고 믿고 싶다. 이 영화의 무엇이 나의 감정선을 건드렸을까? 내 생각으로는 영화는 문학에 가깝다기보다는 미술, 특히 그림·회화에 가깝다. 줄거리를 분석하는 것으로 한 영화가 준 어떤 감동이나 인상을 설명하기 힘들다. 한편의 그림이 준 강렬한 인상은 어떤 글로도 대신할 수 없고 그 그림을 직접 보는 경험을 해보는 것밖에 달리 전달한 방도가 없듯이. 〈첨밀밀〉은 범박하게 말하면 잘 만들어진 한 편의 멜로영화다. 엇갈리는 젊은 남녀의 운명, 그 운명을 싸고도는 중국, 홍콩, 대만, 미국이라는 서로 다른 문화가 맺는 관계와 충돌. 거기에 놓인 사람들의 엇갈리는 삶. 그렇지만 이 영화는 멜로 영화에만 머물지 않는다.

아름다운 단단함

현대문학 이론에서는 한물간 얘기로 치부되고 있지만 나는 문학, 영화, 예술은 결국은 삶에 대한 통찰을 가르치는 것이라고 본다. 통찰이라는 표현은 진부한 말처럼 느껴지지만 내가 이 영화를 보고 어떤 감흥을 느꼈다면, 그리고 이 영화가 단지 그저 그런 멜로 영화가 아니라면 그것은 이 영화에 삶에 대한 통찰, 인간 관계, 사랑에 대한 통찰이 있기 때문이다. 살아가면서 우리는 뭔가를 잊고 사는 게 아닌가? 이런 물음을 이 영화는 던진다. 거기에는 이제는 지나가 버린 나의 20대가 그리움의 대상으로 다가오기 때문일 수도 있다. 사랑은 단지 연인들만의 사적인 것인지, 그런 사랑 속에 자신들의 힘으로는 어쩔 수 없는 시대적 배경이 어떻게 그런 관계를 굴절시키는지, 그럼에도 이제는 상투적인 말이 되어버린 사랑이라는 말은 왜 여전히 우리에게 울림을 갖는지, 인연은 무엇인지 등. 이런 것들이 감독의 좋은 연출과 내가 좋아하는 배우인 장만옥, 그리고 영화를 보면서 괜찮은 배우구나 하는 생각이 든 여명의 연기 속에 섬세하게 담겨 있다. 이 영화를 보고 나서 두 명의 배우가 비슷한 상황이지만 훨씬 가벼운 분위기로 출연한 〈소살리토〉도 보았다. 〈첨밀밀〉에 비하면 많이 모자란 영화다. 장만옥의 연기는 여전히 좋지만 여명의 연기는 그만 못하고 시나리오가 엉성한 느낌을 주어서 실망했다. 그만큼 〈첨밀밀〉에서 받은 인상이 강했나 싶다.

특히 마지막 장면은 인상적이었다. 남자 주인공 여소군과 여자 주인공 이요는 1986년 중국의 촌동네에서 성공의 꿈을 안고 홍콩으로 상경한다. 영화에서 그들이 꿈을 갖고 홍콩에 일하러 왔을 때 나는 한국의 대학생이었다. 그들은 나와 거의 동시대를 살았던 캐릭터들이다. 이 점도 이 영화를 남의 이야기로 보지 않게 만드는 한 이유다. 영화의 마지막 장면은 그들의 홍콩 상경기에서 일어난 만남과 헤어짐과 재회의 엇갈림을 요약한다. 자신들의 감정에 솔직하지 못하고 인연의 엇갈림을 안고 굴곡진 삶을 살며 10년을 보낸 뒤 1996년 뉴욕에서 두 사람은 망연히 길을 걸어가다 전자 제품점 앞에 멈춰 선다. 가게에서는 두 사람이 처음 만나 같이 부르던 가수 등려군의 사망 소식과 그녀의 노래가 나온다. 이 장면의 우연성은 분명 현실적으로는 말이 안 되지만 영화는 그런 우연성을 통해 뭔가를 이야기한다. 영화는 실제 삶의 단순한 재현이 아니다. 영화는 다른 삶의 구성을 통해 실제 삶에서 우리가 잃어버린 것들을 상기시킨다. 두 사람의 표정을 숏, 리버스숏으로 비춰주던 카메라는 서서히 옆으로 얼굴을 돌리는 두 사람을 투숏으로 잡는다. 약간의 거리를 두고 서로를 물끄러미 바라보는 두 사람의 모습. 여소군을 바라보는 이요의 놀라움과 기쁨으로 엇갈리는 표정. 영화는 거기서 1986년 그들의 홍콩 도착 장면으로 되돌아간다.

내가 이런 이들의 연대기에 민감했던 이유는 그 시대가 바로 내가 대학에 들어가 정신적 성인이 되기 시작했던 때와 겹치기 때문일지도 모른다는 생각이 든다. 장만옥의 연기를 보면서 배우가 부러운 직업이구나 싶었다. 자신의 표정과 몸짓으로 사람들에게, 설사 그것이 영화를 보는 몇 시간 정도일지라도 삶에 대한 새로운 느낌과 깨우침을 갖게 만들 수 있는 직업이라니, 부럽다. 여소군과 이요는 삶의 실패와 성공의 의미를 묻는다. 영화의 중간 부분에서 두 사람은 자신들의 삶은 실패였다고 자조한다. 중국의 촌동네에서 각자 성공의 꿈을 찾아 기회의 도시인 홍콩으로 온 두 사람은 겉으로 보기에는 성공했다. 여소군은 자신의 약혼자를 데려와 결혼하고 안락한 생활을 시작한다. 이요는 자신의 사업을 갖고 잘 살아간다. 그러나 그들은 자조한다. 사실은 두 사람 모두 실패했다고. 뒤늦게 깨달은 서로에 대한 사랑을 확인하면서(그것을 포착한 자동차 키스신은 인상적이다) 그들은 자조한다. 그런데 정말 실패한 것일까? 적어도 그들은 매우 고통스럽게 얻은 것이지만 자신들이 삶에서 원하는 것이 무엇인지를 알고 그것을 끝까지 포기하지 않는다.

대학원 시절의 어떤 겨울날이 생각난다. 밤 늦은 시간 학교를 나와 전철역에서 오지 않는 전철을 기다리면서 갑자기 밀려드는 삶에 대한 엄청난 공허감을 느끼면서 나도 모르게 많이 울었다. 왜 그랬을까? 지금 돌아보면 내 젊은 시절의 나약함, 혹은 그 시대의 암울함에 대한 비관 때문이었을까? 알 수 없다. 알 수 없는 일이 종종 일어나는 게 삶이다. 어쩌면 그것은 그때의 나는 적어도 지금보다는 삶에 대한 강렬한 욕망과 바람이 있었기 때문이 아니었을까. 세월은 지혜를 가져다주고 열정을 앗아간다고 누

영화

군가 말했다. 과연 그럴까? 많은 경우 세월은 지혜를 가져다 주지 않고 단지 삶에 대한 열정만을 가져가 버린다. 삶의 비애다. 거기서 공허감이 나타난다. 이 시대에 사랑의 의미를 묻고, 삶을 성찰하는 사유는 냉소의 대상이 되어버렸다. 나도 그렇게 종종 냉소한다. 물신주의의 시대는 곧 냉소주의의 시대다. 둘은 동전의 양면이다. "순수한 사랑 좋아하네. 그런 얘기는 다 세상물정 모르는 얘기야. 세상이 얼마나 무서운 곳인지 알아? 사랑이네 삶이네, 그런 추상적이고 도움 안 되는 것들로 골치 썩이지 말고 세상에서 살아남을 요령이나 찾아봐. 돈 많이 벌어 재미있게 살면 되는 거 아냐. 인생 별거 없어." 이런 비웃음과 냉소의 목소리가 이 시대를 지배하는 강력한 주문이다. 구로자와 아키라의 〈라쇼몽〉이 설득력 있게 보여준 주제다. 예술은 이런 실용주의·출세주의를 주문으로 만든다. 오래전 평론가 김현은 이렇게 적었다. "바슐라르라는 프랑스 철학자의 표현을 빌면 인간은 행복스럽게 숨쉴 수 있도록 태어났다. 그러니 숨을 잘 쉬는 것을 어떻게 포기할 수 있는가." 한마디 덧붙이자면, 그러니 우리는 제대로 사랑하는 것, 제대로 살아가는 것에 대한 물음을 어떻게 포기할 수 있는가. 좋은 영화는 그런 물음을 다시 상기시킨다. 〈첨밀밀〉은 그런 영화 중 하나다.

(2017.8)

아름다운 단단함

인간과 동물, 〈옥자〉

봉준호 감독의 〈옥자〉를 시내 극장까지 찾아가서 봤다. 집 근처 극
장에서는 개봉하지 않았다. 봉 감독은 한국감독 중 개인적으로 가
장 좋아하는 감독이다. 그의 영화는 꼭 극장에서 봐야 한다는 믿음
을 갖고 있다. 열성 관객의 예의다. 넷플릭스와 멀티플렉스 상영관
들의 개봉 일정 논의가 잘 안 되어서 몇몇 단관 상영관에서만 극장
개봉을 했다. 나는 개봉일에 봤다. 평일 오전 시간이었는데도 의외
로 많은 사람들이 극장을 찾았다. 봉준호의 이름값일 것이다. 인터
넷에 올라온 줄거리를 이곳에 옮겨 보는데, 봉준호같이 줄거리로
요약할 수 없는 디테일을 통해 말하는 영화에서 이런 줄거리는 그
냥 기본 정보일 뿐이다.

할아버지와 함께 사는 강원도 산골 소녀 '미자'(안서현)에게 옥자는
10년간 함께 자란 둘도 없는 친구이자 소중한 가족이다. 자연 속에서
평화롭게 지내던 어느 날, 글로벌 기업 '미란도'가 나타나 갑자기 옥자
를 뉴욕으로 끌고 가고, 할아버지(변희봉)의 만류에도 미자는 무작정

옥자를 구하기 위한 여정에 나선다. 극비리에 옥자를 활용한 식용 '슈퍼돼지 프로젝트'를 추진 중인 '미란도 코퍼레이션'의 CEO '루시 미란도'(틸다 스윈튼), 옥자를 이용해 제2의 전성기를 꿈꾸는 동물학자 '죠니'(제이크 질렌할), 옥자를 앞세워 또 다른 작전을 수행하려는 비밀 동물보호단체 ALF^{Animal Liberation Front}까지. 각자의 이권을 둘러싸고 옥자를 차지하려는 탐욕스러운 세상에 맞서, 옥자를 구출하려는 미자의 여정은 험난해져 간다.

〈옥자〉는 봉 감독의 필모그래피에서 처진다. 항상 기대치를 넘어서는 영화를 보여줬던 봉 감독의 전작들에는 못 미친다. 봉 감독 특유의 영화적 리듬감, 에너지 등이 잘 느껴지지 않는다. 내 생각에 그렇게 된 이유는 이 영화가 미자와 옥자의 순정어린 우정을 다룬 영화이기 때문이다. 봉 감독의 전작들과는 영화의 제재와 정서가 다르다. 많은 평자들이 이미 지적했듯이 이 영화에서 그려지는 미자와 옥자의 관계는 미야자키 하야오 영화를 떠올리게 한다. 특히 영화 초반부 두 캐릭터가 보여주는 관계의 디테일들이 그렇다. 어떤 장면에서는 거의 노골적으로 미야자키 감독의 〈토토로〉가 연상된다. 그런 장면이 연상되어서 이 영화가 문제라고 말하는 게 아니다. 〈토토로〉의 순수한 우정이 거의 비슷하게 〈옥자〉에도 드러난다는 뜻이다. 이것도 비판으로만 하는 말은 아니다. 가치 판단이 아니라 사실을 진술하는 것이다. 이 영화는 어른의 세계를 치

아름다운 단단함

밀하게 파고들었던 봉준호 영화의 계보에서는 이질적이다.

영화 〈괴물〉에서도 현서(고아성)라는 미성년 캐릭터가 중요한 역할을 했다. 하지만 〈괴물〉은 어디까지나 현서의 아버지인 강두(송강호)와 그 가족의 이야기였다. 〈괴물〉을 현서의 영화라고 할수는 없다. 〈옥자〉는 미자와 그의 가족이자 친구인 옥자의 이야기다. 모든 어른들은 미자-옥자 관계의 주변에 위치한다. 중요한 차이다. 〈괴물〉과 〈옥자〉는 영화의 톤 앤 매너tone and manner가 다르다. 물론 봉 감독답게 미자와 옥자의 그 우정을 아름답게만 그리지는 않는다. 그들의 세계는 곧 어른들의 세계에 의해 위협받는다. 영화 초반부 절벽에서 몸을 던져 미자를 구하는 옥자를 다룬 장면은 이 영화가 앞으로 어떻게 전개될지를 압축적으로 보여준다. 봉 감독 영화들이 줄곧 다양한 방식으로 견지해온 사회비판적, 반체제적인 면모가 없는 건 아니다. 식량난에 처한 인류에게 맛있는 고기를 값싸게 공급하겠다는 미란도 기업이나 그에 맞서는 동물보호단체 중에서 어느 한 쪽은 명확하게 악이고 다른 쪽은 절대선인 것은 아니다. 그런 선악의 경계를 흐리는 게 봉 감독 영화의 특징이다. 하지만 기본적으로 미자-옥자의 관계가 서사의 핵을 차지하는 영화이므로 봉준호 영화의 특징이 제대로 표현되지 못했다는 인상이다. 한마디로 전체적으로 밋밋하고 날카로운 면이 사라져 뭉툭해진 느낌을 받는다. 미자-옥자의 우정이 서사의 핵심인 영화이기에 이해할 수도 있지만 그래도 불만스럽다.

영화의 결말 부분에서 보여지는 도축 시설의 끔찍함, 이제 곧 맛좋은 고기로 '해체'될 운명에 처한 수많은 옥자들을 모아놓은 사육장의 이미지는 꽤 충격적이다. 그러나 그 충격은 안온한 느낌을 주는 영화의 마지막 밥상 장면(영화 〈괴물〉의 마지막 밥상 장면을 연상시키지만 더 안온한 인상이다)으로 덮인다. 다소 엇나가는 이야기지만 수퍼돼지 옥자는 미자의 친구지만 미자가 좋아하는 음식이 닭백숙이라는 것도 의미심장하다. 돼지와 닭의 차이는 무엇인가? 돼지는 먹으면 안 되지만 닭은 먹어도 문제 없나? 밥상 장면을 긍정적으로 해석할 수도 있다. 다시 일상을 회복한 미자-옥자-그리고 추가된 가족의 일원. 이런 결말의 이미지는 영화의 앞에서 보여줬던 도살의 참상이 강원도의 안온한 세계 밖에서 여전히 진행되고 있다는 점을 강조한 것으로 읽을 수도 있다. 그러나 나는 이 영화의 다소 안온한 결말이 불만스럽다. 〈옥자〉의 CG 이미지는 매우 사실적이고 극장에서 큰 화면으로 봐야 할 장면들도 있다. 그러나 영화를 보고 나면 뭔가 뒷통수를 맞는 듯한 느낌을 받았던, 그런 기대가 대체로 빗나가는 법이 없던 봉준호 영화가 주는 그런 충격을 이번 영화에서는 크게 받지 못했다. 영화를 보기 전에 예측했던 서사와 이미지에서 영화가 멀리 벗어나지 않았다는 뜻이다. 수백억의 제작비가 들었다는 영화 제작에 관습적인 메커니즘이 혹시 작용한 것은 아닌가? 그런 근거 없는 추측만 해본다. 이런 영화도 좋지만 봉준호가 다음에는 그만이 만들 수 있는, 어른들의

아름다운 단단함

세계를, 그 무서운 실재를 냉철하게 드러내는 영화로 다시 돌아오
길 기대한다. 봉 감독의 장기는 거기에 있다고 나는 믿는다. 예컨
대 2000년대 이후 한국영화와 문학을 막론하고 〈마더〉만큼 모성
의 실재를 정면으로 들여다 본 작품은 드물다. 대체로 까칠한 단상
을 적었지만 그래도 극장에서 볼 만한 영화다. 어쨌든 봉준호가 만
든 영화이지 않은가.

(2017.7)

아나키스트의 삶, 〈박열〉

이준익 감독의 신작 〈박열〉은 인상적이다. 좋은 역사영화는 영화가 다루는 인물에 대한 관심을 갖게 만든다. 이 영화의 주인공들인 박열과 그의 일본인 동료이자 아내였던 가네코 후미코가 그렇다. 영화를 보고 난 뒤 인터넷에서 찾아본 아나키스트 독립운동가 박열에 대한 소개는 이렇다.

박열朴烈, 박렬(1902~1974). 아나키스트 독립운동가. 본명은 박준식朴準植. 경상북도 문경 출생. 경성고보 재학 중 3·1운동 만세시위에 가담으로 퇴학. 1919년 일본 도쿄로 건너가, 세이소쿠가쿠엔 고등학교에서 수학. 일본에서는 사회주의자, 무정부주의자들과 교류. 흑도회라는 무정부주의자 단체에 가담한 아나키즘 신봉자로 활동. 1923년 4월 불령사不逞社라는 비밀 결사 조직. 그해 관동대지진 이후 험악한 분위기 속에서 일본인 동지·배우자인 가네코 후미코金子文子와 함께 1923년 10월에 히로히토 황태자의 혼례식 때 암살을 기도한 죄로 체포. 박열과 가네코 후미코는 1926년 사형 선고. 두 사람은 곧 무기징역으로 감형. 가

아름다운 단단함

네코 후미코는 몇 달 뒤 감옥 안에서 자살. 박열은 22년 2개월을 복역하고 해방 후 미군에 의해 풀려남. 이후 일본에서 우익 교포 단체인 재일본조선거류민단(재일본대한민국거류민단의 전신)을 조직. 이때 저서로 『신조선혁명론』(1946)을 남겼고, 이승만 노선을 지지. 1946년 2~6월까지 김구의 부탁으로 세 의사(윤봉길, 이봉창, 백정기) 유해 발굴 봉환 위원장으로 활동. 정부 수립 이후 이승만의 초청으로 1949년 귀국. 한국전쟁 당시 납북. 1974년 사망. 대한민국 정부는 그의 공헌을 기리기 위해 1990년 건국훈장 대통령장 추서.

영화는 박열과 가네코 후미코의 삶 중에서 1923년 불령사 조직부터 1926년의 사형 선고와 무기 감형, 가네코의 자살까지를 다룬다. 청년기의 이야기다. 그리고 자막 후기로 박열의 이후 삶을 짧게 소개한다. 영화가 다루는 내용들이 얼마나 실제의 박열과 가네코의 삶과 일치하는지는 나는 잘 모른다. 다큐멘터리가 아닌 이상 영화는 일단 픽션이며, 그 픽션을 통해 역사적 사실이 아니라 역사적 진실을 드러내는가가 관심이다. 내가 윗 문장에서 굳이 박열만이 아니라 박열과 가네코 후미코라고 병기한 이유가 있다. 이 영화의 제목을 '박열'이 아니라 '박열과 가네코 후미코'라고 지었어야 할 만큼 영화는 박열만큼 혹은 박열보다 더 삶과 혁명운동의 동반자이자 배우자였던 가네코의 삶에 주목한다. 이 영화가 시도하는 새로운 역사적 해석이라 할 만하다. 당대의 여성운동가 특히 조선인이 아니라 일본인 아나키스트 여성의 삶을 이 정도로 밀도 있게 포착하고 다룬 것은 이 영화의 분명한 미덕이다. 거기에는 가네코를 연기한 배우 최희서의 좋은 연기도 큰 역할을 한다. 처음 보는 배우인데 좋은 배우를 발견했다. 박열을 연기한 이제훈의 연기도 좋다. 이 영화는 거의 두 배역이 끌고 가는 영화인데 리듬과 강약 조절을 두 젊은 배우가 잘 조절하며 이끌고 간다.

일제강점기를 다룬 영화를 만들 때 연출의 큰 고민 중 하나는 영화의 톤을 설정하는 문제다. 어두운 시대를 다룬 영화는 아무래도 그 시대가 주는 무게 때문에 지나치게 진지하거나 팽팽한 긴장에 눌리기 쉽다. 그렇다고 그런 긴장을 쉽게 벗어나려 하면 경박해진다. 이 영화는 그 둘 사이의 적절한 균형을 유지한다. 한편으로는 당대의 시대적 억압과 일제의 폭력상을 진지하게 보여주면서도(예컨대 관동대지진 당시의 조선인 학살), 그것에 억눌리지 않는 인물들의 생기, 웃음, 유머를 전달한다. 이런 영화적 리듬과 톤의 균형이 가능했던 이유는 아마도 박열과 가네코가 통상적인 민족주의적 독립운동가가 아니라 무정부주의(아나키스트) 독립운동가였기 때문일 것이다. 영화에서 박열이 감옥에서 토로하듯이 그는 모든 세상의 악을 없애려고 한다. 그것은 모든 사회 시스템의 거부를 뜻한다. 영화는 이런 무정부주의와 독립운동 사이의 긴장 관계를 깊이 있게 다루지는 않지만 박열과 가네코가 보여주는 에너지는 이런 긴장 관계에서 분출된다는 인상을 받는다. 아마 박열이 해방

아름다운 단단함

이후 남북 어디에서도 크게 환영받지 못한 이유일 것이다. 아나키스트를 좋아하는 권력 체제는 없다.

그리고 이 영화는 시대와 인물의 넓이를 생각하게 한다. 사건이 벌어졌던 때 박열의 나이는 22세였다. 그런데 물론 영화적 과장도 있겠지만, 그 나이에 그는 우리 시대에는 상상하기 힘든 인물의 넓이와 깊이를 보여준다. 그걸 담대함이나 호방함이라고 부를 수도 있겠다. 박열만이 아니라 그의 동료들이 대개 그렇다. 그들이 만들어내는 어떤 삶의 아우라가 있고 그것 때문에 이 영화의 독특한 낭만성(긍정적인 의미에서의)이 생긴다. 이제 그런 시대는 가버렸다. 나를 비롯한 우리 시대의 사람들은 너무 좀스럽지 않은가. 이 영화의 또 다른 미덕. 박열과 가네코의 사랑을 그리면서 값싼 감상주의나 연애의 톤으로 표현하지 않은 점이다. 그들은 사랑한다. 영화의 한 장면에서 자신의 사랑을 표현하는 가네코의 모습은 인상적이다. 그러나 그들의 사랑은 우리가 알고 있는 통상적인 사랑과는 다르다. 이념과 사랑의 문제는 정답이 없는 어려운 문제지만 적어도 이 영화는 그 사랑을 값싸게 팔아먹으려고 하지는 않는다. 그 점이 인상적이다. 이 영화가 얼마나 오래 상영할지 모르지만, 찾아볼 만한 영화다. 무엇보다 좋은 배우들을 만난 기쁨이 크다. 이런 좋은 역사영화를 더 많이 보고 싶다.

〈2017.6〉

영화

여성과 영웅, 〈원더우먼〉

DC 코믹스에서 가장 강력하고 유명한 여성 영웅인 원더우먼을 다시 영화로 만들었다. 아주 오래전 TV 시리즈로 만들어진 린다 카터 주연의 연재물을 어렴풋이 기억하고 있는 나로서는 일종의 추억물이다. 영화는 전형적인 DC 영웅물의 틀에서 벗어나지 않는다. 스토리 전개나 등장인물들의 묘사 모두 그렇다. 그것이 원더우먼(프린세스 다이애나)이 속한 아마존족이든 도시의 인간들이든 전형적이다. 원더우먼이 펼치는 액션도 꽤 박진감 넘치지만 다른 코믹스영화와 확연한 차이가 있다고 보기는 힘들다. 그래도 초반부의 해변 전투신은 볼 만하다. 역시 이 영화에서 눈길은 끄는 건 요즘 한국영화에서도 거의 찾기 힘들어진 여성 영웅 원톱 영화라는 점이다. 나는 DC나 마블 코믹스의 역사나 다양한 등장 영웅들의 계보를 잘 모르지만 코믹스에서도 원더우먼 같은 강력한 여성 영웅은 찾기 힘든 걸로 안다. 감독이 여성(패티 젠킨스 감독)이어서 그런지, 제1차 세계대전이 벌어진 1910년대에 있었을 법한 여성에 대한 사회적 폄하의 시선, 인종주의의 요소들을 강하게는 아니지만 몇 군데 영화에 넣어두었다.

인간의 사악함에 실망하는, 그럼에도 인간에 대한 희망을 버리지 못하는 영웅들의 모습도 역시 전형적이다. 나처럼 반인간주의를 선호하는 입장에서는 그런 어정쩡한 태도가 좀 아쉽게도 느껴진다. 인류가 해온 짓을 돌아보면 인간을 옹호하기는 쉽지 않다. 악인으로 묘사되지만 원더우먼의 적수인 전쟁의 신 아레스의 반인간주의적 항변이 더 설득력 있지 않은가. 사랑으로 모든 걸 덮을 수 있다고 믿는 나이브함은 좀 불편하다. 페미니즘의 영향 때문이겠지만 이런 종류의 영화에 빼놓을 수 없는 양념처럼 등장하는 남녀 주인공의 러브라인이 없지 않지만, 상대적으로 적은 비중을 차지한다. 영웅으로서 원더우먼의 활약상에만 초점을 둔 것이 인상적이다. 하지만 애초에 그 탄생부터 신적인 지성과 능력과 미모를 지닌, 인간과는 다른 캐릭터인 원더우먼의 외모에 영화의 남성 캐릭터들이 눈길을 떼지 못하듯 (남성)관객들도 비슷한 태도를 보이게 만든 건 가부장제 사회를 살아가는 여성 영웅의 팔자라고 해야 할지 모르겠다. 심지어 원더우먼은 다른 아마존족 여성들과 달리 시간이 지나도 나이를 먹지 않는 것처럼 보인다. 그녀는 인간계가 아니라 신계에 속한다. 이 정도의 여성 영웅이라면 역시 빼어난 미모는 필수라는 공식이랄까? 재해석하여 여성 감독이 만든 영화라 할지라도 그런 시각을 피해 가기는 힘들다는 걸 확인한 쓸쓸함도 남는다.

하긴 상업성을 최우선으로 삼는 헐리웃 블록버스터에서 (남성)관객의 관음증적 시선을 완벽히 배제하기는 쉬운 일이 아니다. 이 점에서 전혀 다른 영화지만 〈매드맥스 – 분노의 도로〉의 여전사 퓨리오사를 비교하게 된다. 〈원더우먼〉에서도 가능한 관음증적 시선에 거리는 두려는 촬영의 고민이 느껴지기도 한다. 여성 감독의 고민이었을 것이다. 어쨌든 여성이 원탑으로 나오고 남성과의 관계에서만 조명되지 않는 여성 영웅의 화끈한 활약상을 보는 건 꽤 근사하다. 영화에서는 악의 편에서 핵심적 역할을 하는 과학자도 여성으로 등장한다. 그런 배치가 뻔하다고 볼 수도 있지만, 그런 뻔함도 때로 필요하다. 다만 원더우먼 캐릭터의 이해할 법한 밋밋한 묘사가 아쉽긴 하다. 그래도 최근에 나온, DC의 수퍼맨이나 배트맨 영화에 비해서는 상대적으로 낫다. 뜬금없는 생각이지만 배트맨 시리즈를 재창조한 크리스토퍼 놀란이 원더우먼을 재해석했으면 어떤 영화가 나왔을까 궁금해진다.

(2017.6)

아름다운 단단함

낯선 존재와 접촉하는 법,
〈닥터 스트레인지〉와 〈컨택트〉

문학도 그렇지만 영화도 보고 나면 전체적으로 볼 때 그다지 좋은 작품이라고 할 수 없지만 인상적인 장면이 기억에 남는 경우가 가끔 있다. 〈닥터 스트레인지〉도 그런 경우다. 이 영화에 대한 영화계의 전반적 평가는 별로 좋지 않다. 그저 그런 코믹스영화라고 평가된다. 내 생각도 다르지 않다. 특히 주인공이 깨달음(?)을 얻고서 수퍼히어로가 된 뒤의 이야기 전개는 짐작 가능한 대로다. 뻔하다는 뜻이다. 공간을 휘게 만드는 마법의 이미지들은 색다른 느낌도 주지만 이미 〈인셉션〉에서 본 이미지를 약간 발전시킨 정도다. 내가 이 영화를 두 번 보게 된 이유는 몇 장면 때문이다. 그 예가 스트레인지(베네딕트 컴버배치)와 그의 스승인 에인션트 원(틸다 스윈튼)이 만나고 나누는 대화 장면들이다. 이들의 관계는 무협영화의 전형적인 틀인 스승-제자의 그것과 비슷하다. 깨달은 스승과 미숙한 제자의 관계. 그들의 관계를 다룬 장면들은 이국적인 동양을 이상화하는 오리엔탈리즘의 인상도 준다. 과학주의·이성주의의 서양

대 신비스럽고 이국적인 동양의 대립 구도. 이런 상투적인 면모를 보여주는 이 장면들이 적어도 내게는 인상적인 이유는 어쩌면 최근 내 관심사 때문이겠다. 다층우주론(영화에서는 멀티버스multi-verse라고 표현된다), 다층현실론, 눈에 보이는 것(현실화된 것the actualized)과 보이지 않는 것(잠재성the potential)의 관계 등에 대한 내 관심사를 이 영화가 어떤 지점에서 건드린 것이다.

잘나가는 신경외과 의사인 스트레인지는 철저한 물질론자이고 과학주의자다. 그는 눈에 보이지 않는 것을 인정하지 않는다. 그는 인간은 그저 물질에 불과하다고 말한다. 인간은 죽으면 한 줌의 재로 사라지는 존재다. 의식과 영혼은 뇌의 물질적·화학적 작용의 결과일 뿐이다. 확실한 것은 눈에 보이는 물질뿐이다. 여기서 당장 가능한 질문. 눈에 보이는 물질만이 물질의 전부인가? 스트레인지는 그렇다고 답한다. 그 결과는 냉소주의다. 그에 대한 에인션트 원의 답변. "너는 열쇠구멍 같은 좁은 틈을 통해 세상을 보면서, 그 틈을 넓히려고만 한다." 우리도 그렇지 않은가. 자기만의 좁은 인식과 감각의 틈을 통해 세상을 보면서 그것이 세계의 전부라고 여긴다. 지금 보이는 '현실화된 것'만이 전부라고 여긴다. 그런 현실화된 세계를 제대로 재현하는 것이 예술의 소임이라고 믿는 것이 근대 미학의 한계다. 지금 보이는 물질이 세계의 모든 물질성이라고 여긴다. 그런데 최근 연구에 의하면 우주에서 우리가 아는 물질은 채 20퍼센트도 안 된다고 한다. 우리가 모르는 물질(암흑 물

아름다운 단단함

질)과 에너지(암흑에너지)가 더 많다. 우리는 우리가 지각하는 세계의 차원(3차원)이 세계의 모든 차원이라고 여기지만 초끈이론에 의하면 11차원에 이르는 다차원의 존재 가능성을 말하고 있다.

'내'가 알지 못하는 세계의 존재를 인정하는 것. 그게 내가 이해하는 신비주의다. 그 점에서 철저한 유물론은 신비주의와 통한다. 세계를 유물론적으로 탐구하면 할수록 세계에는 '내'가 모르는 무엇이, 다른 층이 있다는 걸 실감하게 된다. 그 실감을 두고 그 미지의 세계조차 과학으로 모두 해명할 수 있다고 믿는 것이 과학주의의 길이다. 눈에 드러나지 않는 세계의 미스터리를 우리가 지닌 과학의 힘으로 모두 해명할 수는 없다고 믿는 것이 신비주의의 길이다. 나는 후자를 지지한다. 이 영화에서 스트레인지보다 에인션트 원이 더 인상적으로 다가오는 이유다. 영화의 매력은 그런 깨달음의 경지에 이른 존재인 에인션트 원조차도 지금 내리는 눈^{snow}, 곧 스러져 갈 눈을 보려는 욕망을 버리지 못한다는 것이다. 여기서 눈은 곧 스러져 갈 삶의 상징이다. 모든 것을 꿰뚫는 경지에 이른 존재처럼 보이는 에인션트 원도 스러지는 눈을 보기 위해 시간을 늘리고 최후의 시간을 미룬다. 그는 범접할 수 없는 도사가 아니다. 삶의 무상함과 초월을 말하는 도사가 아니다. 무상한 삶이 우리를 살게 만드는 원인이기 때문이다. 우리는 마지막 순간까지 삶에 대한 욕망을 버릴 수 없다. 그걸 버렸다고 하는 이들은 대개 사기꾼들이다.

지금 상영 중인 드니 빌뇌브 감독의 〈컨택트〉(원제는 〈도착 the arrival〉)를 보면서 나는 다소 뜬금없이 〈닥터 스트레인지〉의 장면을 떠올렸다. 이 영화의 원작인 테드 창의 소설을 나는 읽지 못했지만 이 영화는 서사와 행동이 아니라 이미지와 음향으로 영화가 무엇을, 어디까지 표현할 수 있는지를 보여준다. 그런 이유로 어떤 관객에게는 이 영화가 재미없고 밋밋하게 느껴질 수도 있으리라. 다양한 분석을 이 영화에 대해서 할 수 있겠지만 두 가지만 지적해둔다. 먼저 영화의 원제인 '도착'에 대해. 누가 도착했는가? 지구 밖에서 '그들'이 도착했다. 핵심은 도착한 주체가 '우리' 인간이 아니라 '그들'이라는 것이다. 그런 점에서 이 영화의 제목을 '컨택트'로 바꾼 것은 납득하기 힘들다. 그런데 인간은 그들이 왜 여기에 왔는가를 궁금해한다. 당연하다. '우리'는 인간이고 인간의 시각을 벗어날 수 없으니까. 영화는 이런 인간의 시선에 문제를 제기한다. 카메라가 지구에 도착한 '그들'의 입장을 내적으로 보여주지는 않는다. 그것은 불가능하다. 카메라도 인간의 것이니까. 그들은 인간의 시선으로만 보여진다. 하지만 영화는 지속적으로 묻는다. 왜 그들을 '우리'의 시선, 인간의 언어와 사유의 틀로만 이해하려고 드는가? 이 영화의 주인공이 뛰어난 언어학자로 제시된 데는 이유가 있다. 언어는 인간의 인간다움을 표현하는 가장 강력한 수단 중 하나다. 영화에서는 언어-사유의 관계에 대한 언어학 이론도 소개된다. 우리는 인간의 언어 틀·사유 틀을

아름다운 단단함

벗어나서 세계를 인지할 수 없다. 그 틀만이 진실이라고 믿는다. 그게 우리의 한계다. 그런데 그 틀 밖에서, 혹은 그 위에서 바라보는 존재에게 그런 인간주의적 틀은 어떻게 보일까? 인간보다 훨씬 성숙하고 뛰어난 존재의 시선에서 볼 때 언어를 갖고 있음에도 불구하고 소통할 줄 모르고, 낯선 존재 앞의 두려움 때문에 철부지 어린애마냥 무력이나 쓰려고 하는 인간이라는 존재는 어떻게 보일까? 그런 질문들이 떠오른다.

스포일러라서 밝힐 수는 없지만 어떤 '각성'을 얻은 〈컨택트〉의 여성 언어학자인 루이스(에이미 아담스)의 선택을 보면서 나는 에인션트 원의 이미지를 떠올렸다. 우리는 삶이 항상 즐겁고 행복하지 않다는 것, 아니 슬프고 고통스러운 일이 훨씬 더 많다는 걸 알면서도(삶은 고통의 바다라고 부처는 말했다) 그 삶을 버릴 수 없다. 루이스를 연기한 에이미 아담스의 다양한 표정들은 깨달음과 삶 사이에 놓인 인간의 모습을 효과적으로 전달한다. 두 영화 모두 섣부른 해탈과 초월을 말하지 않는다는 점이 내게는 인상적이다. 〈컨택트〉의 결말을 두고 이 영화가 여전히 가족 서사를 벗어나지 못했다고 비판할 수도 있다. 그런 비판도 나름 설득력이 있다. 하지만 나는 그 가족 서사조차도 스러져가는 운명을 지녔지만 삶의 비극성을 껴안으려는 선택을 보여주는 수단으로 감독이 택한 것이라고 옹호하고 싶어진다. 전형적인 SF영화라고는 말할 수 없는 이 영화가 흥행에 크게 성공하지는 못할 것이라고 나는 판단한다.

그러나 영화의 매력이 서사에만 있는 것이 아니라 이미지와 배우의 표정과 몸짓, 음향과 음악에 있다는 걸 느끼고 싶다면, 그리고 삶의 비애와 선택이 무엇인지를 새삼 느끼고 싶다면 극장에서 챙겨보길 권한다.

(2017.2)

아름다운 단단함

존재를 이해하는 법, 〈너의 이름은〉

술, 담배, 가무 등 잡기를 거의 못하거나 안 하는 무미건조한 서생인 나 같은 사람에게 허락된 거의 유일한 취미는 영화다. 일본영화의 역사나 현황을 잘 모르지만, 영화가 개봉하면 믿고 보는 이름은 있다. 예컨대 고레에다 히로카즈, 그리고 애니메이션의 경우는 호소다 마모루, 신카이 마코토 감독 등. 신카이 감독의 〈너의 이름은〉은 1천 년 만에 내리는 혜성과 관련된 신비 현상으로 일주일에 몇 번씩 몸을 바꾸는 17살 동갑내기 고등학생들의 이야기다. 도쿄에 사는 소년 타키, 아름다운 풍광을 지닌 시골 이토모리에 사는 소녀 미츠하가 주인공들이다. 영화는 고교 시절 두 사람이 겪은 기이한 체험과 그 사건 이후 5년 뒤의 이야기를 담는다.

서사의 구성과 전개가 아주 새롭다고는 할 수 없다. 영화 중반에 드러나는 '사건'이 충격적이긴 하나 그 사건 이후의 전개는 어느 정도 예상한 궤적에서 벗어나지 않는다. 그래도 몇 가지 생각해볼 주제를 제기한다. 자신의 몸 안에 갇힌 '나'는 단 한 번도 그 '나'를 벗어나서 다른 존재가 될 수 없다. 우리들이 다 느끼는 일이다. 이해와 공감의 어려움은 거기서 나온다. 객관성과 보편성의 개념이 위험한 이유다. 함부로 남을 이해한다고 말할 수 없는 이유다. 그다지 새롭다고는 할 수 없지만 이 영화는 몸 바꾸기를 통해 다른 존재를 이해하는 것의 (불)가능성을 파고든다. 몸 바꾸기의 모티브는 다른 영화에서도 시도된 바 있지만 이 영화는 한창 사춘기에 있는 청소년들(아이-어른의 경계 시점)의 생활과 내면을 표현한다는 점에서 독특하다. 미츠하와 타키는 기이한 몸 바꾸기의 체험을 통해 서서히 상대방의 생활과 생각을 이해하게 된다. 그 이해가 완결될 수는 없지만 그 이해의 과정이 어떤 기적을 낳는다.

다른 존재들 사이의 이해가 어디까지 가능한가? 이런 물음은 혜성 낙하와도 관련된다. 혜성 낙하가 많은 이에게는 그저 신비하고 멋진 장관(스펙터클)일지 모르지만 그 혜성이 떨어져 직접적인 피해를 보게 될 다른 이들에게는 전혀 다른 의미를 지닌다. '나'의 행운이 다른 이들에게는 엄청난 불운이라는 것. 혜성 낙하와 관련해 지나가는 것처럼 제시되는 몇 장면을 통해 영화가 제기하는 문제다. 자신의 행운을 우리는 함부로 자랑해서는 안 된다는 뜻이다. 도쿄와 이토모리의 대비도 흥미롭다. 특히 미츠하는 답답해하고 벗어나고 싶어하지만 이토모리의 풍광과 사람들의 모습은 지금은 사라진 공동체를 상징한다. 그것을 토속주의, 전원주의라고 비판할 수도 있겠지만 그렇게 쉽게 치우기에는 '사건' 이후 이 공동체의 모습은 여러 생각을 불러일으킨다. 신카이 감독의 장기는

　　　　　　　　　　　　　아름다운 단단함

역시 이미지 만들기다. 하나하나의 컷을 정성스럽게 만들었다는 느낌이 드는 화면들은 인상적이다. 특히 풍광 표현은 뛰어나다. 어떻게 보면 밋밋해 보이는 이런 영화가 일본에서는 천오백만 명의 관객을 모으는 흥행을 했다니 놀랍다. 그 이유가 나름 짐작도 되지만 이른바 '쎈' 영화만 대체로 흥행에 성공하는 한국영화계와 비교가 된다.

(2017.1)

영화

지옥같은 세상, 〈아수라〉

영화를 보고 나서 사전을 찾아봤다. 아수라는 "싸우기를 좋아하는 귀신으로, 항상 제석천과 싸움을 벌인다". 아수라도는 "항상 싸움이 그치지 않는 세계로 교만심과 시기심이 많은 사람이 죽어서 간다". 아마도 '아수라판'이라는 말도 이것과 관련된 것이겠다. 인간의 도나 윤리는 사라지고 탐욕과 욕망, 이기심으로 자신만이 살아남기 위한 싸움만이 벌어지는 아귀다툼과 난장판의 세계. '헬 조선'의 다른 이름이다. 김성수 감독의 〈아수라〉는 상당 부분은 예상한 대로이고 일정 부분은 예상을 조금 벗어난다. 한국사회의 힘있는 자들과 그 하수인들의 관계는 이미 〈내부자들〉이 나름대로 생생하게 보여준 바 있다. 〈아수라〉의 초점은 〈내부자들〉과는 달리 그 추악한 권력-돈-폭력의 공생 관계가 어떻게 무너질 수 있는가를 보여주는 것이 아니다. 그런 시스템이 누구를 먹이로 삼고 희생시키는가를 보여주는 데 놓인다. 한도경(정우성)과 문선모(주지훈)는 영화의 결말에서 한도경이 토로하듯, "이렇게 될 줄 알았지만, 어떻게 벗어날 수도 없었다"라고 밖에 말할 수 없는 인물들이다. 그들은 자

아름다운 단단함

발적으로, 혹은 어쩔 수 없이(그 경계는 애매하게 그려진다) 아수라판
의 게임에 끌려든다. 정확한 이유는 없다. 그냥 그렇게 되었을 뿐이
다. 한도경의 경우 아내의 병이 중요한 원인으로 제시되지만 그게
이유의 전부일까?

하지만 이런 정도의 서사도 대략 짐작 가능한 선을 넘지 않
는다. 영화의 과도해 보이는 폭력도 성인용 영화라는 걸 감안하면
예상을 크게 벗어나지 않는다. 영화는 잔혹하고 어둡고 핏물이 넘
쳐난다. 그 잔혹한 세계의 출구가 보이지 않는다는 것. 그게 이 영
화의 포인트다. 이 영화가 〈내부자들〉 같은 영화와 갈라지는 지점
은 〈내부자들〉이 보여주는 정의의 승리 혹은 권선징악 같은 현실
모순의 상징적 해결과는 다른 서사를 전개하는 부분이다. 힘과 권
력, 혹은 폭력이 곧 정의로 포장되는 시대에 대한 이 영화 나름의
고민을 엿볼 수 있다. 나는 적어도 그런 고민을 끝까지 포기하지
않고 밀어붙인 점에서는 이 영화에 점수를 주고 싶다. 한국사회의
힘 가진 자들의 세계를 다룬 영화들은 그 나름의 미덕을 지닌다.
한국문학이 선뜻 이런 주제를 다루지도 못하고 있는 걸 생각하면
더욱 그렇다. 한국문학은 선이 굵은 작품을 내놓지 못한 지 오래되
었다. 유약함과 징징거림을 섬세함의 표현이라고 주장한다. 그러
나 이런 영화들은 미덕만큼의 한계도 지닌다. 그건 어쩌면 영화라
는 매체의 한계일 수도 있다. 행위와 대사를 통해서만 인물을 표현
할 수밖에 없는 영화에서는 독백이나 보이스 오버 내레이션 같은

방법을 통해서 인물의 내면을 드러내는 경우조차도 깊이 있는 내면 묘사는 쉽지 않다. 그 점은 문학이 더 잘 할 수 있는 부분이다. 권력의 내부자들이나 하수인들의 내면을 깊이 있고 생생하게 다룬, 그래서 그들이 만들어내는 아수라판을 넘어서는 세계를 구체적으로 상상하게 만드는 작품을 보고 싶다. 그게 문학이든 영화든.

(2016.10)

아름다운 단단함

잊혀진 과거를 되살리기, 〈밀정〉

몇 년 전 김지운 감독이 헐리웃에서 만든 〈라스트 스탠드〉를 보고 매우 실망했다. 진부한 내용과 형식, 촬영으로 만든 영화였다. 그래서 큰 기대를 하지 않고 뒤늦게 〈밀정〉을 봤다. 〈밀정〉은 그 정도는 아니지만 뛰어난 영화라고 하기도 힘들다. 잘 만든 영화일 수는 있지만 좋은 영화는 아니다. 많은 사람들이 이 영화를 칭찬하지만 나로서는 동의하기 힘들다. 일제강점기 의열단 등의 무장항일투쟁의 전형적인 사례는 〈암살〉이 이미 하나의 뚜렷한 길을 보여줬다. 〈밀정〉이 〈암살〉이 간 길을 그대로 따라가지 않으려면 이 영화의 제목인 '밀정'의 형상화가 핵심이다. 그 점에서 송강호가 연기한 조선인 일본경찰 이정출의 역할이 관건이다. 그를 제외한 일본 쪽 캐릭터들이나 의열단 인물들, 다른 밀정들의 형상화는 짐작 가능한 선을 넘지 않는다. 상투형이라고까지 할 수는 없지만 각 인물들이 입체적으로 그려지지 않은 것은 분명하다. 특히 경성으로 폭탄 밀반입을 위해 역에 도착한 뒤의 이야기는 평면적이다.

송강호가 연기한 이정출은 조선과 일본의 경계선에 있는 인물이다. 영화의 초반부에 그려지는, 자기합리화에 갇힌 일본경찰로서의 모습과 영화의 결말부에 등장하는 모습 사이에 그가 보이는 혼란스러움, 자기 분열 등이 설득력이 있는지가 중요하다. 어떤 평에서는 이정출의 재판 장면을 그런 변화를 보여주는 인상적인 장면으로 지적한다. 나로서는 동의하기 힘들다. 송강호의 연기가 문제란 뜻이 아니다. 그의 연기는 예상한 대로 뛰어나다. 송강호가 아니었으면 영화는 이 정도의 힘도 보여주지 못했을 것이다. 그러나 송강호조차 이정출의 복잡다단한 내면을 온전하게 표현한 것 같지는 않다. 시나리오나 연출에서 의도된, 혹은 의도하지 않은 밀정이 된 이정출이라는 인물에 대해 좀더 깊은 고민이 필요했던 것이 아닐까. 그런 아쉬움이 남는다. 이정출의 변모를 보여주는 핵심적인 대사는 내가 보기에 이것이다. "사람은 자신을 믿어주는 사람을 위해 목숨을 바친다." 그가 일본경찰이 된 것도, 적어도 이정출의 말을 빌리면 무슨 거창한 이유가 아니라 그들이 자신에게 손을 내밀었기 때문이다. 의열단과의 접촉 이후에 마음이 흔들리게 된 것도 그 결정적인 이유는 일본경찰이 이제 자신을 내친다는 느낌을 받았기 때문이다. 그는 이념이나 논리가 아니라 관계의 역학에 따라 움직이는 인물이다. 영화에는 그런 장면을 보여주는 장면이 잘 표현되어 있다.

이정출 캐릭터가 흥미로운 이유는 식민지 치하에서 사람들을 움직이게 하는 원인이 무엇일까, 라는 중요한 질문을 제기했

아름다운 단단함

기 때문이다. 당대 조선인들이 모두 반일, 친일, 애국, 매국의 이념적 판단에 따라서만 살아갔을까? 친일이든 반일이든 이념으로 삶을 지탱하는 이들이 있었다. 하지만 어느 시대나 그렇듯이 대부분의 사람들은 그런 식의 논리와 이념에 따라 살지 않는다. 감정과 충동, 인간 관계의 움직임에 따라 사는 경우가 더 많다. 그것이 바람직한가, 아닌가의 문제는 그런 사실을 인정한 다음에 따져볼 일이다. 이정출도 그런 인물인데 그런 면을 좀더 입체적으로 그릴 수 있지 않았을까? 그런데 영화는 이런 고민은 접어둔 채 영화의 뒷부분에서 친일, 반일의 쉬운 길을 간다. 잘 배치된 몇 미장센은 인상적이다. 그러나 오히려 그런 장면의 아름다움들이 식민지 조선의 현실을 가리는 것은 아닌가? 그런 질문도 떠오른다. 일제강점기를 비롯한 선악의 대립이 명백하게 보이는 영화를 볼 때는 관객도 이미 나름의 판단을 전제하고 영화를 보게 된다. 하지만 좋은 영화는 친일과 반일에 대한 정치적·역사적 판단만을 내리지는 않는다. 그런 판단도 당연히 있겠지만 영화와 문학 등은 사람살이의 세목과 내면을 다룬다. 적어도 문학과 영화를 통한 판단은 세목과 내면의 형상화에 대한 분석 이후에 온다. 그리고 세목과 내면은 흑백이 아니라 회색에 가깝다. 그 회색지대가 흑과 백으로 어떻게, 어떤 비율로 짜여 있는지를 찬찬히 살피는 게 영화와 문학의 역할이다. 쉽게 말해 우리가 알고 있는 인식과 판단을 다시 확인하는 정도에 머무는 작품을 뛰어나다고 말할 수는 없다. 좀더 나갈 수 있는 영화가 어느 선에서 머물 때 아쉽다. 〈밀정〉도 그런 예다.

좋은 작품은 어떤 의미에서든 독자나 관객의 예상치를 넘어선다. 이건 반전이 있고 없고의 문제가 아니다. 감응의 문제다. 〈밀정〉의 아쉬움은 딱 예상한 그만큼 잘 만든 영화에 머문다는 점이다. 배우의 동선, 대사들의 표현, 서사의 전개 등이 모두 그렇다. 어떤 관객에게는 정해진 틀 내에서 전개되는 그런 무난한 요소들의 짜임이 좋게 보이겠지만 다른 이에게는 그런 무난함이 불만일 수 있다. 나는 후자 쪽이다. 일제강점기 해방기의 현대사는 문학이나 영화의 훌륭한 소재가 될 수 있다는 생각을 해왔다. 그러나 그건 단지 가능성의 영역이다. 그 소재들을 가져와 지금 독자나 관객에게 현실성을 지니게 만드는 건 작가나 감독의 역할이다. 〈암살〉이나 〈밀정〉 이후의 일제강점기 영화의 행보가 궁금해진다.

(2016.10)

아름다운 단단함

가장 아름다운 데뷔작, 〈환상의 빛〉

고레에다 히로카즈 감독의 데뷔작인 〈환상의 빛〉(1995)이 "영화 역사상 가장 아름다운 데뷔작"이라는 호들갑에 부합하는 영화인지는 잘 모르겠다. 그렇지만 매우 인상적인 데뷔작인 건 분명하다. 이후 감독의 영화들이 보여주는 가족 관계의 의미에 관한 깊은 탐색의 맹아가 담겨 있다. 그리고 이후 영화에서는 드물게 발견되는 죽음과 기억에 대한 탐색이 두드러지게 나타난다는 점도 눈에 띈다. 나는 이 영화의 원작인 미야모토 테루의 소설을 읽지 못했다. 소설도 좋다고 들었다. 그래서 이 영화의 이야기와 원작이 얼마나 같고 다른지는 알지 못한다. 그리고 그게 이 영화를 감상하는 데 큰 문제도 되지 않는다. 영화의 줄거리는 간단하다.

  학창 시절 행방불명된 할머니의 기억으로부터 자유롭지 못한 유미코는 동네에서 함께 자란 이쿠오와의 결혼 후 갓 태어난 아기를 돌보며 소소한 행복 속에 살고 있다. 하지만 여느 때와 다름없었던 어느 날, 이쿠오의 자살은 평화롭던 유미코의 일상을 산산조각 낸다. 세월이 흘러 무너진 상처를 안고 타미오와 재혼하게 된 그녀는 문득문득 일상을 파고드는 이쿠오의 기억으로 괴로워한다.

좋은 문학 작품이 그렇듯이 이런 줄거리 소개는 좋은 영화의 매력을 거의 전하지 못한다.

내가 보기에 이 영화의 키워드는 죽음과 기억이다. 그리고 둘은 연결되어 있다. 영화의 도입부에 자신이 죽을 곳을 찾아 고향으로 떠나는 할머니를 막지 못했다는 유미코의 기억은 계속 그녀의 무의식에 남아 있다. 그래서 이쿠오와 결혼한 뒤에도 종종 유미코는 할머니가 떠나는 꿈을 꾼다. 그런데 유미코가 왜 그 기억에 사로잡혀 있는가는 영화에서 설명되지 않는다. 짐작건대 죽으러 고향을 찾아간다는 할머니의 말, 그렇기에 할머니를 가지 못하게 자신이 막았어야 할머니의 죽음을 유예시킬 수 있었으리라는 어린 유미코의 판단이 연결되어 있기 때문일 것이다. 그러나 유미코는 할머니의 떠나는 발걸음을 막지 못한다. 다가오는 죽음을 누구도 막을 수는 없다. 그리고 그 죽음이 언제, 어떤 형태로 다가올지도 아무도 모른다. 그리고 누구도 그렇게 다가온 죽음의 이유를 완벽하게 설명할 수는 없다. 영화가 전하는 핵심적 전언이다. 유미코의 첫 남편 이쿠오의 죽음이 그렇다. 남들이 볼 때 사랑스러운 아내와 이제 갓 태어난 아이를 둔 이쿠오는 자살할 이유가 없어 보인다. 영화 안에서 이쿠오가 왜 그런 결심을 했는지를 보여주는 장

아름다운 단단함

면은 없다. 그래서 더 허망하다. 유미코는 남편이 왜 죽었는지, 그 이유를 알지 못해 괴로워한다. 그 괴로움이 마음 깊은 곳에 잊을 수 없는 기억, 원망, 분노를 남긴다. 재혼한 남편 타미오가 전해주는 시아버지의 말은 주목을 요한다. "어두운 바다에서 배를 타다 보면 문득 환한 불빛이 보일 때가 있는데 그냥 이유 없이 그곳으로 가고 싶을 때가 있다." 아마도 이것이 관객이 짐작할 수 있는 이유일 것이다. 이쿠오의 죽음은 어떤 말로도 재현되거나 설명될 수 없다. 죽음은 언어의 재현을 거부한다. 왜 그런지 이성적·논리적으로 설명할 수 없는 행동을 인간은 저지른다. 그럴 때 뒤에 남은 사람은 어떻게 할 것인가?

영화의 결말 부분에 그려지는 인상적인 롱테이크로 찍힌 한 편의 회화와 같은 추모의 행렬. 폭풍우 속에 바다로 나갔다가 불사신처럼 살아 돌아온, 타미오와 유미코가 사는 어촌마을의 늙은 여자의 모습. 그녀가 불쑥 던져주는 유미코가 부탁한 조개 꾸러미. 이런 장면들은 죽음과 삶을 대하는 어떤 태도를 보여준다. 나는 그걸 두 가지로 해석한다. 첫째, 죽음은 이유없이, 그냥 불쑥 찾아온다. 둘째, 살아남은 사람은 그 이유 없는 죽음을 견디며 어떻게든 살아간다. 아니, 살아가야 한다. 그게 삶이다. 이렇게 태연한 척 적고 있지만, 개인적으로 가족의 느닷없는 죽음을 겪은 경험이 있는 나로서는 이쿠오의 설명할 수 없는 죽음이 유미코의 마음에 남긴 커다란 상처와 공허감이 조금은 짐작이 된다. 그래서 이 영화를 보는 내내 마음이 아팠다. 주로 영화의 서사를 중심으로 말했지만 이 영화의 매력은 공들여 찍은 미장센, 장면의 배치이다. 그런데 나는 회화를 보는 듯한 아름다운 화면을 보면서 이후의 고레에다 영화와 관련해 양가적 감정을 느꼈다. 이후의 영화와 비교해보더라도 이 영화의 미장센은 빼어나다. 그런데 그 빼어남이 무언가를 가린다는 인상도 동시에 준다. 다르게 표현하면 무언가를 추상화시킨다. 이 영화에서 인물들의 대사가 매우 적다는 것도 그런 인상을 주는 다른 원인이다. 그렇게 된 데는 이 영화의 초점이 죽음이라는 재현할 수 없는 대상이기 때문이리라. 그러나 그게 이유의 전부는 아니다. 인물들의 내면으로 깊이 침잠해 들어가는 능력의 아쉬움, 인물들의 감정이 엇갈리고 포개지는 지점에 대한 깊은 시선이 아직은 미흡하게 느껴진다는 것도 이유로 들 수 있겠다. 영화의 아름다운 장면은 이런 시선의 추상성을 가리려는 감독의 무의식적 욕망의 표현으로 읽을 수도 있다. 그러나 이런 지적조차 트집일 수 있다. 그만큼 영화의 울림이 크다. "영화 역사상 가장 아름다운 데뷔작"인지는 의문이지만 분명 볼 만한 영화다. 눈을 어지럽히는 호들갑스러움과 충격적 반전과 자극적인 이미지로 승부를 걸어야만 대박을 보증한다는 요즘의 영화 풍토에서는 더욱 볼 만하다. 극히 절제된 대사와 제한된 공간에서 만들어지는 이미지의 짤 짜여진 구성, 인물과 장소를 따라가는 공들인 촬영(특히 롱테이크의 유려한 구사)이 어떻게 한 편의 인상적인 소품을 만들 수 있는지를 보여

아름다운 단단함

준다. 드물게 여운이 남는 영화다. 곁에 두고 마음이 울적할 때, 삶이 쓸쓸할 때 보고 싶은 영화. 고레에다는 그런 영화를 만든다. 그가 내가 가장 좋아하는 감독 중 한 명인 이유다. 그는 삶을 이미지로 표현할 줄 안다. 고레에다 감독이 왜 이 시대의 빼놓을 수 없는 영화감독인지를 예견해 주는 데뷔작이다.

〈2016.7〉

곁에 두고 싶은 영화, 〈바닷마을 다이어리〉

고레에다 히로카즈의 〈바닷마을 다이어리〉를 비행기 안에서 다시 봤다. 나는 장거리 여행을 싫어한다. 비행기에서 잠을 못 잔다. 한마디로 고역이다. 하지만 어쩔 수 없이 장거리 여행 때 시간을 보내려면 영화라도 봐야 한다. 비행기 소음 속에서 이 영화를 다시 보면서 즐거웠다. 그리고 내가 고레에다의 영화를 좋아하는 이유를 생각하게 되었다. 나는 기본적으로 문학이든 영화든 감상주의를 싫어한다. 드라이한 작품이 좋다. 문체나 촬영도 마찬가지다. 수사나 과장이 많은, 화려하고 장식적인 문체나 이미지를 싫어한다. 내 개인적 취향이다. 취향에 우열은 없다. 그냥 그렇다는 말이다. 그런 점에서 고레에다의 영화가 내 취향에 꼭 맞는 건 아니다. 그의 영화는 건조한 영화가 아니다. 그런데 내가 그의 영화를 좋아하는 이유는? 아마도 그의 영화가 감상주의에 빠지지 않으면서도 인간 사이의 정감과 관계의 문제, 그 소통과 어긋남의 문제를 그만의 방식으로 정확하면서도 건조하지 않게 보여주기 때문이다. 건조함을 선호하는 내가 결핍하고 있거나 멀리하고 싶은 것들, 그것들이 갖고 있는 가치를 그의

아름다운 단단함

영화를 보면서 돌아보게 된다. 고레에다의 영화에 감상주의적 눈물이나 감정의 과잉 분출은 거의 찾기 힘들지만 어떤 감상주의 영화보다도 관객의 감정선을 건드리는 이유다. 과잉보다 절제가 갖는 힘이다. 슬픔은 과잉되게 표현될 때가 아니라 절제될 때 더 아프게 느껴진다. 데뷔작 〈환상의 빛〉이 좋은 예이다. 이 영화에서 카메라가 포착하는 장면들은 그냥 아름다운 미장센이 아니라 절제된 슬픔을 보여주기에 아름답다. 아름다움과 화려함이 왜 다른가를 보여준다.

우연히도 최근 고레에다의 데뷔작인 〈환상의 빛〉과 최근작인 〈바닷마을 다이어리〉를 연이어 보면서 고레에다 영화에서 지속되는 것과 달라진 것들을 비교하게 된다. 먼저 지속되는 것. 그의 영화의 한결같은 주제는 가족의 문제다. 더 정확히 표현하면 '우리는 어떻게 가족이 되는가'라는 문제다. 그에게 가족은 핏줄의 문제가 아니다. 그렇다면 무엇이 가족을 만드는가? 그 질문을 고레에다는 계속 붙잡고 있다. 그렇다면 달라진 것은? 그의 영화는 좀더 세상에 대해 낙관적인 태도를 보여준다. 〈환상의 빛〉이 보여주는 침묵과 고요함, 유미코의 말없음에 담긴 깊은 슬픔과 원망, 그런 정감이 배인 풍경의 묘사에 비하면 〈바닷마을 다이어리〉의 정조는 훨씬 희망적이고 밝다. 이런 변화를 좋아할 수도 있고 비판적으로 볼 수도 있다. 나는 그런 평가 이전에 이번에 다시 〈바닷마을〉을 보면서 마음이 편안해졌다. 이 살벌한 세상, 인간적인 감정과 품격은 비웃음의 대상이 되고, 동물적인 욕망과 소유욕, 출세욕, 권력욕만이 가치 있는 것으로 숭배되는 세상, 눈에 보이지 않는 가치들은 무시되고 오직 눈에 보이는 물신만이 지배하는 세상, 그래서 품격, 배려, 사랑, 친절, 온화함 등 눈에 보이지 않는, 상품 가치를 매길 수 없는 것들은 멸종되어 가는 세상. 이런 세상에서 뭔가 다르게 살아가는 사람들의 모습을 영화에서라도 발견하는 기쁨이 있다. 아직도 저렇게 사는 사람들이 있구나 하는 발견의 기쁨이다.

이렇게 적고 있자니 이 영화가 그저 동화처럼 들리지만, 그렇지 않다. 강하게 표현하면 이 영화의 소재는 부서진 가정이다. 15년 전 다른 여자를 만나 집을 떠난 아버지. 그 얼마 뒤에 역시 세 딸을 버리고 아마도 재혼해 가정을 버린 엄마. 그리고 남겨진 세 딸인 사치, 요시노, 치카. 어느 날 들려온 아버지의 부음. 거기서 만나게 된, 아버지가 재혼해 낳은 이복동생인 스즈. 이렇게만 영화의 이야기 요소를 대충 적어봐도 이 관계들이 얼마나 착잡하게 펼쳐질지 궁금해진다. 그런데 감독은 언뜻 착잡해 보일 이 관계의 이야기를 어둡게만 그리지 않는다. 영화에서 각 캐릭터들은 마음에 상처를 품고 있다. 자신들을 버린 아버지와 엄마에 대한 세 자녀의 숨겨진 원망. 남의 남편을 빼앗은 자신의 엄마에 대한 스즈의 불편한 마음. 그러면서도 자신의 이복언니들에게 느끼는 스즈의 복합적인 감정. 하지만 자신들의 부모들이 저지른 행위 때문에 지금 자신들이 맺고 있는 새로운 가족의 형성이 흔들려서는 안 된다는 네 딸들의 믿음. 이런 모습들을 감독은 감상주의적이지도 않고, 그

아름다운 단단함

렇다고 드라이하게 그리지도 않는다. 카메라의 시선에 대해 생각하게 된다. 이 영화를 처음 보고 나서 요시다 아키미가 그린 원작 만화를 구해 읽었다. 지금까지 7권이 출간되었다. 원작 만화도 좋다. 영화와의 비교도 흥미롭다. 원작에서는 기본적으로 사치와 스즈에게 초점을 맞추고 그들을 좀더 성숙하게 그린다. 영화의 톤도 아주 가볍지는 않다. 만화는 이 네 자매만이 아니라 그들을 둘러싼 인물들 모두의 사연에 관심을 둔다. 특히 영화에서는 다소 소홀하게 그려진 요시노, 치카의 매력이 더 부각된다. 각 인물들의 생활이 좀더 폭넓게 조망된다. 홀대받는 인물들이 없다. 그런 점에서 원작은 원작대로, 영화는 영화대로 훌륭하다.

작품에 대한 가치 판단을 떠나서 그냥 소장하고 싶은 책이나 영화가 있다. 살벌해져 가는 세상에 마음이 우울하거나 낙담할 때, 다시 보고 읽으면서 위로를 얻을 수 있는 책이나 영화. 나는 〈바닷마을 다이어리〉의 원작과 영화를 그런 작품 중 하나로 꼽는다. 문학, 영화, 예술은 거창한 일을 하지 못한다. 다만, 그것들은 인간으로서 우리가 잊지 말아야 할 것들, 지켜야 할 것들이 무엇인지를 되풀이 상기시킨다. 거창한 일들을 한다고 믿는, '완장'을 찬 자들이 잊고 살아가는 것이 무엇인지를 일깨운다. 그래서 우리가 인간답게, 잘살고 있는지를 묻게 만든다. 내가 계속 보고 싶은 영화를 만드는 감독과 동시대를 살아서 즐겁다.

〈2016.7〉

영화

모조현실의 현실감, 〈정글북〉

영화 〈정글북〉은 그 내용이나 서사가 아니라 CG(컴퓨터그래픽) 특수 효과의 면에서 돋보인다. 이 영화는 모글리 역을 맡은 아역 배우 한 명을 제외하고는 모든 동물 캐릭터들, 배경, 풍경 등이 CG로 만들어졌다고 한다. 영화의 배경은 정글이지만 모든 것은 LA의 촬영소에서 찍은 것이다. 그런데 동물들이나 정글, 강, 계곡, 산 등의 풍경도 상당한 현실감을 준다. 이 영화의 특수촬영감독이 말한 대로 동물들이 말을 하지 않고 모글리만 등장하지 않았다면 동물 다큐멘터리라고 해도 믿을 정도다. 그렇다면 앞으로 영화에서 실사 영화와 애니메이션의 경계선은 어디에 그을 것인가? 이 영화와 종래(디즈니)애니메이션의 차이는 캐릭터와 풍경을 어떤 방향으로 만들것인가(실사 혹은 애니)의 문제일 뿐이다. 둘 다 영화의 이미지는 컴퓨터가 만들어낸 가상의 이미지이다. 그런데 그 가상의 이미지가우리가 상상하는 현실의 현실감에 육박한다. 혹은 그 현실감을 초월한다. 그래서 이런 말에 눈길이 간다.

아름다운 단단함

문 당신은 테드TED 강의에서 자신의 작업을 '본 것을 재현하는
게 아니라 기억하는 걸 재현하는 일'이라고 했다. 그게 CG를
비롯한 특수 효과의 비결인가.

답 영화는 실제 삶을 그대로 묘사하는 게 아니다. 어떤 영화라도
감히 진짜 그대로를 기록할 수는 없다. 그러므로 당연히, 실제
일어난 일을 그대로 재생산할 필요도 없다. 우리는 사건을 있
는 그대로가 아니라 각자의 가치관을 반영한 형태로 기억한
다. 누가 이야기를 하느냐에 따라 서로 다른 모습으로 기억될
수 있는 것이 이야기의 묘미다. 따라서 이를 집약적이고 강조
된 버전으로 만들면 마치 꿈과 같은 상태에서 우리 뇌가 진짜
라고 믿게 만드는 게 가능하다. 우리의 기억과 꿈이 그렇듯이
말이다. 특수 효과는 그를 돕기 위한 일종의 프리즘이다. 각자
의 관점을 자유롭게 반영할 수 있도록 표현의 스펙트럼을 넓
히는 작업이라 보면 된다. (〈정글북〉 시각 효과 슈퍼바이저
로버트 리가토, 『씨네21』)

CG는 "꿈과 같은 상태에서 우리 뇌가 진짜라고 믿게 만드
는" 현실을 우리 눈앞에 보여준다. 진짜 동물보다 더 동물 같은 이
미지들. 〈정글북〉의 재미도 대충 짐작이 가는 이야기 구성이 아니
라 각 동물 캐릭터의 생생함에서 나온다. 이 영화를 보고 나니 인
간 상상력의 한계가 문제일 뿐이지 영화가 표현할 수 없는 대상은

이제 없다는 느낌이 든다. "표현의 스펙트럼"의 한계가 사라졌다는 것. 그럴 때 드는 질문. 앞으로 인간 연기자는 언제까지 존속할 수 있을까? 〈정글북〉에서는 모글리 역은 실제 배우가 연기를 했지만, 굳이 인간 배우에게 그 배역을 맡길 필요가 있을까? 이 영화에 나오는 각각의 개성을 지닌 동물 캐릭터처럼 인간 캐릭터의 경우에도 CG로 충분히 만들어낼 수 있을 텐데 말이다. 누군가는 배우가 스크린 안팎에서 지닌 나름의 아우라가 있고, 그 아우라를 컴퓨터가 만들어낸 캐릭터로는 모방할 수 없다고 반박할지 모른다. 그런데 꼭 그럴까? 그런 아우라를 인간 배우만이 지니리라는 법은 어디 있는가? 그리고 그런 아우라가 앞으로의 영화에서도 꼭 필요할까? 그렇지만 이런 생각을 하지 않고 보더라도 가족용 영화로 볼 만하다. 스크린에 등장하는 동물들과 풍경이 정말 컴퓨터가 모두 만들어낸 것인가라고 의심하면서.

(2016.6)

아름다운 단단함

과잉의 정서, 〈아가씨〉

박찬욱 감독의 〈아가씨〉는 좋고 싫음이 분명하게 나뉠 영화다. 나는 호감보다는 불만이 더 컸다. 먼저 좋았던 점. 박찬욱 영화의 특징적인 면모인 감각적인 장면 만들기와 정정훈 촬영감독의 유려한 촬영은 여전하다. 인상적이다. 어떤 장면은 거의 회화의 느낌을 준다. 이미지의 퀄리티 면에서 박찬욱 영화는 분명 일급이다. 이 영화의 경우는 뼛속 깊이 일본인이 되려는 코우즈키(조진웅) 저택이 빼놓을 수 없는 역할을 한다. 인물들의 동선과 내면과 (무)의식을 규정짓는 저택, 방, 서재의 구조와 내부 장식과 디테일에 대한 세심한 배려는 박찬욱 영화의 인장이다. 영화를 볼 때 서사보다는 강렬한 인상을 주는 장면 하나하나의 감각적 효과를 더 강조하는 비평적 시각에서는 이 영화에서 장면 만들기의 어떤 경지에 오른 솜씨를 높이 평가할 것이다. 여기에는 이번에 칸느 영화제에서 기술상을 수상한 류성희 미술감독의 솜씨도 작용한다. 원작인 〈핑거스미스〉의 틀을 가져오되, 특히 두 여자주인공의 강렬한 돌파를 보여주는 각색도 나름 의미있다. 거기에는 찌질하기 짝이 없는 남자들의 형상화도 한몫한다. 이 영화에서 제대로 된 남성들은 찾기 힘들다. 기본적으로 어두운 정조가 지배적인 박찬욱 영화에서 유머는 찾기 힘들었는데 이 영화에서는 간간히 그런 장면도 눈에 띈다. 거기에는 숙희 역을 맡은 신인 배우 김태리의 역할이 크다.

마음에 들지 않았던 점들. 나는 박찬욱 영화는 기본적으로 사실적 영화라기보다는 인간의 원초적 욕망과 본능을 극단적으로 보여주는, 그래서 과잉의 정서가 강한, 굳이 표현하자면 신화적 세계를 그린 영화라고 생각해 왔다. (이 점이 봉준호 감독과 구별되는 지점이다.) 그런 특징은 이른바 '복수 3부작'만이 아니라 그 이후의 영화도 마찬가지다. 〈아가씨〉도 예외는 아니다. 숙희의 시점에서 구성되는 영화의 1부에서 가짜 백작(하정우)은 자신이 사기를 치려는 골수 친일파 코우즈키의 친일 내력을 꽤 자세히 설명한다. 1930년대로 짐작되는 당대의 역사적 맥락을 영화가 제시하지만 그런 역사적 맥락은 영화에서 흐릿하게 느껴진다. 그런 배경이 영화의 서사 구조와 밀접하게 접합되지 않는다. 이것은 꼭 이 영화의 문제점이라기보다는 박찬욱 영화의 특징적 면모를 드러낸다. 박 감독의 영화가 유럽영화계에서 대체로 좋은 평가를 받는 이유도 이런 신화적, 무국적적, 혹은 과잉 정서가 표현하는 바로크적 특징에 있다. 과잉의 정서는 그 자체로 좋지도 않고 나쁘지도 않다. 그것은 어떤 에너지의 표현이다. 뛰어난 작품은 극한적 사유와 실험을 보여준다. 나는 대체로 과잉의 영화와 문학을 좋아한다. 그런 점에서

아름다운 단단함

이 영화에서 표현되는, 어떤 관객에게는 충격적일 동성애 묘사와 폭력(신체 훼손)도 그 자체로 뭐라고 할 건 없다. 다만, 그것이 영화 전체의 흐름과 인물 간의 관계 묘사에 어울리는가? 그것이 문제다. 그렇게 보면 적어도 이 영화에서 이런 표현들은 나쁜 의미에서 과잉이다. 여기서 과잉이라는 말은 히데코(김민희)와 숙희의 관계를 영화가 사유할 때 이런 충격적 장면들이 얼마나 효과적인가라는 질문이 남는다는 뜻이다. 이 영화를 동성애 코드의 영화라고 단정지을 수는 없지만, 그리고 다른 맥락의 영화이긴 하지만 스티븐 댈드리 감독의 〈the Hours〉에서 그려지는 여성들의 (동성애적) 관계에 대한 천착과 비교해도 그렇다. 강한 표현이 언제나 좋은 효과를 거두는 것은 아니다. 적재적소가 관건이다.

배우들의 연기는 대체로 좋다. 하지만 그것은 각자가 맡은 연기의 역할에 충실했다는 뜻이지, 대체로 유형화된(이것도 신화적 세계를 그리는 박찬욱 영화의 한 특징이다) 인물들의 입체감이 느껴진다는 말은 아니다. 유형화된 인물들은 잘된 경우는 정서의 강한 표현에 도움이 되지만 잘못된 경우 밋밋한 형상화에 그친다. 좋은 영화를 만들기 위해서는 과잉의 정서도 필요하지만 절제도 필요하다. 예컨대 모든 일이 매듭된 뒤 벌어지는 영화의 끝장면은 내가 보기에는 과잉이다. 누군가에게는 그것도 주인공들이 돌파한 자유로움의 표현으로 보일 수도 있겠지만. 나는 박 감독이 나쁜 의미에서의 탐미주의자라고는 생각하지 않는다. 그리고 기본적으로 이미지 예술인 영화에서 강렬한 이미지의 화면을 만들고 짜는 능력은 중요하다. 그러나 그것만이 영화의 전부는 아닐 것이다. 영화가 끝나고 나서 내 옆에서 들리는 관객들의 탄식이나 한숨이 어떤 의미인지, 여러 생각이 든다. 지인 중 한 명은 이 영화가 자본과 재능으로 만든 포르노그래피라는 혹평을 했다. 나는 그런 평가에는 동의하지 않는다. 그렇지만 이 영화에 대체로 호의적인 평을 내놓고 있는 영화평론가들의 평가에 나로서는 선뜻 동의하기 힘들다. 강하게 표현하면 겉멋과 허세가 느껴지는 영화다. 거장은 힘을 빼고 자연스럽게 되는 것이지 억지로 힘을 준다고 되는 게 아니다. 박찬욱의 다음 행보가 궁금하다.

(2016.6)

두 개의 길, 〈엑스맨 - 아포칼립스〉

얼마나 신빙성 있는 얘기인지 모르지만 이런 해석을 읽었다. 마블의 엑스맨 시리즈의 핵심인물인 프로페서 엑스(젊은 시절의 찰스 자비어)와 매그니토(젊은 시절의 에릭 렌셔)가 1960년대 미국 흑인인권운동의 핵심인물이었던 마틴 루터 킹(1929~1968)과 말콤 엑스(1925~1965)를 모델로 했다고 한다. 그럴 법하다는 생각이 든다. 영화 〈링컨〉에서도 묘사된 1865년의 미국 수정헌법 13조(노예제의 폐지), 그리고 잇달아 제정된 1868년의 수정헌법 14조(평등한 시민권 보장), 1870년의 수정헌법 15조(평등한 참정권 보장)에도 불구하고 약 100년이 지난 1960년대까지도, 특히 미국 남부 지역에서 소수자인 흑인들의 인권, 참정권은 실질적으로 인정되지 못했다. 법이 현실화되기까지는 그렇게 오랜 시간이 걸린다. 킹과 엑스는 이 문제에 대립적인 입장을 취한다. 킹은 기본적으로 미국 주류 사회로 흑인들이 동화assimilation되어야 하고, 그럴 수 있다고 믿는다. 엑스는 백인과 흑인은 결코 동화될 수 없으며 분리된 흑인만의 국가를 만들어야 한다고 주장한다. 당연히 미국 주류 문화에서는 킹의 온건한 타협적 주장이 받아들여진다. 지금도 미국에서 킹은 가장 존경받는 인물 중 한 명이다. 어느 사회에서든 다수파와 소수파의 관계를 살펴볼 때 나타날 수 있는 유력한 두 입장이고 그들의 운명이다.

브라이언 싱어감독이 엑스맨 시리즈의 프리퀄로 만들고 있는, 엑스맨의 기원을 다룬 영화들인 〈엑스맨 - 퍼스트 클래스〉, 〈엑스맨 - 데이즈 오브 퓨처 패스트〉에 이어지는 〈엑스맨 - 아포칼립스〉도 마틴 루터 킹의 길을 걷는 프로페서 엑스와 말콤 엑스의 길에 가까운 매그니토 사이의 대립을 보여준다. 나는 마블의 수퍼영웅 시리즈물보다는 엑스맨 시리즈를 좋아한다. 주류인 인간들과 소수자인 변종인간mutant의 관계를 통해 인간사회의 다양한 면모를 엑스맨 시리즈가 더 극적으로 보여주기 때문이다. 이 시리즈물을 통해 반복적으로 나타나는 표현이 그걸 보여준다. "인간은 자신에게 낯선 존재를 두려워한다." 그런 두려움에서 인간은 자기보다 더 뛰어난, 혹은 그렇게 여겨지는 존재들인 뮤턴트들을 억압하고 죽인다. 원작 엑스맨 시리즈와 싱어 감독의 프리퀄의 시작이 모두 매그니토의 탄생을 알리는 나치의 유대인 수용소에서 시작하는 것은 그래서 의미심장하다. 인간 중심주의와 인종주의, 소수자 차별의 거리는 매우 가깝다.

원래의 엑스맨 3부작보다 싱어 감독의 프리퀄 3부작에서 에릭 랜셔(매그니토)의 모습에 더 강하게 끌리는 것도 이런 이유 때문이다. 거기에는 이 역을 맡은 배우 마이클 패스빈더의 역할도 크다. 매그니토의 질문은 명확하다. 인간들은 그들과 다른, 그들보다 뛰어난 존재들인 뮤턴트들과 어울려 살 준비가 되어 있는가? 그의 동료이자 맞수인 찰스 자비어는 그렇게 믿는다. 그래서 뮤턴트를 교육하는 영재학교를 만든다. 에릭도 찰스가 권하는 길을 가보려고 한다. 그러나 〈엑스맨 – 아포칼립스〉는 에릭이 가보려고 한 그 길이 어떻게 인간들에 의해 무참히 꺾이는지를 보여준다. 그렇다면 누가 악이고, 누가 선인가? 〈아포칼립스〉의 아쉬움은 에릭랜셔(매그니토)의 고뇌를 더 깊이 다루지 못하고, 절대악이자 거의 신적인 힘을 지닌 존재로 등장하는 최초의 뮤턴트와 엑스맨들의 싸움을 전면에 내세우면서 덮어버린다는 점이다. 그래서 영화의 후반부에 그려지는 절대악과의 전투 장면은 진부하다. 그동안 마블의 다른 수퍼영웅 영화들에서 익히 보던 이미지들이다. 엄청난 규모의 파괴가 그려지지만 식상하다. 절대악으로 그려지는 최초의 뮤턴트가 밋밋한 모습으로 그려지는 것도 한 이유다. 뛰어난 SF영화, 코믹스영화의 힘은 그런 액션과 파괴의 물량주의가 아니라 인간주의/반인간주의의 의미를 깊이 탐색하는 데 있다. 물론 이런 질문에는 아무 관심이 없고 코믹스영화에서 바라는 것은 그저 현란한 액션과 스펙터클이면 좋다고 생각하는 관객이라면 나름대로 즐길 수 있는 영화다. 하지만 내 판단으로는 〈아포칼립스〉는 앞의 두 프리퀄보다 못하다. 앞으로 나오게 될, 리부팅된 엑스맨 시리즈에서 매그니토와 그가 이끄는 엑스맨들이 어떤 모습으로 나타날

지가 궁금하다. 다수자와 소수자들의 화해는 어디까지 가능한가? 우리는 낯선 존재와 어떤 관계를 맺어야 하는가? 이 영화가 던지는 질문은 편견과 아집과 독선에 사로잡힌 힘센 다수자들이 소수자들을 억압하거나, 혹은 그런 다수자에게 받은 억압과 원한의 박탈감을 다른 소수자들에게 증폭해서 퍼붓고 있는 소수자들이 출몰하고 있는 한국사회에도 의미 있는 울림을 지닌다.

(2016.6)

아름다운 단단함

악의 기원, 〈곡성〉

조심스러운 판단이지만 최근 한국문학에서는 악, 폭력, 육체(몸), 성(섹슈얼리티)의 문제가 거의 실종된 듯하다. 부정적인 의미에서의 정신주의나 관념주의, 혹은 그것을 가리기 위한 언어의 유희가 지배적이다. 한마디로 한국문학은 너무 순하다. 혹은 나이브하다. 그런데 인간사회, 우리 삶의 거의 모든 문제들은 악, 폭력, 육체, 성과 관련되어 있다. 인간 삶의 핵심적 면모가 한국문학에서 실종된 것이다. 악의 문제를 제대로 천착하지 못하면서 뛰어나다 할 작가를 나는 알지 못한다. 곧 출간될 정유정의 신작 『종의 기원』을 기대하는 이유다. 악의 기원을 탐구하는 소설이란다. 한국문학에서 실종된 이런 문제들을 각자의 방식으로 파고드는 건 한국영화다. 나홍진 감독의 〈곡성〉을 보면서 이런 판단이 아주 근거없는 게 아니라는 걸 확인했다. 최근에 미야베 미유키의 장편소설 『모방범』을 읽었다. 이 작품에 대해서도 따로 평을 하고 싶지만 일단 이 소설이 보여주는 악의 형상화가 강렬했다는 말은 적어두고 싶다. 나는 평소에 악에는 두 종류가 있다고 생각해 왔다. 우리 모두가 저지를 수 있는 나쁜 짓을 가리키는 악함badness이 있다. 그리고 도저히 바뀔 수 없는 본성적인 악으로서의 사악함evil이 있다. 두번째의 악은 이유가 없다. 천성적으로 악할 뿐이다. 이런저런 설명을 시도해보지만 딱 잡히는 이유가 없기에 사악함은 끝내 불가해한 것으로 남는다. 나는 그런 사악함을 체현한 인물을 직접 대한 적도 몇 번 있다. 이해될 수 없는 악을 이해하려고 인간은 다양한 시도를 한다. 그러나 그 시도는 실패로 끝난다. 아마 그 실패의 상징적 표현이 다양한 종교에서 발견되는 악마의 형상일 것이다. 악마의 사악함은 설명될 수 없다. 설명할 수 없기에 사악함은 무섭다. 인간의 고통과 희생은 그런 사악함이 던진 미끼에 걸린 결과다. 그 미끼에 누가 걸릴지는 아무도 모른다. 〈곡성〉의 오프닝 신에 주목해야 할 이유다.

〈곡성〉에 대해 다양한 해석이 가능하겠지만, 이 영화의 키워드는 악과 의심이다. 그리고 이 둘은 연결되어 있다. 둘 중 더 중요한 말은 의심이다. 의심이 악을 낳는다. 인간은 불완전한 존재이기에 의심의 감옥에서 벗어날 수 없다. 기독교의 신약성서에 보면 의심에 관한 수많은 일화들이 나온다. 눈앞에서 물 위를 걷는 예수의 모습을 직접 보면서도 그것을 의심해 물에 빠지는 베드로의 모습이 좋은 예다. 날이 밝기 전에 베드로가 예수를 세 번 부인할 거라는 예언. 이 일화는 〈곡성〉에서도 변형된 형태로 나타난다. "닭이 세 번 울 때까지……" 부활 후 눈앞에 모습을 드러낸 예수의 모습을 의심하는 도마에게 자신의 몸에 손을 대보라고 말하는 예수.

아름다운 단단함

나는 이 모든 일화들을 의심의 덫에서 벗어날 수 없는 인간 존재나 인간 인식의 한계로 이해한다. 예수의 제자들은 예수가 행한 기적과 부활을 눈앞에서 보면서도 믿지 못했다. 인간의 한계다. 우리는 진실과 거짓, 악과 선을 명확히 분별할 능력을 갖지 못했다. 그것은 신의 영역이다. 〈곡성〉에서도 주인공 경찰 종구(곽도원)와 가족, 주변 인물들, 그리고 영화를 보는 관객들도 끝까지 누가 악이고 선인지, 누구의 말을 믿어야 하는지를 알지 못한다. 그리고 그 의심이 비극을 낳는다. 문제는 인간은 그 비극을 피할 수 없다는 것이다. 인간은 신이 아니기에 선과 악의 본성을 꿰뚫지 못한다. 인간은 사후적으로만 선과 악의 구분에 대한 흐릿한 그림을 그릴 수 있다. 하지만 때는 이미 늦었다. 판단은 언제나 비극적 선택과 행위 이후에만 온다. 그리고 어떤 면에서 선과 악은 하나의 뿌리를 갖는다. 악마는 타락한 천사가 아니던가. 그렇다면 누가 천사이고, 누가 악마인가? 이 영화는 평범한 유령 이야기, 귀신 이야기, 악령 이야기가 아니다. 영화의 말미에 악이 모습을 드러내는 것처럼 보이지만 그것도 역시 실체를 단정할 수 없다.

영화의 제목 '곡성'은 의미심장하다. 곡성은 탄식하며 우는 소리이다. 질문이 남는다. 누가, 왜 우는가? '누가'라는 질문의 답은 일견 분명하다. 가족을 잃은 사람들이 운다. 문제는 '왜 우는가'이다. 물론 가족을 잃어서 운다. 어려운 질문은 무슨 이유로 가족을 잃었는가에 있다. 이 영화는 이 질문 앞에서 머뭇거린다. 그런

영화

머뭇거림이 이 영화의 힘을 증폭시킨다. 2시간 30분이 넘는 상영 시간 동안 한순간도 긴장을 놓을 수 없다. 강력한 서사의 힘이고 인물들의 생생함 때문이다. 장면 하나하나의 배치도 거의 빈틈이 없다. 영화의 비극적 정조와 어울리는 색감도 치밀하다. 배우들의 연기도 좋다. 그런 속도감과 치밀함이 피곤을 유발하지만 그런 피곤을 감수할 만한 가치가 있는 영화다. 한국영화의 힘을 보여주는 수작이다. 한국문학은 한국영화에서 무엇을 배워야 하는가? 〈곡성〉을 보고 다시 묻는다.

(2016.5)

아름다운 단단함

아일랜드의 비극, 〈보리밭을 흔드는 바람〉

짬을 내어 영화 〈보리밭을 흔드는 바람〉을 보았다. 2시간이 조금 넘는 영화였다. 그런데 마치 3시간은 영화를 본 듯했다. 영화 내내 긴장을 한 결과다. 영화를 보고 나서 머리가 아팠다. 오랜만에 긴장을 풀지 못하게 하는 영화를 본 후유증이었다. 이 영화는 영화 자체에서 피비린내 나는 아일랜드 현대사를 직간접적으로 언급하고 있다. 그래서 사전 지식이 없이 봐도 충분히 당대 아일랜드의 분위기를 느낄 수 있다. 그러나 영국과의 아일랜드 식민역사를 알고 보면 좀더 실감나게 느껴진다. 영화의 시작은 1920년이다. 감독은 첫 장면에서 아일랜드의 고유 민속경기인 헐리를 보여주면서, 이 영화의 구도인 데이미언(질리언 머피)과 테디(패드래익 들레이니) 형제의 대립 관계를 드러낸다. 장래가 촉망되는 의사로서 영국 병원에 가기로 되어 있던 데이미언은 그녀의 애인이 되는 시네드의 동생 미하일이 단지 이름을 영국식으로 발음하지 않았다는 황당한 이유 때문에 영국군the tans에 의해 맞아 죽는 모습을 목격한다. 이런 장면은 언뜻 보기에는 과장된 묘사처럼 보인다. 하지만 당시 영국이, 특히 아일랜드 주둔 영국군이 보여주었던 식민 통치의 폭압성에 견주어보면 과장이 아니다. 식민주의 문제에서 영국인들은 '신사'와는 거리가 멀다. 이어서 데이미언은 그가 타려던 기차의 기관사 댄(리엄 커닝험)이 영국군에게 역시 뚜렷한 이유 없이 폭행당하는 걸 본다. 두 가지의 사건을 겪은 뒤, 그리고 아마도 그 이전에 그가 겪었을 많은 고뇌 끝에 데이미언은 아일랜드 공화군^{IRA; Irish Republic Army}에 가입한다. "나는 말만 앞서는 사람이었다"는 데이미언의 자탄은 의미심장하다. 그 뒤에 이어지는 영국군과의 전투, 그 과정에서 겪는 인간적 고뇌, 특히 자신이 잘 아는 동생 같은 아이를 밀고자라는 이유로 직접 처형해야 하는 끔찍한 경험. 그리고 아일랜드 자치령 찬반을 둘러싼 내전^{civil war} 등이 숨 가쁘게 펼쳐진다. 그리고 그 결말은 역시 예상대로 비극적이다. 그 비극은 이념으로 갈라진 형제의 비극에서 나오는 것이다. 한국현대사에서도 익숙한 모습이다.

이런 서사 전개는 어느 정도는 예상했던 것이다. 이야기의 전개는 전통적이며 인물들의 형상화도 예상을 크게 벗어나지 못한다. 혁신적 영화의 기수라는 왕가위가 심사위원장을 맡았던 올해 칸느 영화제 심사위원단이 이 영화에게 황금종려상을 준 것은 그런 점에서 조금 의외라는 생각도 든다. 그러나 이 영화에는 이런 조금은 구태의연한 이야기 전개와 인물 형상화의 밋밋함을 넘어서는 힘이 있다. 이 영화는 점점 말랑말랑한 이야기들만이 선호되고 무겁고 머리를 아프게 하는 이야기들은 의도적으로 회피하려는 대중이나 비평가들의 감수성에 강한 충격의 망치를 내리친다. 당신들이 외면해 온 이런 역사적 진실도 있다! 영화의 이야기는 허구이다. 하지만 요즘 유행하는 팩션이 예증하듯이 때로는 허구가 더 깊이 역사의 진실을 드러낼 수 있다. 그 진실에 깊이 접근하기 위해서는 몇 개의 역사적 팩트를 알 필요가 있다. 영화에서 다루는 시기는 대략 1920년부터 1922년까지이다. 영화에서도 언급되는 1913년의 부활절 반란the Easter Rising에서 1920년까지의 치열한 대영독립전쟁 뒤에 1921년 12월에 아일랜드 공화군IRA의 창립자요 총사령관이었던 마이클 콜린즈와 신페인당의 대표였던 아서 그리피스가 이끄는 협상단이 영국 대표단과 런던에서 만나서 아일랜드 자치 정부 구성을 합의한다. 1995년 베니스 영화제 대상을 받은 영화 〈마이클 콜린즈〉는 〈보리밭〉에서도 보이는, 그가 주도한 자치 정부 구성안 때문에 극심한 찬반 논란과 내전을 불러일으키는 콜린즈의 비극적 삶을 다룬다. 나중에 아일랜드 공화국 지도자가 되는 발레라가 이끄는, 〈보리밭〉의 데이미언이 지지하는 완전독립파에 의해 1922년 콜린즈는 암살된다. 이런 역사는 마치 해방 전후 한반도의 정국을 보는 듯하다. 이 영화가 다루는 아일랜드 내전의 핵심은 1922년에 구성된 아일랜드 자유국the Irish Free State의 성격을 둘러싼 논쟁이다. 그리고 거기에는 좌파감독답게 민족해방 문제를 단지 민족 문제로 보지 않고 계급 문제와 연결해 사유하는 감독의 복합적 시선이 깔려 있다.

이 영화는 이런 질문을 던진다. 민족해방을 이룬다고 해서 세상이 나아질 것인가? 영화의 후반부에 벌어지는 내전은 민족-계급의 갈등이 전면화된 것이다. 영화에서 전직 기관사이자 1913년 사회주의자 오코넬이 주도했던 부활절 봉기에도 참여했던 것으로 나오는 댄이 계속 던지는 물음은 이 문제를 바라보는 감독의 시선을 표현한다. 아일랜드 독립투쟁은 단지 아일랜드 특정 계급 사람들만이 아니라 아일랜드의 모든 자연과 자원과 재산의 해방을 위한 것. 따라서 아일랜드 사회에 존재하는 사회·경제적 불평등을 회피해서는 안 된다는 것. 민족해방이라는 이름으로 아일랜드 사회에 현실적으로 존재하는 부의 불평등과 빈곤 문제를 덮으려 할 때 영국의 식민지배는 단지 다른 형태로 반복될 거라는 중요한 문제 제기를 영화는 한다. 일종의 해방구에서 벌어진 재판에서 유죄판결을 받은 민족 자본가를 옹호하는 테디의 입장과 데이미언의 대립 구도는 이 문제와 관련된다. 테디는 민족 자본가들이 무기를 구입할 돈을 대주기에 그들을 탄압해서는 안 된다고 주장한다. 과연 그럴까? 탈식민주의 이론이 밝히고 있듯이 민족해방운동은 민족해방의 끝이 아니다. 단지 시작이다. 민족해방 이후에 사회·경제적 불평등의 해소, 민주주의의 구현, 성적·계급적 갈등이 제대로 해결되지 않는다면 어떻게 되는가? 수많은 민족국가들의 민족해방투쟁은 그 이후에 더욱 악화된 형태의 억압 체제로 종종 귀결되었다. 민족해방이 민주주의와 억압의 해방을 자동적으로

아름다운 단단함

담보하지 않는다. 그 점을 영화는 경고한다. 그런 점에서 민족-계급의 간단치 않은 관계를 고민했던 댄이나 데이미언이 영화에서 비극적 최후를 맞는 것은 지금의 현실을 바라보는 감독의 간단치 않은 시각을 드러낸다. 이 영화는 단순한 반식민투쟁·민족해방투쟁 영화가 아니다. 이 점이 〈마이클 콜린즈〉와 이 영화가 갈라지는 지점이다.

이념이 삶이나 인간애보다 더 가치 있는 것인가? 데이미언이 밀고자를 처형하면서 비통하게 토로하듯이 조국이나 민족은 그런 살해를 용납할 만큼 값진 것일까? 감독은 이 질문을 놓지 않는다. 손쉬운 답변을 내놓지도 않는다. 단지 이념으로 갈라져 싸우는 형제와 사람들, 그리고 그 와중에 환멸을 느끼고 떠나는 사람들의 모습을 보여줄 뿐이다. 하지만 데이미언이 형 테디에 대해 말하듯이 그런 싸움 중에 그들 마음 속의 무엇이 죽어버린 것은 아닐까? 영화는 중요한 질문을 제기한다. 이념, 조국, 민족은, 그것을 위해 우리가 나의 목숨, 혹은 설사 그것이 밀고자의 것일지라도 다른 사람의 목숨을 바칠 만큼 소중한 것일까? 이런 질문을 나이브한 휴머니즘적 견해라고 단정하는 건 온당한가? 영화를 보고 나서도 남는 질문이다. 영화에서 감독은 의도적으로 역사가 반복됨을 보여준다. 그들이 맞서 싸웠던 영국군이 보여주었던 비인간적인 모습이 내전을 통해 아일랜드인의 모습에서 반복되어 나타난다. 한때 영국군이 그랬듯이 이제 아일랜드 자치국 군인들이 국가와 정부의 이름으로 민족해방투쟁 때 그들에게 밥을 주고 쉼터를 주었던 동지들을, 지지자들을 몰아붙이고 죽인다. 생각과 이념이 다르다는 이유로 죽인다. 내가 주목한 켄 로치의 날카로운 안목은 여기에 있다. 감독은 영화에서 소위 좌파 이념을 선동하지 않는다. 오히려 그는 혁명이니 민족해방이니 하는 거창한 대의 아래 스러져 가는 개별적 삶들의 의미에 시선을 둔다. 어떤 면에서 진짜 좌파는 이념이 아니라 어떤 이념으로도 희생할 수 없는 개인 삶들의 고유성을 최대한 존중하는 것이 아닐까. 나는 이념의 무가치함을 주장하는 해묵은 인간주의적 입장을 말하는 것이 아니다. 투쟁을 위한 이념은 필요악이지만 그 이념의 한계에 유념해야 한다는 것이다. 좋은 문학과 영화는 인간 삶과 사회의 착잡함과 정답 없음, 선과 악의 경계, 회색 지대의 의미와 가치를 살핀다. '옳다'고 믿는 것의 한계를 묻는다. 어쩌면 그 점이 문학이나 영화, 예술이 제도화된 정치와 갈라지는 지점일 것이다. 현실 정치에서 주저함은 전혀 미덕이 못 되지만 문학과 영화는 현실 정치가 내세우는 단호한 믿음의 근거를 해체한다. 말랑말랑한 영화들이 판치는 시대인지라 이런 무거운 영화를 보는 것은 쉽지 않다. 오늘 내 경험을 봐도 그렇다. 하지만 위에 언급한 무겁지만 중요한 문제들을 다시 생각해보기 위해서, 혹은 우리의 현대사와 너무나 비슷한 아일랜드 현대사의 고통을 추체험하기 위해서, 그리고 지금도 국가와 민족의 이름으로 벌어지고 있는 침략전쟁의 야만성을 다시 상기하기

아름다운 단단함

위해서라도 볼 만한 영화이다. 영화의 예술성과는 논외로 하더라도 이런 중요한 문제들을 묵직하게 제기해 준 감독에게 경의를 보낸다. 그리고 묻게 된다. 아일랜드와 너무나 비슷한 현대사를 겪은 한국영화계에서는 언제쯤 '노동자 계급의 시인'인 감독을 만나게 될까? 그 때를 기다린다.

(2006.11)

III
―
책

소품의 힘

미야베 미유키, 『음의 방정식』

미야베 미유키의 『음의 방정식』은 미야베의 작품치고는 소품이다. 이 작품을 미야베의 대표작이라고 하기는 힘들다. 그래도 일본 장르문학의 힘을 느끼게 한다. 일본문학의 현황에 무지하지만 짐작하건대 일본문학에서 '사회파 미스터리' 장르가 상당한 두께에 이른 결과일 것이다. 사회파 미스터리 작가들은 사회의 각 분야에서 생기는 범죄들, 특히 살인의 사회문화적 맥락을 탐색한다. 이렇게 적는 것도 뻔한 얘기다. 그 사회문화적 맥락은 맥락 자체로 제시되지 않는다. 소설에 대해 여러 가지 말들이 있지만, 소설은 '전형적 인물들(캐릭터)'의 '전형적 관계'의 표현이다. 여기서 강조점은 인물(캐릭터)에 있다. 개성적 인물들이 펼치는 복잡다단한 내면과 행동의 입체성과 복합성이 표현되지 못하고는 좋은 소설이라 할 수 없다. 일부 '포스트'소설 이론들은 이런 생각을 전통적 소설이론에 불과하다고 비판한다. 그러나 나는 그런 비판에 동의하지 않는다. 나는 소설의 전통주의자다. 생생한 인물들과 그 인물들의 관계에서 생기는 갈등과 충돌이 얼마나 생생한가? 내가 소설을 읽는 주요한 관점이다. 미스터리 장르에서 살인 등의 '사건'은 이런 갈등과 충돌의 결과물일 뿐이다. 그 살인에는 사회문화적 맥락이 작동한다. 이런 접점들을 놓치지 않고 포착하는 것이 작가의 역량이고 작품의 스케일이다. 미야베 소설의 매력은 무엇보다 인물들의 개성을 각자에게 부여하는 데 있다. 살인 등의 범죄는 사건이지만 그 사건은 결국 인간 관계 혹은 사회적 관계의 문제이다. 사회는 곧 인간 관계이다. 관계없는 범죄는 없다. 폭력과 살인 그 자체를 적나라하게 묘사한다고 좋은 미스터리 작품이 되지는 않는다. 그런 묘사는 자칫 폭력과 살인의 포르노그래피가 될 수 있다. 미야베나 히가시노 게이고의 작품에서 그런 선정적 묘사는 찾기 힘들다. 그들은 사건의 배경과 맥락에 관심이 있다.

『음의 방정식』에 충격적인 살인 사건은 나오지 않는다. 이 작품은 명문 사립 중학교에서 벌어지는 어쩌면 사소한 '오해'의 내막을 다룬다. 물론 소설은 그 오해가 결코 사소하지 않다는 걸 드러낸다. 간략한 줄거리는 이렇다.

도쿄의 사립 중학교에서 재난 훈련의 일환으로 실시한 1박 2일 교내 캠프 도중 한 교사의 부적절한 언동이 알려져 파문을 빚는다. 그러나 그는 학생들의 주장을 부정하며 정면으로 대립하고, 끝내 징계해고를 당한 후에도 법적 대응을 불사하겠다는 태도를 보인다. 피해자 학

아름다운 단단함

부모의 의뢰로 사건을 조사하던 사립 탐정 스기무라 사부로는 우연히 교사 측 변호인을 맡은 후지노 료코를 만나고, 둘은 서로의 정보를 교환하며 진상을 파헤치기 위해 협조한다. 엇갈리는 진술 속, 이윽고 해묵은 갈등과 오해가 모습을 드러낸다. ('yes24' 책소개)

소설은 1인칭 화자인 '나', 즉 탐정 스기무라가 피해 학생 학부모의 의뢰를 받아 사건의 진상을 알아가는 서사 구조를 택한다. 그렇다고 이 소설의 초점이 누가 진실을, 혹은 거짓을 말하는가에 놓는 것은 아니다. 표면적으로는 그렇지만 그것은 일종의 맥거핀(서사에 필요한 장치)이다. 서사의 초점은 인물들이 왜 그렇게 말하고 행동하는가에 있다. 학교도 마찬가지다. 미성년자인 중학생들이라고 진실만을 말하는 것도 아니다. 그리고 그 배경에는 한국만큼은 아니겠지만, 우등생만을 우대하고 그렇지 않은 학생들을 무시하는 학벌 구조가 작동한다. 그런 압력이 지속될 때 어떤 일이 발생할까. 작가는 선생이나 학생의 마스크 아래 있는 인격에 관심이 있다. 스기무라의 말이다.

선생도 인간이니, 학생이라는 살아있는 인간을 상대하다 보면 교육자의 얼굴 아래 본래 있던 인격이 드러나기도 하겠죠. 그것이 학생들의 공감을 불러오거나 반발을 초래할 테구요. 그래서 생활인으로서 그의 모습은 어떤 것인지 알고 싶은 겁니다. (59면)

진실이 드러난 뒤 변호사 후지노는 이렇게 묻는다.

목적이 옳아도 수단이 잘못되면 모조리 틀린 것이 되어버리는데,
나쁜 놈을 해치우기 위해서라면 그 나쁜 놈이 하지 않은 나쁜 짓을 꾸
며내도 되는 거니? (126면)

한국사회에서라면 이 질문에 뭐라고 답할까? 장안의 화제였
다는 교육을 소재로 한 어느 드라마나 종종 언론에 보도되는 학교
안의 성적 조작, 시험지 유출 사건 등에서 드러나듯이, "목적"만 달
성할 수 있다면 설령 잘못된 "수단"도 쓸 수 있다고 답할 것이다.
좋은 결과라면 나쁜 수단도 정당화되는 세상. 그래서 후지노가 던
지는 질문은 세상물정 모르는 '선비충'의 고상한 말이라고 비웃음
의 대상이 되지 않을까? 어느 사회에서나 교육은 단지 교육 문제
가 아니다. 그것은 동시에 사회 문제다. 가장 손대기 어려운 사회
문제. 누군가의 적절한 지적대로 교실투쟁class struggle은 언제나 계
급 투쟁class struggle이다. 미야베는 학교에서 벌어지는 그 사회 문제
에 해부의 칼날을 들이댄다. 소품이기에 각 인물들의 개성이 좀더
부각되었으면 싶은 대목도 있다. 하지만 미야베가 범인에게 일종
의 시점숏을 제공하지 않는 것은 이 작품만이 아니라 다른 작품도
그렇다. 작가는 악의 묘사에 신중하다. 악에 서사적 거리를 유지한
다. 거기에는 악의 내면을 함부로 규정하기 어렵다는 조심스러움

아름다운 단단함

이 작동한다고 나는 판단한다. 비교컨대 정유정의 최근작인 『종의 기원』이 실패한 이유가 바로 그 거리를 유지하지 못한 데 있다.

　이 작품은 작가의 대표작 중 하나이자 또 다른 학교 미스터리물인 『솔로몬의 위증』에 비교하면 여러 면에서 처진다. 소품이니 어쩌면 당연하다. 하지만 이 소품을 읽고서도 이런 생각은 든다. 왜 한국문학에서는 이렇게 사회적 문제를 정면으로 다루는 작품은 드물까? 왜 정치와 노동, 교육을 이미 정해진 대상으로만 접근할까? 왜 여전히 좁은 인간적 관계에서 발생하는 정념들(사랑과 오해, 이해 등)만을 작품의 제재로 택하는 걸까? 왜 담대하게 방대한 현실의 네트워크를 조목조목 파고들어 따져 보려고 하지 않을까? 왜 한국문학에서는 인상적인 악(인)의 묘사가 드물까? 왜 인물들은 그렇게 착하고 약하고 섬세하기만 할까? 왜 읽을 만한 사회파 미스터리물은 나오지 못할까? 한마디로 왜 한국문학은 좀더 담대해지지 못할까? 깊이 따져볼 질문들이다.

〈2019.4〉

미야베 미유키, 이영미 역, 『음의 방정식』, 문학동네, 2016.

영혼에 대하여

이정우, 『영혼론 입문』

가끔 출간된 지 오래된 책을 뒤늦게 발견해 읽는 경우가 있다. 이
정우의『영혼론 입문』이 그런 책이다. 90여 쪽밖에 안 되는 작은 책
이다. 하지만 다루는 내용은 만만치가 않고 배우는 바가 적지 않다.
저자가 이 책을 쓴 동기는? "인간이란 무엇인가라는 영원한 물음
을 달고 다니는 사람들을 위해 썼다. 인간은 자기 이해를 갈구하는
동물이다. 이 책은 인간이라는 존재의 해명을 위한 입문서이다." 이
말 자체야 익숙한 말이다. 철학이 인간과 세계라는 "존재의 해명"
을 목적으로 한다는 것은 상식 아닌가? 그런데 왜 저자는 이런 해
묵은 질문을 다시 던지는 걸까? 문제는 다시 인간의 인간다움이라
는 것. 그게 아마 이 책의 문제 의식일 것이다. 그 인간다움을 탐색
하는 하나의 열쇠 말로 저자는 "영혼"을 제시한다.

　　인간은 영혼을 지닌 존재이다? 이런 주장은 인간은 "이성적
인식을 할 수 있고, 도덕적 판단을 내릴 수 있고, 심미적 기쁨에 젖
을 수 있는 존재"(16면)라는 말과 같은 뜻인가, 혹은 아닌가? 그러

나 인간을 이렇게 "이성적 인식"과 "도덕적 판단"과 "심미적 기쁨"을 나누어 할 수 있는 존재로 보는 태도가 혹시 문제는 아닐까? 근대철학의 종합이라고 하는 칸트 이후 근대 유럽철학의 전통은 영혼을 지닌 존재로서 인간의 인간다움을 온전히 해명한 것일까? 이런 것들이 이 책의 문제 의식이겠다. 이 질문에 저자는 그렇지 않다고 답한다. 그리고 다시 묻는다. 인간이 영혼을 지녔다고 할 때 그 영혼은 도대체 무엇인가? 인간만이 지녔다고 주장하는 영혼의 능력과 힘은 무엇인가? 이런 입장은 구조주의나 맑스주의를 포함한 현대철학의 외면적 인간 이해 혹은 관계론적 인간 이해에 의식적으로 맞선다. 인간 존재를 그(녀)가 속한 어떤 구조와 관계 속에서만 이해하려는 외재적 인간 이해의 한계를 파고든다. 물론 맑스가 예리하게 간파했듯이 "인간은 사회적 관계의 총체이다." 한 인간을 어떤 사회적 존재로 만드는 것은 그(녀)가 지닌 내적 속성 때문이 아니라 특정한 사회적 관계이다. 맑스에 기대면 흑인은 흑인이다. 특정한 사회적 관계 속에서 그(녀)는 노예가 된다. 그러나 사회적 존재로서의 인간 이해가 인간의 인간다움을 속속들이 이해한 것일까? 이 지점에서 저자가 말하는 인간에 대한 "내면적 이해"의 필요성이 제기된다. 다시 영혼이 문제가 된다. 영혼이라니? 우리가 이미 다 아는 이야기 아닌가. 그러나 애초에 철학은 당연하다고 여겨지는 것들에 의문을 제기한다. 통념을 해체한다. "영혼"이라는 화두도 만만하지 않다.

1장 「영혼의 역사」는 호메로스, 소크라테스, 플라톤, 아리스토텔레스부터 시작해서 중세 종교철학, 그리고 근대철학의 인식론을 거쳐 현대의 과학적 영혼론을 다룬다. 영혼을 대하는 서구철학, 그리고 동양철학의 관점이 압축적으로 소개된다. 2장에서는 영혼의 본성, 인성의 기본 구도, 영혼의 능력, 영혼의 힘이 다루어진다. 영혼을 대하는 우리의 통념은 범박하게 말해 몸과 대비되는 어떤 비물질적 존재라는 것이다. 가시적 존재로서의 몸과 비가시적 존재로서의 영혼. 이런 이분법은 근대주의의 틀 안에 갇혀 있다. 그러나 고대철학의 영혼론은 달랐다. 특히 아리스토텔레스의 영혼론은 주목할 만하다. 그는 말한다.

영혼과 신체가 결합된 개체의 실체성을 강조하고, 개체라고 하는 것은 영혼과 육체가 서로 뗄 수 없이 결합되어 있는 것으로 본다. 육체와 영혼이 결합된 그대로의 개체를 긍정하는 것이다. (24면)

대충 읽으면 지당한 말씀 같지만 곰곰이 따져보면 그리 만만한 말이 아니다. "영혼과 실체가 결합된 개체의 실체성"을 우리는 얼마나 제대로 느끼고 있는가? 신체와 동떨어진 영혼의 초월적 가치만을 강조하는 입장으로 대표되는 중세 종교철학의 입장이 한 편에 있다. 다른 편에는 영혼 따위는 다 소용없고 눈에 보이는 것만이 가치 있다는 철저한 물질주의의 입장이 있다. 이런 물질주의의 조야한 형태가 얼짱이니 몸짱이니 하는 형태로 드러나는 물신주의이다.

고전주의 철학에서 영혼의 문제는 인간의 인간다움을 규정하는 핵심적 요소였다. 그만큼 인간의 인간다움을 따지는 인성론이 중요한 위상을 지녔다. 동양철학에서 인성론이 단지 좁은 의미의 윤리학이 아니라 존재론의 핵심적 부분을 차지한 이유도 여기 있다. 인성론이 세상을 어떻게 인간답게 살 것인가라는 깊은 차원의 윤리와 연결되기 때문이다. 성리학의 사단칠정론에서 논하는 감성 혹은 이성을 아우르는 영혼의 문제는 단지 객관적 인식 대상으로서가 아니라 사람의 사람다움을 규정하는 중요한 문제 의식이었다. 그러나 서구 근대철학에서 인성론은 영혼이 아니라 인간의 인식만을 문제 삼는 협애한 인식론의 한 부분이 되었다. 우리들도 그 틀 안에 갇혀 있다. 서구 근대철학에 오면 영혼의 개념은 점차 사라진다. 그리고 그 자리를 정신 혹은 마음mens, mind, 의식conscience, consciousness 등이 대체한다. 이제 영혼이라는 말은 거의 자취를 감춘다. 부정적인 어감을 지니게 된 혼백, 혹은 혼령, 귀신 정도의 단어만이 남아 있을 뿐이다. 왜 이렇게 된 걸까?

이제는 영혼, 정신에 대한 형이상학적 논의 대신 마음·의식의 인식론 논의가 주요 흐름을 이루게 된 것이다. 즉 일정한 실체로서의 영혼/정신이 아니라 인식론적 능력/기능으로서의 마음, 의식이 문제가 된다. (33면)

이런 태도에서 근대철학의 인식론, 이성에 기반한 인식이 감성이나 지각보다 우월하다는 입장, 즉 이성주의와 인식주의가 출현한다.

그러나 그리스철학에서는 감각^{sensation}과 지각^{perception}이 구분되지 않았다. 감각과 지각은 신체와 결부되어 있다. 이들은 몸·신체 없이는 이루어질 수 없다. 근대 인식론에서는 이 중에서 특히 인식을 강조한다.

> 사유하는 것은 인식^{cognition}이라고 한다. 비교가 미묘하기는 한데 대체적으로 'sensation'은 생리학적인 뉘앙스를 풍기고 'cognition'은 완전히 개념화해서 판단하고 사유하는 것을 뜻한다면, 'perception'은 그 사이의 과정을 뜻한다고 할 수 있겠다. (61면)

내가 보기에 이런 인식우월주의, 이성주의가 근대 유럽철학, 그리고 리얼리즘에서 특징적으로 드러나는 유럽예술이나 문학의 인식틀(에피스테메)이 된다. 인간과 세계를 이성적으로, 객관적으로, 혹은 총체적으로 인식할 수 있으며 그렇게 하는 것이 예술의 가치 판단에 핵심적이라는 논리. 이런 논리가 전형적으로 드러나는 것이 19세기 리얼리즘문학, 특히 지배적 서술 기법으로 전지적 시점의 등장이겠다. 이성의 논리, 인식의 논리가 득세하게 된 것이다. 그 배경에는 몸과 결합된 영혼이 아니라 마음의 논리, 정신의

아름다운 단단함

논리가 등장하게 된 근대철학의 흐름이 있다. 그러나 감각과 지각의 가치는 그렇게 홀대받아도 되는 건가? 저자의 질문이다.

> 신체가 대상과 접촉해서 가지게 되는 것, 즉 지각을 통해서 가지게 되는 것은 이미 그 안에 의미를 가지고 있다고 보는 것이다. 더 정확히 말해 메를로-퐁티에서는 신체와 대상이 떨어져 있지 않다. 둘은 이미 포개져 있다고 해야 한다. (64면)

어떤 면에서 우리는 세상을 이성적으로 인식하기 이전에 몸으로, 감각으로, 지각으로 먼저 느낀다. 그리고 이런 감각적 대상들은 추상적으로 개념화하기 이전에 그 안에 이미 고유한 "의미"를 지닌다. 그렇게 신체와 대상은 포개져 있다. 즉 대상은 신체로 느낄 때 이미 인간적 의미를 지닌다.

> 메를로-퐁티는 그 전에 이미 신체가 주체로서 활동하고 있다고 말한다. 세계와 떨어져서 의식이 그것을 대상화하기 전에 우리 신체는 이미 세계와 더불어 살고 있는 것이다. 그리고 그런 삶 속에 이미 의미의 씨앗이 들어 있다고 보는 것이다. (65면)

바로 이 지점, "우리 신체는 이미 세계와 더불어 살고 있는 것"을 예술적으로 탐색한 것이 모더니즘 예술론의 문제 의식이다.

조이스, 프루스트, 울프, 그리고 아마도 로런스 등이 탐색했던 어떤 지점들은 근대 이성주의, 인식론주의가 아니라 감각의 논리(들뢰즈)를 선취한 것이다. 근대 리얼리즘소설이 강조하는 "추상화, 개념화, 이론화"가 중요한 게 아니라 오히려 세계와 더불어 살고 있는 우리 몸의 논리, 더 정확히 표현하면 몸의 느낌이 더 가치 있는 것이다. 이 책을 읽으면서 드는 단상이다.

> 지각의 차원 자체에 의미와 주체성과 가치가 묻어 있고 그 차원이 이후의 모든 고도의 반성, 추상화, 개념화, 이론화 등의 토대라는 것이다. 이렇게 되면 진리의 근원은 초월적 형상도 아니고 구성하는 주체도 아니게 된다. 우리의 몸이 전(前)반성적으로 살아가고 있는 지각의 차원이 진리의 근원이 되는 것이다. (65면)

영혼과 결합된 몸의 가치를 아는 것. 그럴 때 그 몸이 느끼는 것은 이미지로, 인간화된 현실로 나타난다. 그 이미지로서의 세계는 개념적으로 객관이니 주관이니 하는 식으로 분석해서 인식·사유하기 전에 우리가 몸으로 느끼는 것이다. 이런 원초적 인상이 이미지이다. 세계는 우리에게 이미지로 주어진다. "아직 물질적인 것으로도 정신적인 것으로도 규정할 수 없는 어떤 원초적인 소여, 그것이 이미지다"(72면). 그런 이미지의 세계가 문학예술이 탐구하는 인간화된 현실일 것이다. 문학예술의 세계가 자연과학의 물질적 세계와 구분되는 지점이다. 현대철학은 신체와 영혼의 의미에 대한 새로운 탐구를 요구받고 있다. 그런 탐구를 예술적으로 선취한 작가들, 예술가들의 작업이 다시 조명될 필요가 있다. 이제 우리에게는 이성의 논리가 아니라 그 이성의 논리를 아우르고 넘어서는 새로운 감각의 논리, 혹은 영혼론이 필요하다.

(2019.1)

이정우, 『영혼론 입문』, 살림, 2003.

책

우정의 대화

고종석·황인숙, 『황인숙이 끄집어낸 고종석의 속엣말』

시인 황인숙이 묻고 소설가·언론인·언어학자 고종석(호칭 생략)이 답하는 책인 『황인숙이 끄집어낸 고종석의 속엣말』을 읽었다. 내용을 말하기 전에 나는 이 책의 형식과 구성이 마음에 들었다. 한국어에서는 구어(입말)와 문어(글말)의 간극이 크다. 아마 내가 그 사정을 조금은 아는 영어와 비교해도 그렇다. 그래서 그런지 한국의 기록물에서는 구어체로 표현된 것들이 적다. 나는 다양한 삶과 생각과 감정의 기록이 많은 사회가 문화적으로 풍성한 사회라고 믿는다. 비교컨대 미국의 서점에 가면 놀라울 정도의 다양한 개인적·집단적 기록 글들이 입말로 출간되어 있다. 자서전, 평전, 다큐멘터리, 여행기, 회고록 등이 예들이다. 한국은 그런 입말의 기록 글들이 적다. 입말을 무시하는 문화적 분위기도 한 원인이라고 나는 판단한다. 기록을 남기기 어렵다면 말로라도 한 개인 혹은 글쟁이의 사유를 남기는 것이 필요하다. 아니, 되도록 다양한 사람들의 기록을 남기는 게 좋은 일이다. 이건 무슨 거창한 이유 때문만이 아니

아름다운 단단함

다. 그냥 작은 호기심 때문이다. 우리는 다른 이의 내면과 사유를 알고 싶어 한다. 만지고 싶어 한다. 어쩌면 타고난 호모 사피엔스의 호기심이다. 이 책이 시도한 대담의 형식은 그런 역할에 걸맞는 형식이다. 이 형식에서는 글말이 제약하는 규제들이 상대적으로 적다. 그래서 자유롭게 묻고 자유롭게 답한다. 거기서 생기는 생기와 발랄함이 있다. 이순耳順의 나이에 다다른 이들에게(황시인은 만 60세, 고작가는 만 59세) 생기와 발랄함이라는 표현이 적절하지 않다고 생각할지도 모른다. 하지만 나는 좀 생각이 다르다. 이 책에는 그런 생기가 있다. 묻는 사람도 자유롭고 답하는 사람도 자유롭다. 그렇게 된 데는 두 사람이 성차를 넘어선 우정의 깊이를 보여주기 때문이다. 두 사람의 대화에는 신뢰가 작동한다. 그 우정이 주는 감흥도 이 책의 매력이다.

내용적인 면에서도 여러 가지로 흥미로운 대목이 많다. 물론 내가 고종석의 견해에 모두 동의하는 건 아니다. 안철수를 좋게 보는 태도, 미당을 한국시의 탁월한 예로 보는 시각에 동의하지 않는다. 신영복 선생을 둘러싼 '논란'에서 그가 취한 입장에도 동의하지 않는다. 하지만 그가 표명하는 견해와 입장에 고개를 끄덕이는 경우가 더 많다. 해방 이후 한국 현대문학사에서 노벨상을 받을 만한 거의 유일한 작가로 최인훈을 꼽은 점, 다수결에 근거한 민주주의를 경계하고 개인과 소수자의 인권을 더 강조하는 자유주의자의 면모 등이 그렇다. 이런 대목들 말고도 글쟁이로 먹고사는 일의 고단함(단지 비유가 아니라 실제로), 뇌출혈을 겪은 이후 생긴 육체적이고 정신적인 어려움에 대한 토로 등이 마음에 닿는다. 먹고 살아야 하는 생활인의 정서가 생생하다. 그는 말을 돌리지 않고 하고 싶은 얘기를 거의 다 한다. 특히 자유주의자로서 다수의 견해에 동의하지 않았기에 겪었던 일종의 필화 사건들, 싫어하는 지식인들의 거론 등. 물론 종종 나는 고종석이 왜 그렇게 특정 개인들을 싫어하는지를 이해할 수 없지만.

한때 나는 고종석의 애독자였다. 그가 늘 옹호하는 개인주의자의 태도가 마음에 들었다. 그래서 그의 절필 선언을 아쉬워하는 칼럼도 썼었다. 그는 이 책에서도 여전히 글을 쓸 마음은 없다고 밝힌다. 건강상의 이유가 큰 듯하다. 아쉽다. 집단주의와 국가주의, 연고주의가 득세하는 한국사회에서 고종석 같은 개인주의자/자유주의자의 목소리가 드물기 때문이다. 드물기에 소중하다. 다양한 목소리들이 화이부동하는 사회가 민주주의에 부합한다고 믿는다. 그의 말이 모두 옳다거나 그에 동의한다는 뜻이 아니다. 이념적으로, 기질적으로 다른 방향에 서 있다고 믿는 나로서는 동의할 수 없는 대목이 적지 않다. 위에 적은 몇 가지 예들에서도 드러난다. 그러나 "너는 어느 편이냐"를 물으며 편 가르기에 몰두하고 그것이 무엇이든 다수의 목소리로 소수자의 목소리를 억압하는 사회는 건강하지 않다는 점을 상기시킨다는 점만으로도 개인주의자 고종석의 존재는 의미있다. "이성주의자가 되길 원하는 낭만주의자"로 자기규정을 하는 시각에도 공감한다.

이런 유의 기획과 그 결과를 담은 기록이 더 많이 나오길 바란다. 다양한 분야에서 활동하는 다양한 사람들의 삶과 사유와 감정의 기록들이 많이 나오고 그런 기록들이 쌓일 때 이 사회의 다양성도 커질 것이다. 다채로운 빛깔의 목소리와 시각이 서로를 억압하지 않고 들리는 사회가 좋은 사회다. 한국사회는 여전히 상대방의 말을 제대로 듣고 반응하는 훈련이 크게 부족하다. 목소리 큰 자가 이긴다. 민주주의와는 거리가 먼 모습이다. 이렇게 적고 있자니 글말이 아니라 입말로 하는 비평의 가능성에 대해서도 생각이 든다. 어떤 새로운 입말 비평의 형식이 가능할까? 그동안 이런 고민을 나름대로 해왔지만, 이 책을 읽으면서 다시 묻게 된다. 특히 적어두고 싶은 고종석의 말 하나를 옮겨둔다.

예컨대 어떤 학술회의에서 땅이 둥글지 않고 평평하다고 주장하는 학자들이 더 많아서 땅이 평평하다고 결론나는 건 정말 끔찍하고 불합리하지만, 나 같은 반-민주주의자한텐 정치적·사회적 과정에서의 다수결주의도 끔찍해. 많은 사람들이 그렇게 생각하니까 그 생각이 옳다는 생각 말이야. 그건 조선일보 독자가 가장 많으니까 그 신문의 견해가 옳다는 생각과 다름없고, 선거를 통해 합법적으로 집권해서 국민 다수의 지지를 받았으니 나치즘이 옳다는 생각과 다름없어. 그런 견해는 대중이 늘 이성적으로 판단하고 행동한다는 가정에 근거할 수밖에 없는데, 나는 대중을 신뢰하지 않아. 그런 점에서 나는 반-민주주의자지. 나는 포퓰리스트들을 경멸해. 그 포퓰리스트들의 먹이가 되는 대중을 경멸해. 그렇지만 진정한 민주주의는 다수결 원칙보다 상위에 있는 근본적 규범들을 포함하고 있고, 그 규범 중 하나가 소수 집단에 대한 배려라고 생각한다는 점에서 나는 민주주의자야. 물론 내 이런 민주주의관에 반대할 사람이 많겠지. 그렇다면 나는 민주주의자이길 포기하고 자유주의자를 자임할거야. 소수 집단에 대한 배려야말로 자유주의의 핵심 가치 중 하나니까. (136~137면)

그의 깊은 회의주의와 신중함에 공감한다. 나는 고종석이 견지하는 깊은 회의주의와 신중함이 민주주의가 우중주의나 기계적 평등주의, 그 귀결로서 크메르루지즘으로 타락하는 걸 막아준다고 믿는다. 한국사회는 고종석 같은 자유주의자를 더 많이 필요로 한다.

(2018.12)

고종석 · 황인숙, 『황인숙이 끄집어낸 고종석의 속엣말』, 삼인, 2018.

아름다운 단단함

악의 조건

테리 이글턴, 『악』

맑스주의적 사유 전통에서 소위 '좌파'들이 꺼려온 문제가 있다. 영국의 맑스주의 비평가인 이글턴Terry Eagleton은 이 공백 지점에 주목한다.

사랑, 죽음, 악, 신앙, 윤리학, 비극, 비존재, 필멸성, 희생, 고통 등이 거기에 속합니다. 저는 가장 최근의 제 저작들을 의도적으로, 도발적으로 그 좌파들에게 도전하는 혹은 그들과 대화를 시작하려는 시도로 여깁니다. (…중략…) 이들은 제가 보기에 그런 '영적'이고 '윤리적인' 혹은 '형이상학적인' 문제들을 회피하려고 합니다. (테리 이글턴·매슈 보몬트, 『비평가의 임무』, 463면)

이글턴은 맑스주의 전통이 소홀히 다룬 문제를 그만의 '유물론적' 사유로 다시 다룬다. 이 글에서 살펴보려는 『악』은 그런 시도를 보여주는 좋은 사례다. 지난 몇 달간 한국사회는 '악'의 문제를 실감하는 경험을 했다. 이때의 악은 권력의 형태로 드러난 악이었다. 민주주의와 권력, 민주주의와 악의 관계를 생각하게 만든 힘든 시간이었다. 권력은 필연적으로 악할 수밖에 없는가? 저들은 어떻게 출현했는가? 그런 물음이 제기된 고통스러운 시간이었다. 블랙리스트가 대표적이다. 이성적 논거에 기반을 둔 민주적 논의와 설득의 과정은 무시한 채 권력으로 특정한 주장만을 강요하는 것은 민주주의의 적, 열린 사회의 적이다. 권력과 결탁한 악의 모습이다. 권력의 핵심은 온갖 블랙리스트를 만들어 자신들의 마음에 안 드는 문화인들을 "종북"이니 "빨갱이"니 하는 딱지를 붙여 말살하려 했다. 문제는 블랙리스트를 작성한 이들에게 이성적·논리적 설득은 통하지 않는다는 것이다. 저들은 그들이 악으로 설정한 '빨갱이 말살정책'이 이성적 판단에 부합하기에 그런 짓을 하는 게 아니다. 블랙리스트는 제주4·3항쟁을 다룬 소설에서 드러난, 수십 년 전 벌어진 비극의 반복이다.

그리고는, 너 빨갱이 편이지, 알고 있는 비밀을 자백해, 남로당 조직에 대해서 알고 있는 걸 몽땅 자백해, 모르는 일이라도 어쨌든 자백하라는 식으로 추궁한다. 만약 자백하지 않으면, 스스로가 '빨갱이'라고 할 때까지 때린다. 만약 이미 '빨갱이'라면 더 이상 '빨갱이'가 아닐 때까지 때린다. 뭔가 말장난을 하는 것 같지만, 이것은 꾸며낸 우스갯소리가 아니다. 이렇게 해서 희생자가 나와도 '빨갱이'의 죽음은 인간의

아름다운 단단함

죽음이 아니었다. 이러한 사태에 대하여 이성理性은 어떻게 대처하면 좋단 말인가. (김석범,『화산도』4, 16~17면)

그래서 다시 묻는다. 블랙리스트를 만들어 문화계의 빨갱이 말살을 주장하는 자들에게 "이성은 어떻게 대처하면 좋단 말인가". (국가)권력은 어디까지 이성적이 될 수 있는가. 이글턴의『악』에서 해결의 실마리를 찾고 싶은 질문이다.

지난 몇 달간 한국사회에서 '악'의 실체를 목격했다고 적었지만, 이글턴이 보기에 인류역사의 공적 영역에서 선이 번성했던 시기는 짧았다. 자비, 연민, 정의, 자애로움처럼 우리가 탄복해 마지않는 미덕들은 대개 사적 영역에 국한돼 있다. 인간문명은 대부분 약탈과 탐욕과 착취의 역사였다. 20세기는 유혈과 수백만 명의 죽음으로 얼룩진 역사다. 인류는 정치를 폭력과 부패와 압제로 보는 데 너무 익숙해져 희한할 만큼 이런 상태가 이어지는 상황에도 그다지 놀라지 않게 됐다. 인류의 역사에서 악과 폭력, 테러가 더 지배적이었다는 암울한 현실 인식은 역설적으로 그렇게 된 원인에 대한 유물론적이고 냉철한 분석을 요구한다. 예컨대 테러의 문제가 그렇다. 통상 테러는 '악'으로 규정된다. 하지만 맑스주의자로서 이글턴은 그런 사태의 피상이 아니라 테러가 일어나게 만든 조건과 맥락에 주목한다.

책

그리고 더 많은 폭력은 더 많은 테러를 낳고, 테러는 또 더 많은 죄 없는 생명을 위험 속으로 몰아넣는다. 테러를 악으로 규정하는 행동은 문제를 악화시킨다. 당신이 비난하는 그 야만적 폭력과 부지불식간에 공모하는 행동으로 문제가 해결되리라 기대할 수는 없는 노릇 아닐까. (테리 이글턴, 『악』, 196면)

맑스주의적 사유의 장점은 현상을 현상 그 자체로만 보는 것이 아니라 그 현상이 나타나도록 만든 조건을 분석하는 데서 확인된다. 구체와 추상의 변증법이다. 여기서 악의 문제와 같은 윤리학적 쟁점을 다루는 맑스주의적 사유의 특징이 나타난다. 악덕과 미덕의 문제도 그렇다. 미덕을 가능케 하는 것은 어느 정도는 물질적 안녕에 따라 결정된다. 굶주리고 있는 사람이 다른 사람들하고 품위 있는 관계를 맺을 수는 없다.

이런 의미에서 유물론에 상반되는 신념은 도덕주의moralism, 곧 선행과 악행은 물질적 환경과 아무런 상관이 없으며 지금 존재하는 선행과 악행의 양상은 개인의 책임의 문제라는 신념이다. (187면)

악은 악을 탄생시키는 빈곤한 물질적 조건 위에서 가능하다. 악은 한 개인이 도덕군자가 되어서 해결할 문제가 아니다.

조건이라는 개념을 달리 표현하면 관계와 맥락이다. 사회적 관계의 문제가 사회를 연구하는 핵심이라고 보는 이글턴이 보기에 악의 문제는 세계의 물질성과 관계성을 인정하지 않는 태도, 즉 유아론solipsism에서 전형적으로 드러난다. (촛불광장에서 분출된 시민의 힘으로 탄핵된 권력의 모습은 그런 유아론의 생생한 예를 보여줬다. 권력의 몰락을 가져온 핵심 이유 중 하나는 만사를 오직 자신의 유아적 관점에서만 바라본 것이다.) 고대사상에서 쓰이던 '괴물'이라는 단어의 가장 중요한 의미는 다른 사람들하고 완전히 무관한 존재다. 그러나 인간의 삶은 다른 인간에게 깊이 의존하는 맥락 안에서만 기능하다. 악은 이런 의존을 거부한다.

순수한 자율성이야말로 악의 꿈이다. (22면)

그 결과 부자와 권력자들은 어느새 자기가 불멸하는 난공불락의 존재라고 믿게 된다. 이글턴은 자율성이라는 긍정적 개념을 뒤집는다. 자율성과 유아론은 종이 한 장 차이다. 자신의 삶을 전적으로 통제할 수 있다고 믿는 자들은 악의 구멍에 빠진다. 악과 대비되는 윤리는 관계를 전제로 한다. 셰익스피어의 연극을 보면 자기가 자율적 존재이며 자기만이 자기 존재의 유일한 주인이라고 주장하는 자는 거의 언제나 악한이다. 셰익스피어가 보기에 스스로 태어나거나 스스로 먹고 살거나 자기만의 용어로 중언부언하는 존재들 주변에는 특유의 무의미하고 사악한 뭔가가 있다. 세계와의 관계를 상실한 유아론자의 악은 인간 관계에서 필연적으로 나타나는 불순함을 용납하지 못한다. 나치즘은 그것을 보여주는 극단적인 사례이다.

악이 지닌 이 두 측면의 공통점은 불순함을 향한 공포다. 한편으로 불순함은 비실체성이라는 역겨운 점액이며, 이 경우 순수를 상징하는 요소는 존재의 천사 같은 충만함이다. 다른 한편으로 불순함은 의미와 가치를 박탈당하고 역겹게 불거져 나온 과다한 물질 덩어리다. 이 경우 순수를 상징하는 것은 비존재다. 나치는 이 두 가지 태도 사이를 끝없이 오락가락했다. (129면)

모든 형태의 순수주의는 악의 뿌리다. 인간 관계의 양상을 익히는 것이 윤리의 조건이다. 악한 자들은 삶의 기술이 결여된 자들이다. 악이란 부재와 상실일 뿐 아니라 부패와 파괴라는 점을 지적한다. 아리스토텔레스의 말처럼 삶이란 색소폰 연주와 같아서 끝없는 연습을 거쳐 능숙해져야만 하는 것이다. 악한 자들에게 삶이란 요령부득의 문제다. 악은 삶의 논리에 무지하다.

악의 유아론은 무의미와 냉소와 허무를 찬미하는 태도, 냉소주의와 허무주의로 이어진다. 악은 무의미를 숭배한다. 의미나 목적처럼 따분한 것들은 악의 치명적 순수성을 더럽힌다. 악의 무의미를 가리기 위해 악은 다른 거창한 개념을 끌어들인다. 이글턴은

아름다운 단단함

나치즘의 예를 든다. 나치즘의 자아는 끔찍하게 공허하다. 나치즘은 고통스러운 부재를 물신, 도덕적 관념, 순수성이라는 환상, 광적 의지, 절대 국가, 총통의 남근 이미지로 채우려 한다. 이런 면에서 나치즘은 다양한 종류의 근본주의를 닮았다. 타자를 제거하는 도착적 쾌락은 자기의 건재를 자기 자신에게 납득시키는 유일한 방법이 된다. 인간적 삶은 명징한 의미와 무의미 사이의 길항 관계에서만 가능하다. 이글턴이 인용하는 작가 쿤데라Milan Kundera의 말대로 지구상에 지나치게 명징한 의미만 존재한다면(천사가 지배하는 세계), 인간은 그 무게 밑에 깔려 무너진다. 반면에 세계가 의미를 잃는다면(악마가 군림하는 세계), 삶 자체가 불가능해진다. 악마 같은 자들은 냉소와 빈정거림에 천부적 자질을 타고났다. 이들은 권력과 욕망과 이기심과 합리적 계산 말고는 아무것도 믿지 않는다. 그런데 권력과 욕망과 합리적 계산의 궁극적 목적은 무엇인가? 무의미이다. 여기서 악과 허무주의가 맺는 친연성이 드러난다. 악이 삶을 부정하는 이유다.

지옥은 이상주의에 맞선 허무주의의 최종 승리다. 지옥은 더 추락할 데가 없다는 이유로 뒤틀린 안도감을 느끼는 자들의 야유와 폭소에 공명한다. 지옥은 현자도 발견하지 못하는 최후의 비밀 비슷한 것에 기뻐 날뛰는 자들의 광란의 키득거림이기도 하다. 그 비밀이란 아무것도 아닌 것은 무엇이든 의미할 수 있다는 사실, 곧 의미 있는 것은 아

무엇도 없다는 사실이다. (99면)

악이 도구적 이성과 연결되는 이유다. 악은 성실하다. 그런데 그런 성실함이 무엇을 위한 것인지는 묻지 않는다. 악에게는 의미를 사유하는 목적 합리성이 결여되어 있다. 지난 몇 달간의 국정 농단과 헌정훼손 국면에서 우리가 목격한 것은 목적 합리성에 근거한 영혼을 잃어버린 행정 기술자, 법률 기술자, 정치 기술자들의 모습이었다.

그러나 설사 지배권력이 진실을 알고 있다 해도 정치적으로 비열한 짓을 일삼는 사람들은 개인적으로 자기가 국가나 회사나 신이나 자유진영의 미래(이런 말들은 몇몇 우익 미국인에게는 대체로 다 같은 뜻이다)를 위해 사심 없이 봉사하고 있다고 믿는 성실하고 세심한 사람들이다. (179면)

악이 무의미를 신봉하는 이유는 악이 사유하지 않기 때문이다. 비판적 사유를 상실한 "성실하고 세심한 사람들"은 쉽게 악의 덫에 빠진다. 악은 타고난 악한들의 전유물이 아니다.

이글턴이 이 책에서 다양한 시각으로 탐구하는 악의 실체는 영국 낭만주의 시인 블레이크^{William Blake}가 남긴 한 문장으로 요약된다.

아름다운 단단함

살아 있는 모든 것은 신성하다. (156면)

　지난 몇 년간 시민들이 세월호 비극에 가슴 아파하고 분노한 이유는 "신성"한 삶을 알량한 권력의 유지를 위해 냉혹하게 외면한 악의 실체를 목격했기 때문이다. 나는 새롭게 출범하는 새 정권에 큰 기대를 갖지 않지만, 최소한 "살아 있는 모든 것은 신성하다"는 문장의 의미를 잊지 않기를 기대한다. 선출된 대리권력이 이글턴의 『악』을 곁에 두고 읽기를 기대한다. 악에 사로잡힌 권력을 다시 만나고 싶지 않기 때문이다.

〔2017.7〕

테리 이글턴, 오수원 역, 『악』, 이매진, 2015.
테리 이글턴·매슈 보몬트, 문강형준 역, 『비평가의 임무』, 민음사, 2015.
김석범, 김환기·김학동 역, 『화산도』(전 12권), 보고사, 2015.

사상과 정치

박찬국, 『하이데거와 나치즘』

시인이나 사상가를 비롯한 지식인의 삶과 그(녀)의 사상, 작품은 어떻게 연관될까? 위대한 삶이 위대한 사유와 작품을 낳는다는 말도 있다. 삶과 사유의 관계를 이렇게 직접적으로 연결시키는 것은 주체의 해체가 운위되는 이 시대에는 도식적이고 투박하게 들릴지도 모른다. 하지만 나는 양자 사이에는 많은 매개고리가 있음에도 불구하고 이 말 자체는 여전히 유효한 진리를 담고 있다고 본다. 그렇다면 삶과 사상 혹은 작품의 매개고리는 무엇일까? 위대한 삶을 살았다고 그 삶에서 당연하게 위대한 사상과 작품이 나오지는 않는다. 그렇지만 삶의 위대함이 빠진 사상이나 작품의 위대성이란 근본적으로 문제가 있는 게 아닐까? 무시할 수 없는 질문이다. 위대성이라는 말이 좁은 의미의 정치적 진보성 등을 말하는 것은 아니다. 범박하게 말하자면 삶의 위대성이란 삶의 치열함이다. 알튀세르가 말하는 극한적 삶과 극한적 사유다. 한 예술가나 사상가가 표방하는 정치적 이념이 보수주의든 진보주의든 그건 별로 중요하

아름다운 단단함

지 않다. 문제는 작가나 사상가가 당대의 문제들과 정면으로 맞섰는가, 그리고 그 맞섬에서 어떤 사유를 실험했는가. 그런 치열함의 강도가 문제다. 주류 문단 일각에서는 한국현대시사의 거인(sic!)이라 우러르기도 했다는 모 시인의 시 세계를 둘러싼 논란의 핵심도 나는 여기에 있다고 본다. 이 시인의 평가는 거칠게 세 부류로 나눌 수 있다. 첫째, 시적 성취는 뛰어나지만 위대한 시인이라고 칭하기에는 그가 보여준 삶과 사유의 궤적이 너무 추하다는 입장. 둘째, 이 시인의 시적 성취 자체도 사실 깊이 있게 따져보면 보잘것이 없는데 그간 과대평가되어 왔다는 입장. 그리고 그렇게 과대평가된 시적 성취의 비루함은 시인의 삶과 사유의 깊이 없음과 밀접하게 연관된다는 입장. 셋째, 시인의 성취도 한국시사詩史에서 단연 우뚝하며 그의 삶의 과오도 큰 문제가 아니라는 입장. 세 번째 입장에 대해서는 별로 논할 가치가 없다고 보고 넘어가겠다. 문제는 첫 번째 입장 같은 절충주의이다. 이렇게 작가의 미학적 측면과 정치적 측면을 구분해 놓고 미학적 뛰어남을 인정하는 것이 가능한지가 일단 의심스럽다. 그리고 이렇게 미적 가치와 삶의 정치성을 분리해버리면 삶과 세계에 대한 통찰을 제공해주는 예술의 힘과 진리를 논하기 힘들다. 이런 미학주의 혹은 문학주의가 강조하는 작가의 위대함이란 무엇일까? 보수주의, 진보주의, 수구주의, 심지어 친일, 독재 찬양 등 여러 정치적 선택 앞에서 무엇을 고를지는 거칠게 말하면 그(녀)의 고유한 실존적 선택의 몫이다. 문제는 자신의 선택에 그(녀)가 얼마나 깊은 책임감을 느끼는가, 이 점이다. 그런 깊은 책임감에서만 설사 나중에 자신의 선택이 오류로 판명되었을 때에도 제대로 된 반성이 가능하다. 내가 보기에 삶에서나 작품에서나 모 시인이 보여주는 수준은 이런 책임감의 결여에서 드러난다. 그 점에서 나는 두 번째 입장, 즉 모 시인은 지식인으로서 졸렬한 삶의 모습을 보였다는 것, 그런 삶의 졸렬함이 결코 위대하지 않은 예술 세계, 문단 일각에서 과대평가해 온 작품의 졸렬함을 낳았다는 입장을 지지한다. 이와 관련해 좋은 글 하나를 추천한다. 평론가 임우기가 쓴 「미당 시에 대하여」. 그의 평론집 『그늘에 대하여』에 실려 있다. 언어의 탁월한 마술사로 평가되는 언어구사가 그만한 탁월함을 갖고 있는지를 시인의 사유체계와 연관해 날카롭게 분석한 글이다.

많이 논의되어 왔지만 하이데거와 나치즘의 관계도 같은 지점에서 주목을 요한다. 그래서 『하이데거와 나치즘』은 읽어볼 만하다. 제목이 내가 위에 던진 질문을 요약해 준다. 현대 사상의 거인 중 한 명으로 꼽히는 하이데거의 (비록 일시적이었다고 옹호되기도 하지만) 나치즘 참여는 어떻게 이해해야 할까? 그것은 우발적 일탈인가? 이 경우에도 앞서 언급한 모 시인을 둘러싼 평가의 논란처럼 하이데거 사상의 위대성과 그의 사유의 정치성, 혹은 삶의 행적은 따로 떼어놓고 봐야 할까? 아니면 하이데거의 심오하다는 존재의 철학에 나치즘의 동조 내지 참여를 가져올 어떤 기미가 이미 있었던 것일까? 저자는 하이데거에 관심을 갖고 있는 독자라면 던져보았을 이런 문제들에 정면으로 도전한다. 저자는 하이데거 철학의 정치성이 보여주는 심각한 문제에도 불구하고 그의 철학에는 "철학의 미래에 기여한 요소들"이 있다고 주장한다. 흔히 하이데거 철학의 독창성으로 많이 언급되는 내용들이다. 플라톤에서 시작되는 전통적인 서구철학이 현대의 과학 기술로 끝남으로써 철학은 종말을 고하며 이제 새로운 사유가 필요하다는 사상, 현대의 기술문명을 존재자 전체를 소모품으로 전락시키는 기술적 전체주의의 지배로 보는 사상, 그리고 예술에 대한 사상, 세계와 사물에 대한 사상, 존재의 진리를 청종해야 한다고 주장하는 사상 등. 여기에는 "우리가 무시할 수 없는 통찰이 깃들어 있다". 문학 공부와 관련해서 하이데거의 글 몇 편을 읽었을 뿐인 문외한이 하이데거 철학의 이런 "통찰"이 타당한가를 평가할 수는 없다. 하지만 저자도 지적한 문제, 즉 그의 삶과 사유 사이에 "우연 이상의 관계가 존재한다"면 그 관계의 정체를 알아보고 싶은 호기심은 든다. 이 책의 의도는 저자가 인용하는 구절, 하이데거의 동료였다가 나중에 나치즘을 둘러싼 정치적 입장 차이로 결별했던 야스퍼스가 던진 다음과 같은 주장에서 잘 드러난다. "하나의 철학의 본질은 그 사상의 정치적 성향에서 가장 명확하게 드러난다"(26면). 그렇다면 하이데거의 경우는 어떨까. 이 질문에 이 책은 답을 찾고자 한다.

인간은 존재의 진리를 청종해야 한다는 하이데거의 사상, 진리 앞에 청종, 즉 겸허히 귀 기울이는 인간의 모습은 주체와 대상의 정합성을 강조하는 근대철학의 진리론과는 구별되는 진리관이다. 하지만 이 모습에서 대중의 욕망을 체현한 지도자의 목소리에 "청종"하는 대중의 모습이 연상되기도 한다. 이게 지나친 연상일까? 혹은 "존재자 전체를 소모품으로 전락시키는 기술적 전체주의"가 지배하는 근대문명의 대안이 하이데거가 말하는 대지와 하늘의 철학으로 가능할까? 그런 낭만적 반근대주의가 나치즘에 대한 하이데거의 오판을 낳은 것은 아닐까? 이런 질문들은 다음의 질문으로 이어진다. 하이데거의 난해하지만 심오하다는 존재철학, 서구 형이상학 비판의 철학에 드러나는 "사상의 정치적 성향"이 나치즘과 맺는 관계는 무엇인가? 아니면 둘은 아무 상관이 없는 건가? 저자가 솜씨 있게 요약하고 있듯이 하이데거의 사상과 그의 정치적 행적의 관계를 탐색해온 그간의 연구에는 몇 가지 입장이 있다. 그리고 이런 분류는 앞서 언급한 모 시인의 평가를 둘러싼 논란과 흡사하다.

① 하이데거의 정치적 견해와 행위는 악성의 것이었으며 그것들은 그의 철학에 근거한 것이었다.
② 그의 정치적 견해와 행위는 악성의 것이었으나 그의 철학과는 무관한 것이었다.

아름다운 단단함

③ 그의 정치적 견해와 행위는 그의 철학과 연관을 갖지만 그것은 무해한 실수였다.

④ 그의 정치적 견해와 행위는 무해한 것이었으며 그의 철학과 무관한 것이었다. (409면)

각 입장에는 앞서 언급한 모 시인과 비슷하게 각각의 옹호자와 비판자가 따라온다. 하이데거 자신과 가다머 같은 그의 추종자들은 ③의 입장을 취한다고 저자는 설명한다. 이들은 하이데거의 근대사회비판을 전적으로 타당한 것으로 보았다. 그의 오류는 나치즘을 역사의 새로운 기점으로 보았다는 데 있을 뿐이다. ①의 입장은 가장 강력한 비판을 취한다. 아도르노 등이 대표적이다. 하이데거의 사상과 정치적 행위 모두 파시스트적이었다는 해석이다. 아마도 한국의 하이데거주의자들이 들으면 불편해할 비판이겠다. ②의 입장은 하이데거의 사상과 철학을 분리시키는 입장으로 로티 등이 취한 입장이다. ④의 입장을 취하는 무모한 사상가들은 없다고 저자는 주장한다. 이 점은 모 시인의 경우와는 다른 태도이다.

저자의 입장은 무엇인가? ①의 입장을 따르되 그것을 수정한다. 하이데거의 정치적 견해와 행위와 그의 철학 사이의 필연적 관계는 부인하되 "양자 간에 우연 이상의 관계가 존재한다고 보는 입장"(410면)이다. 저자는 "하이데거 철학 자체의 일정한 요소들에 대해서는 거리를 취하면서도 여타의 요소들에 대해서는 하이데거가 철학의 미래에 기여한 요소들로서 받아들이는 입장"(411면)을 선택한다. 이런 태도는 내가 앞서 언급한 문제, 즉 자신의 시대에 대한 책임 있는 지식인의 삶이 사유나 작품과 맺는 관계와 관련된다. 저자는 하이데거의 나치참여가 비록 그것이 사후적으로 볼 때 이해할 수 없는 치명적인 오류였지만 자신의 시대와 사유를 결합시키려는, 시대와의 진지한 대결의 결과였다고 본다. 하이데거는 현실 정치로서의 나치즘이 아니라 근대 기술문명과 그것의 이념적 표현인 니힐리즘, 그리고 니힐리즘이 정치적으로 드러나는 자유주의와 공산주의 이념을 극복할 대안으로 나치즘을 선택했다는 것이다. 나치즘은 하이데거의 서구 형이상학의 비판의 대안이었던 셈이다. 이렇게 나치즘은 그의 사유와 긴밀히 연결된다. 하이데거는 정치 체제나 이데올로기가 아니라 대안적 사유로서의 나치즘을 통해 자유민주주의와 공산주의가 공유하는 기술문명의 타락으로부터 서구문명을 구원할 수 있다고 믿었다. 저자의 핵심적 주장이다. 하이데거는 "나치를 통해서 자신의 대학 개념 이념을 실현하고 민족 지도자를 양성함으로써 궁극적으로는 사회를 변혁할 수 있다고 믿었"다(44면). 그는 나치즘에서 자신의 사상과의 근친성을 느꼈고 나치 참여를 통해 대학과 사회의 변혁이 가능하다고 판단했다. 하이데거는 나치운동의 주체가 당이 아니라 청년이라고 보았으며 대학을 "민족혁명의 진원지"(79면)로 간주했다. 작가나 사상가들이 대학을 진리의 최후 보루로 보는 태도는 하이데 거에게도 발견된다. 왜 대학이 "민족혁명의 진원지"가 되는 걸까? 그것은 세계 내 존재Dasein로서 근대인들이 존재의 진리를 망각한 즉자적 욕망에 사로잡힌 존재자beings의 삶을 살고 있기 때문이다. 그리고 이런 존재자의 논리에 맞서 싸워야 할 대학조차 보편적 진 리, 혹은 존재다움의 탐색을 위한 지적 전당이 아니라 존재자의 삶 을 영위하기 위한 직업 개발의 장소로 변해버렸다. 이 점은 우리 시대와 관련해서도 유효한 지적이다. 당장 써먹을 지식만이 가치 를 인정받는 대한민국의 대학의 모습, 눈앞의 생존에 급급한 서민 들의 각박한 삶, 그리고 부와 권력을 가진 사람들은 물신들의 노예 가 되어버린 삶의 모습. 모두가 하이데거가 비판했던 근대인들의 삶이 아닌가?

하이데거의 난해하기 짝이 없는 서구 형이상학 비판은 그의 나치 참여가 보여주듯이 현실과 동떨어진 사변놀이가 아니라 근 대문명이 낳은 문제의 성찰이다. 아마 이런 이유로 하이데거가 지 금도 탈근대사상의 비조로 평가되는 것이리라. 인간의 존재다움, 혹은 좀더 종교적인 표현을 쓰자면 인간의 신성을 잃어버린 근대 문명의 통렬한 비판은 지금도 그런 삶을 사는 우리에게는 깊은 울 림을 준다. 그런데 왜 우리도 깊이 공감하는 근대문명의 비판의 궁 극적 대안이 왜 하필 나치즘이었을까? 저자는 여기서도 역사주의 적 설명을 시도한다. 당대의 독일이 처한 상황에서 나치즘은 그에게 유력한 현실 극복의 대안으로 비쳤다는 것. 따라서 하이데거의 나치 참여도 이런 당대 독일사회의 맥락에서 이해될 수 있다는 것이다. 한 걸음 더 나아가 하이데거는 나치즘에서 근대 민주주의 체제, 그리고 그것의 정치 이데올로기들인 자유주의와 사회주의를 넘어선 새로운 이념, 정치 공동체의 가능성을 보았다는 것이다. 날카로운 분석이다. 주지의 사실이지만 나치즘의 등장은 다음과 같은 역사적 상황에서 나타난 필연적 결과였다. 1차 대전 패배로 인한 독일 민족 자존심의 추락, 패전으로 인한 연합국의 엄청난 배상금 요구, 1917년의 러시아혁명 성공으로 인한 공산주의의 공포, 1929년의 경제공황과 사회 혼란. 이런 상황에서 자유주의 체제의 무기력함을 여실히 보여주었던 바이마르 정부가 무너지고 히틀러가 전권을 잡자 독일 국민들은 집단 이기주의가 난무하던 민주주의로부터 마침내 해방되었다고 환호했다. 나치즘은 대중의 이런 현실 탈출의 욕망에 정확히 부응했다. 나치즘이나 파시즘은 독재가 아니라 대중의 뒤틀린 욕망이 반영된 것이다.

하이데거의 나치 참여도 당대의 이런 상황과 연관된다고 저자는 설명한다. 나치운동과 히틀러의 지도력에 하이데거가 가졌던 환상, 당대 독일대학의 타락에 대한 불만과 전면적 대학 개혁의 필요성에 대한 하이데거의 관심, 독일 공산화의 두려움과 대안으로서 나치즘 지지. 이런 점들이 하이데거를 나치즘으로 이끌었다고 저자는 설명한다. 그리고 그런 이끌림의 뿌리에는 하이데거의

아름다운 단단함

존재철학이 있다.

하이데거는 근대 기술문명의 본질을 모든 존재자들을 소모품으로 사용하는 니힐리즘의 지배로 보았으며 그러한 니힐리즘이 나치운동을 통해서 극복될 수 있다고 생각했다. (143면)

하이데거는 나치즘을 자유주의와 공산주의 모두가 넘지 못한 니힐리즘의의 극복으로 간주했다. 하이데거는 근대의 대량 생산체계는 인간의 창조성을 박탈한다고 보았고 기술문명과 도시화는 인간을 토착의 고향으로부터 몰아낸다고 판단했다. 존재Being와 존재자들beings의 관계를 사유하는 하이데거의 존재철학은 사실 기술문명으로 대변되는 근대문명의 위기를 극복하려는 구체적이며 정치적인 과제와 관련된다. 하이데거 철학의 의미를 서구 형이상학의 극복이라는 추상적인 담론의 차원에서만 이해하려는 하이데거주의자들이 새겨 들을 주장이겠다. 하이데거도 시대의 자식이었다. 하이데거 자신은 나치즘이 니힐리즘의 극단적 형태에 불과하다는 것을 간파하고 1936년 이래 나치즘과 거리를 두었다고 주장한다. 하이데거는 자신의 사유야말로 진정한 국가사회주의(나치즘), 새로운 민족공동체의 형성을 통해 근대주의를 넘어선 경지를 모색하는 나치즘의 근본 원리에 충실했다는 믿음을 견지했다. 자신의 사유는 히틀러가 내세운 정치이데올로기로서의 타락한 나치즘과는 다르다고 주장한다. 이런 태도를 변명으로 볼 수도 있겠다. 그러나 나는 그렇게만 보지 않는다. 그는 어쨌든 자기 삶의 선택에 충실했던 셈이다. 그러나 하이데거의 나치 참여는 우리에게 깊은 고민거리를 던져준다. "자유주의 체제하에서 초래되는 사회적 분열과 문화의 저질화를 척결할 수 있는 위대한 영도자를 대망하거나 개개인의 자유를 인정하면서도 모든 사람들이 끈끈한 공동체를 형성하는 신기루 같은 유토피아를 꿈꾸는"(32면) 사람들이 독재의 에피고넨들에게 열렬한 박수를 보내는 모습에서 다시 확인되고 있지 않은가. 이 점이야말로 하이데거가 격렬히 비판한 자유주의, 혹은 민주주의 체제의 곤혹을 정확히 반영하는 현상이겠다. 하이데거의 존재철학은 근대 민주주의 정치 체제에서 대중의 욕망이 지닌 문제점을 사유하는 정치철학으로 읽을 수도 있다. 우리 사회 일각을 떠도는 죽은 독재자의 유령은 다 불러내는 사람이 있기 때문에 떠돌아다니는 것이다. 하이데거의 존재철학은 신비주의로 오용될 가능성이 있다. 이 점을 하이데거는 자신의 나치 참여로 스스로 입증한 셈이다. 민주주의의 가치가 제대로 탐색되지 못할 때 언제든지 등장하는 좌익 스탈린주의와 우익 파시즘은 언제든 대중의 욕망을 등에 업고 나타날 수 있다. 존재의 철학자, 탈근대의 철학자 하이데거의 나치 참여는 따라서 역설적으로 대중민주주의의 가능성과 한계를 깊이 숙고할 것을 우리에게 촉구한다.

우리는 우리를 이끌어줄 탁월한 영도자에게 자신의 주체성

아름다운 단단함

을 내맡기는 데에서 안락감을 느끼는 존재자가 될 것인가? 아니면 그 과정이 혼란스럽고 고통스러워도 수많은 사람들의 대화, 상호 토론, 합의를 통한 공론의 모색을 하고 그 과정에서 자신의 발로 우뚝 선 자유로운 존재들의 주체적 판단에 근거한 새로운 민주주의의 길을 택할 것인가? 하이데거의 나치즘 참여가 수동적인 내맡김은 아니었지만 그가 걸어간 길은 자신의 존재다움에 충실하지 못한 근대적 주체들이 신비로운 존재의 진리에 자신들을 손쉽게 내맡길 때 생길 수 있는 위험을 예증해 준다. 그래서 우리는 여전히 자유주의와 사회주의 등의 근대 정치 이데올로기, 민주주의와 기술문명으로 대변되는 근대문명의 힘과 한계를 손쉽게 외면할 것이 아니라 근대문명의 미덕과 한계를 공론의 장에서 같이 연구해 봐야하는 과제를 안고 있다. 사상가는 진리로만 가르치는 것이 아니라 그가 보여주는 오류로도 반면교사가 된다.

(2016.5)

박찬국, 『하이데거와 나치즘』, 문예출판사, 2001.

책

인터뷰의 미덕

김혜리, 『그녀에게 말하다』

말과 글의 한계, 그것들과 생활의 관계를 생각한다. 그렇다면 인터뷰는 어떨까? 인터뷰는 연기performance이다. 아니, 어떤 면에서 우리가 뱉고 쓰는 모든 말과 글은 연기이다. 말과 글이 나를 얼마나 표현하는가. 더욱이 그 말을 남에게 전달하기란 얼마나 난망한가. 그래서 다시 라캉의 말을 환기하자면 모든 소통은 오해이다. 따라서 인터뷰에서 인터뷰이(인터뷰받는 이)의 말을 곧이 곧대로 믿어서는 안 된다. 하지만 어차피 모든 말이 오해에 기반한다면 그 말의 한계에 유념하고, 그 말을 따라 읽을 수밖에 없다. 그 말이 진심의 표현이라고 순진하게 믿을 필요는 없다. 다만, 그가 던지는 말이 갖는 효과에만 집중하면 뭔가 배울 바가 있다는 말이다. 이런 점에 유념하여 김혜리의 인터뷰집 『그녀에게 말하다』를 읽는다. 김혜리는 믿을 만한 인터뷰어이다. 그녀는 인터뷰의 미덕과 한계를 예민하게 의식한다.

아름다운 단단함

아무리 애써도 인터뷰에는 가짜 같은 면이 있습니다. 하지만 우리 모두 그렇지 않나요? 타인을 향한 우리의 말과 행동은 모두 어느 정도 프리젠테이션이고 퍼포먼스입니다. 인터뷰의 기본적 한계에 대한 실망보다 제겐, 인터뷰라는 기적에 대한 경이감이 항상 더 큽니다. (7면)

인터뷰는 기본적으로 "가짜"이다. 인터뷰이가 한 말을 갖고 그 인물을 알 수 있다고 믿어서는 곤란하다. 인터뷰는 일종의 대중적 "프리젠테이션이고 퍼포먼스"이다. 다시 말해 말하기의 가면 쓰기이다. 그 가면 뒤에 실체가 있다고 믿어서도 곤란하다. 누구도 그 실체를 알 수는 없다. 강하게 말해 인터뷰이 자신도 자신이 쓰는 가면 뒤에 숨은 실체를 알지 못한다. 그게 정신분석학이 밝힌 진실 중 하나이다. 하지만 그럼에도 우리는 인터뷰를 즐겁게 읽는다.

인터뷰에는 어떤 "기적"같은 "경이감"이 있다. 그 경이감의 근원은 낯선 것과의 마주침이다. 들뢰즈가 지적한 대로 사람이 배우는 것은 오직 낯선 기호와의 마주침에서만 가능하다. 나하고 다른 사람을 만날 때, 나하고 생각이 다른 책을 읽을 때, 익숙치 않은 풍경을 마주했을 때, 비로소 새로운 사유가 생성된다. 인터뷰는 그런 낯선 기호와의 마주침을 가장 직접적이고, 분명하게 드러내는 공간이다. 그런 면에서 인터뷰의 뿌리는 개인주의이다. 유럽에서 인터뷰가 성행하는 데 비해 아시아권에서는 별로 그렇지 못한 것에는 이런 차이가 있다. 우리는 아직 나와 다른 존재와의 마주침에 익숙하지 못하다. 개인주의가 미흡하다. 수시로 폭발하는 살벌한 집단주의를 보라. 작가는 오직 작품으로만 말한다는 말이 있다. 작가의 인터뷰를 읽고 그 작가의 작품을 이해할 수 있다고 믿는다면 나이브하다. 작가는 자신의 작품을 알지 못 한다. 작가는 작품을 쓸 뿐이다. 하지만 독자들은 여전히 작가의 말을 듣고 싶어 한다. 작가들의 말이 작품 세계를 이해하는 데 온전한 준거점이 될 수는 없다. 하지만 참고는 될 수 있다. 시인 앨런 긴즈버그가 인터뷰를 예술가의 중요한 업무 중 하나라고 말한 이유다.

> 많은 예술가들이 '오직 작품으로 말하겠다'고 공언합니다. 비트 문화의 정신적 지주였던 미국의 시인 앨런 긴즈버그도 그런 작가 중 하나였답니다. 그런데, 어느 서점에서 그는 자신의 이름은 알아도 시는 한 줄도 안 읽는 사람들이 무수하다는 걸 알게 됐습니다. 현실에서는 인터뷰가 시보다 많은 독자에게 읽힌다는 걸 깨달은 긴즈버그는 인터뷰가 예술가의 삶에서 중대한 업무 중 하나라고 생각을 바꿨습니다. 시와 마찬가지로 세상과 소통하는 훌륭한 방식이라고요. (9면)

물론 인터뷰는 시가 아니다. 인터뷰가 작품을 이해하기 위한 통로도 아니다. 그렇지만 인터뷰를 읽고 그 작가의 작품을 읽어보겠다는 욕망을 불러일으킬 수 있다면 그건 좋은 일이다. 김혜리가

아름다운 단단함

이 책에 기록한 인물들의 말들은 그 말 뒤에 숨은 인물들을, 작품들을 더 알고 싶도록 독자를 자극한다. 그런 자극을 주는 인터뷰가 좋은 인터뷰이다.

이 책은 영화 주간지 『씨네21』에 실렸던 인터뷰를 추린 것이다. 21편의 인터뷰가 실렸다. 이런 사람들이다. 소설가 박완서, 박민규, 배우 나문희, 임현식, 안성기, 송강호, 문소리, 이병헌, 김혜수, 영화감독 이창동, 만화가 김진, 정치인 강금실 등. 하는 일은 다르지만 각자 자신의 분야에서 하나의 세계를 구축한 이들이다. 이 인터뷰를 죽 읽고 나서 든 생각. 하는 일은 달라도 자신의 분야에서 일가를 이룬 사람들이 지닌 공통점이 있다. 그렇게 삶의 진리는 하나로 통한다. 나는 인터뷰어도, 인터뷰이도 되본 적이 없지만 인터뷰라는 것이 얼마나 힘든 일인가를 대충 짐작은 한다. 상대방의 내면에 다가가려면 그를 알아야 한다. 그러기 위해서는 치밀한 사전조사와 연구가 필요하다. 그래서 상당한 시간과 노력이 필요하다. 하나의 예. 의상디자이너·영화미술가 정구호 인터뷰의 한 대목.

〈순애보〉를 보면, 우인(이정재)이 매형과 집에서 맥주를 마시는데 마른멸치를 접시에 둥글게 담고, 깨, 참기름, 고추장을 찍어먹는 종지 세 개를 놓더라구요. 내심 웃었어요. — 그 멸치는 저보다 이재용 감독 취향이에요. 우인이 감독을 많이 닮았어요. (337면)

이 정도의 관찰을 하려면 도대체 영화를 몇 번이나 봐야 하고, 영화의 디테일에 얼마나 세심한 관심을 기울여야 할까? 여기 기록된 자기 분야의 장인들이 드러내는 통찰의 몇 대목을 기록해둔다.

소설가 박민규.

저는 문단이 어디 사무실이라도 있는 줄 알았어요. 주소라도 있나 했죠. 뭔지 모르겠어요. 아마 늘 심사하고 상 주고 그런 것 아닐까. (34면)

이 대목을 읽고 웃었다. 박민규답다.

전 사실 나이들어 소설 한 편 시 한 편 안 쓰는데도 계속 소설가, 시인 그렇게 불리는 것도 맘에 안들거든요. 그럼 전직 소설가라고 해야죠. 다른 사람들도 다들 직장 그만두고 때로는 어쩔 수 없이 쫓겨나기도 하면서 살아가는데, 저는 살아가면서 심사하거나 한자리하거나 그런 일은 절대 안 할 거예요. 머리 희어질 즈음까지 신인 소설가로 계속 살다가, 확 전직 소설가로 넘어갈 거예요. 그리고 밴드를 할 거예요. (35면)

역시 박민규답다. 그의 말은 그의 작품과 매우 닮았다. 나는 그게 마음에 든다. 적어도 그는 나이 먹어서 목에 힘주고 원로소설가네, 원로문인이네 할 사람은 아니다.

아름다운 단단함

배우 임현식.

인생은 끝까지 느끼면서 사는 거야. 절대 달관이란 게 있을 수 없어. 인간이 인간을 충고할 수가 없는 것이, 아무리 말해봐야 전달은 200분의 1도 안돼. 영화에 공감해 관객이 울 수는 있지만 다음 날은 또 씻은 듯 그 감정이 없어져버리지 않아? 다시 말하면 예술가가 지닌 감정의 200분의 1만 전해져도 우리는 눈물 흘리고 감동할 수 있다는 얘기지. (42면)

지금 TV 드라마와 영화는 전성기를 맞고 있다. 임현식 같은 중견 연기자들의 층이 두꺼운 것도 한 이유다. 그들이 사라진 뒤 다시 이만한 내공을 지닌 연기자들을 볼 수 있을지 의문이다. 임현식은 연기는 폼 잡기가 아니라는 것, 주연이 아니라 조연도 중요하다는 걸 잘 보여주는 연기자이다. 나에게 그는 순돌이 아버지로 기억된다. 순돌이 아버지는 오직 그만이 할 수 있는 연기다. 그의 능청스러운 연기에는 삶의 페이소스가 있다. 그건 포즈로 꾸민다고 되는 게 아니다.

만화 작가 김진.

경험을 통해 많이 깨달으면 깊은 사람이 되는 것이고 분노만 배우

285

면 얇은 사람이 되는 것이겠죠. (79면)

경험이 없으면 깨달음도 없다. 그리고 결국 깊은 사람이 되고 안되고는 '나'한테 달린 거다. 이어지는 문답.

혹시 사람들의 말투 중에 특별히 싫어하는 말투가 있으십니까? '애기야', '우리 애기가' 이런 식의 표현에 굉장히 강한 거부감을 느낍니다. 자식에게 하든 다른 성인에게 하는 경우든 아주 싫어요. 아기란 주기만 하고 받는 대상이 아닌데 누군가를 동등한 대화 상대로 기대한다면 그런 취급을 해서는 안 되겠죠. (92면)

역시 날카로운 통찰이다. 몇 년 전 TV 드라마에서 상대 여자 보고 남자주인공이 "애기야" 어쩌고 하는 낯간지러운 표현을 썼던 기억이 난다. 아마도 영어의 'baby' 운운하는 표현을 빌려온 것이리라. 학부 강의 시간에 이걸 언급하면서 학생들에게 내가 했던 조언. 상대방을 '애기' 어쩌고 부르는 사람하고는 사귀지 말라. 그런 인간은 그걸 애정의 표현이라고 여기겠지만 그건 애정의 표현이 아니라 상대방을 무시하는 짓이다. 나는 김진이 그린 만화 작품들의 제목은 들어봤지만 읽은 건 없다. 찾아봐야겠다. 그의 인터뷰를 읽으니 내공이 만만치 않다.

아름다운 단단함

배우 송강호.

모든 배우가 넘는 최초의 문턱은 '남이 내 모습을 어떻게 봐줄까'라는 자의식에서 탈피하는 거예요. 내가 무슨 짓을 하건 이것이 내겐 정답이고 절실한 행위라고 믿으면 1천만 명이 수긍하는 연기가 나오지만, 남의 눈을 의식하면 그 순간 바로 앞에 앉은 단 한 사람도 설득을 못 해요. 1천만 명을 설득하는 힘과 바로 앞에 앉은 한 명을 설득하는 힘은 본질적으로 같아요. (103면)

그가 왜 지금 한국을 대표하는 배우인지를 설명해 준다. 그게 어디 연기뿐일까. 글도 마찬가지이다. "자의식에서 탈피하는" 글쓰기. 쉽지 않다. 소위 머리에 든 게 많은 배우들이 좋은 배우가 되기 힘든 이유도 그들이 좀더 자의식에 사로잡혀 있기 때문이 아닐까. 송강호는 두 번이나 연극영화과 실기에 낙방했다. 지금 한국을 대표하는 배우의 과거이다.

삼수한다고 합격한다는 보장도 없어서 전문대 방송연예과에 들어갔다가 영장이 나오고 집안 사정도 나빠지는 바람에 자퇴하고 군대에 다녀왔어요. 제대하고 부산의 극단을 찾아가 1년 동안 민족극을 하다가 서울의 연우무대를 찾아 올라왔죠. (103면)

이런 아들이 한국의 대배우가 될 거라고 그의 부모들은 상상이나 했을까? 결국 문제는 열정이다. 그리고 운이다. 그 둘이 합쳐야 뭔가가 이뤄진다. 모든 일이 재능으로만 된다고 믿는 것은 오만함이다.

드라마 연출가 김병욱.

사회적으로 무거운 지위와 책임을 가진 사람들의 정신 세계가 놀랄 만큼 황폐하다는 사실에 충격을 받을 때가 많잖아요? 사람들이 모두 속고 있는 거죠. 그들은 설마 나처럼 무책임하거나 미숙하지 않겠지 믿는 사람들의 피라미드인 거예요. 어떤 사람에게 사회적 책무와 권력을 줄 때는 그만한 성숙한 정신을 기대한 것인데, 우리 사회가 실은 굉장히 위험하게 운영되고 있다는 방증이죠. 코미디를 만들 때에도 마찬가지지만 그런 냉소주의가 우리 작업의 토대 같아요. (135면)

마치 지금의 우리 시대를 말하는 것처럼 읽힌다. "성숙한 정신"이 없는 자들이 좌지우지하는 사회. "굉장히 위험하게 운영되"는 사회.

디스크 자키 전영혁.

아름다운 단단함

누가 저더러 대중음악 평론가라고 하면 나가라 그래요. 대중이 없는 음악이 어디 있죠? 고전음악도 대중음악이에요. 옳은 용어는 장르 구분 없이 뮤직 크리틱, 아니면 뮤직 큐레이터예요. 가요, 팝, 클래식 한 가지밖에 모르면 평론가가 아니죠. 좋은 음악은 하나고, 오직 잘 만들어진 음악과 그렇지 못한 음악이 있을 뿐이지요. (209면)

여기서 "음악"이라는 말을 "문학"이라고 바꿔놓으면 한국문학에도 거의 그대로 적용되는 말이다. "좋은 문학은 하나고, 오직 잘 만들어진 문학과 그렇지 못한 문학이 있을 뿐"이다.

건축가 황두진.

형식적으로는 제임스 조이스가 쓴 『젊은 예술가의 초상』의 주인공이 자기로부터 우주까지 나아가는 정체성을 선언한 대목에서 아이디어를 얻었어요. 저는 우리 시대가 해결할 과제 중 하나가 개인의 발견이라고 생각해요. 세상은 추상적 이념이 아니라 구체적 개인들이 수고하며 힘들게 만드는 건데 그 의미를 우리 사회는 충분히 받아들이지 못한 것 같아요. (239면)

이 대목을 읽고 놀랐다. 나도 바로 이런 생각으로 조이스를 더 공부해보겠다고 유학을 갔다. 때로 사람의 마음은 놀라울 정도로 비슷하게 움직이고 공명한다. 내가 조이스를 좋아하는 가장 큰 이유는 그가 철저한 개인주의자이기 때문이다.

배우 문소리.

그러니까 배우는 굉장히 이유 없는 자신감을 가져야 하는 동시에 극의 재미 속에서 배우를 쉽게 용서하는 관객 대신 스스로에게 가장 비판적인 자가 돼야 하는 거죠. (299면)

좋은 배우의 자질이 무엇인가를 생각하게 만든다. 좋은 배우는 자기 비판을 서슴치 않는다. 작가, 비평가, 음악가, 미술가 모두에게 해당되는 말이다.

배우 나문희.

한 인물이 내 안에 들어와 앉는다는 건, 글쎄, 무엇하고도 비교할 수 없을 것 같아요. 그냥 묵직하게 그 영혼이 나한테 들어와 앉아 있는 거야. 처음에는 이것이 들어왔다 나갔다 그러다가, 다른 작품을 중간에 하면 잠시 잊었다가, 그러다 마침내 들어와 앉아요. (374면)

그러니까 좋은 배우는 신내림을 받는 것과 같다. 연기는 기교

아름다운 단단함

가 아니란 뜻이다. 임현식과 마찬가지로 나문희는 세월이 만든 배우이다.

> 사람은, 그냥, 다 지나가는 것 같아. 그러니까 만났을 때 최선을 다하려고 해요. (…중략…) 챙겨주는 것이 너무나 힘들구나, 그냥 지나가게 내버려두고 해줄 수 있을 때에 최선을 다하고, 안 보게 되더라도 아무렇지도 않게 그냥 갈 수도 있구나라고 깨달은 거죠. (377면)

오는 것 막지 않고, 가는 것 잡지 않는 것. 세상 이치 중 하나다.

사진가 구본창.

> 탈도, 사람 없이 껍데기만 남은 가면이죠. 백자도 거기 물이 들어 있거나 국이 들어 있거나 꽃이 꽂혀야 살아서 제 역할을 하는 것인데, 자신 속에는 내용물이 없잖아요. 결국은 시간의 박제였어요. 내가 찾아다닌 그 많은 것은. (428면)

어쩌면 예술도 그렇다. "시간의 박제". 그래도 "박제"는 남는다. 사람들과 세상이 사라져도. 그래서 예술가는 겉으로 아무리 겸손한 척하더라도 근본적으로 불멸을 꿈꾸는 욕심쟁이들이다. 그만큼 욕망이 강한 예술가가 좋은 예술가이다. 다시 말해 예술과 욕망을 초월하는 도사는 양립할 수 없다.

(2016.8)

김혜리, 『그녀에게 말하다』, 씨네21북스, 2008.

아름다운 단단함

만화로 읽는 프루스트

스테판 외에, 『잃어버린 시간을 찾아서』

방학을 맞아 요새 몇 권의 만화책을 읽고 있다. 특히 프루스트의 작품을 각색한 스테판 외에의 『잃어버린 시간을 찾아서』를 인상깊게 읽었다. 몇 년 전부터 방학 때마다 결심하지만 제대로 하지 못하는 일 중 하나가 여러 고전 작품들을 다시 혹은 새로 읽는 것이다. 전에 읽었던 작품들, 특히 영미문학을 제외한 고전들의 경우는 대학이나 대학원 때 설렁설렁 읽었기에 제대로 읽었다고 하기 힘들다. 그나마 대학원을 다닐 때 학교 밖에서 이루어졌던 어느 세미나 모임에서 꽤 오랜 시간을 두고 같이 읽었던 톨스토이나 도스토옙스키의 몇몇 작품들이 기억에 남는 정도이다. 그래서 여유 있게 책을 읽을 수 있는 방학 때 영미문학 이외의 고전을 다시 읽어보자고 마음먹지만 그것도 쉽지가 않다. 영미문학 고전도 못 읽은 게 적지 않지만 원래 밥벌이를 하고 있는 일을 재미로 즐기기는 쉽지 않은 법이다. 그런 중에 다시 읽고 싶은 책 중 하나가 프루스트의 『잃어버린 시간을 찾아서』이다. 아니, 정확히 말하면 다시 읽는 것이 아니라 거의 새로 읽고 싶은 책이다. 프랑스 원전으로 7권에 달하고 영어 번역본으로도 총 3,000쪽에 이르는 이 방대한 작품을 나는 유학 시절 드문드문 읽었을 뿐이니 거의 새로 읽고 싶다는 편이 맞다. 유학 중 수업 시간에 나는 주로 1권『스완네 집 쪽으로』, 2권『활짝 핀 아가씨들의 그늘에서』를 읽었다. 그리고 프루스트 예술론의 정수가 담겼다고 하는 7권『되찾은 시간』에서는 몇몇 대목을 읽었다. 그러나 전권을 읽지는 못했다. 강의 시간에 학생들에게 하는 말이지만 사람이 살면서 죽기 전에 꼭 읽어야 할 책 100권 리스트를 종종 언급한다. 문학 작품 중에서는 프루스트의 이 작품도 당연히 들어가야 한다고 생각한다. 작가 자신도 그런 견해를 피력했지만 이 작품에는 삶, 문학, 세계, 현실, 꿈, 사랑, 죽음 등 문학이 대상으로 하는 거의 모든 것들이 담겨 있다. 조금 과장해서 표현하면 이 작품은 조이스의『율리시스』와는 다른 의미에서 '현대의 서사시'라 할 만하다.

그러나 내가 이번에 다시 읽은, 만화로 각색한『잃어버린 시간을 찾아서』의 번역자가 토로하듯이 이 작품은 읽기가 쉽지 않다. 우선 분량이 독자를 압도한다. 작품의 난해성에서는 어쩌면 조이스나 카프카가 더 할지 모르나 프루스트 작품의 분량이 조이스나 카프카의 웬만한 장편소설보다 훨씬 길다. 조이스의『율리시스』나『피네건의 경야』가 길고 어렵다고 하나 그래도 약 600쪽 정도이다. 그런데 이 작품은 무려 그것의 다섯 배에 달하는 길이이다. 더욱이 문제는 분량만이 아니다. 만화로 각색된 이 작품의 번역자가 지적하듯이 난해성도 만만치 않다.

　이 책을 옮기면서 번역자가 고려하지 않을 수 없었던 두 번째 사항은 과연 이 책을 어떤 독자층이 읽겠는가 하는 점이었다. 왜냐하면 이 작품은 프랑스 사람들 사이에서조차 꼭 읽고는 싶지만 쉽게 읽히지 않는 작품으로 알려져 있기 때문이다. 번역자 자신의 경험에 비추어 볼 때도, 이 작품은 우리나라 대학의 학부 과정에서 불문학을 전공하는 학생이라 할지라도 웬만한 불어 독해력을 갖고 있지 않은 이상 사실상 접근이 불가능한 작품이다. (『스완네 집 쪽으로』 iv)

　무엇이 그렇게 어려운가? "프랑스의 여러 작가들 중에서도 프루스트는 문장의 길이가 대단히 길고, 또 무수한 삽입절과 관계절, 분사구, 수식어 등으로 복잡다단함에 있어서 타의 추종을 불허하는 문장을 구사하는 작가"(iv)이다. 그러므로 이런 작품을 우리말로 제대로 옮기기는 거의 불가능하겠다. 국내에 이 작품의 번역본이 한 종 나와 있으나 별로 신뢰를 받지 못하고 있는 것도 그래서 이해는 된다. 하지만 독자로서 불만은 아무리 작품이 어렵다고 하더라도 국내의 불문학 연구 역량을 고려해볼 때 현대 프랑스 문학, 아니 현대 서구문학 전체의 대표적 작품 중 하나인 이 작품의 신뢰할 번역이 한국에 아직 없다는 것은 아쉽다. 작품이 출간된 지

80년이 넘었는데도 말이다. 염치없지만 프루스트 전공자들의 분발을 부탁드린다. (2019년 6월 현재 프루스트 사후 100주년인 2022년에 맞춰 전권 완역 출간을 목표로 이 작품의 국역본이 계속 출간되고 있다. 현재 『잃어버린 시간을 찾아서』 8(소돔과 고모라)까지 민음사에서 출간되었다.)

읽기 어려운 이 작품이 만화로 출간되었다는 소식은 그래서 반가웠다. 전에 한 번 읽고 이번에 다시 읽었다. 스테판 외에는 모두 열두 권으로 낼 계획을 갖고 있다는데 아쉽게도 2002년까지 3권을 번역한 이후 아직 번역이 나오지 않고 있다. (2019년 6월 현재 5권까지 출간되었다.) 스테판 외에가 각색을 했으나 원작을 임의로 해체한 각색은 아니다. 만화의 특성상 인물들의 대화가 원작보다 더 강조될 수밖에 없기에 그런 부분에서는 어느 정도의 각색이 있을 수밖에 없겠다. 하지만 외에는 원작을 선택적으로 취하되 가능한 한 소설 문장을 원문 그대로 인용한다. 따라서 원작의 핵심적 대목의 맛을 그대로 음미할 수 있게 해준다. 그렇다고 원작을 그대로 표현할 수는 없기에 지문의 선택은 필요할 수밖에 없다. 따라서 원작의 텍스트로부터 어느 부분을 선택하고 또 어느 부분을 버릴 것인가에서 각색의 시각과 역량이 드러난다. 그 점에서 이 만화는 프루스트 작품에 대한 그 나름의 해석이라 할 수 있다. 나는 스테판 외에의 해석이 문자와 그림의 미덕을 가능한 한 고루 살리는 쪽으로 무난하게 이루어지고 있다고 판단한다. 때로는 하나의 그림이 몇 쪽의 서술을 대신할 수도 있으니까. 그게 도저히 안 되는 경우도 있지만 말이다.

무엇보다 이 만화에서는 원작만을 읽으면서는 실감나게 느끼기가 힘든 작품 배경인 19세기 말 프랑스사회, 특히 프루스트가 주로 관심을 기울였던 귀족과 부르주아사회의 풍속(도시, 시골 풍경, 건축, 도로, 교통 수단, 의상, 성, 식사, 음악, 미술, 문학 등)과 각 계급의 개별적이고 집단적인(많은 경우 위선적인) 내면이 실감나게 그림으로 되살아난다. 나처럼 원작을 대충 읽은 이에게도, 혹은 아직 원작을 읽지 않은 사람도 실망시키지 않으리라 여겨지는 각색 솜씨이다. 이 만화를 읽으면서 한국의 주요 작품들도 이런 방식으로 새롭게 각색되어 읽힐 필요가 있겠다는 생각도 해보았다. 장편소설을 영화로 만드는 경우도 있으나 아무래도 제한된 상영 시간을 고려할 수밖에 없는 영화의 특성상 장편소설을, 더욱이 프루스트의 작품처럼 방대하고 다양한 주제를 드러내는 작품의 재미와 의미를 온전히 드러낼 수는 없다. 따라서 만화처럼 문자 매체와 영상 매체의 결합을 좀더 효율적으로 사용할 수 있는 만화를 통한 고전의 각색이 더 효율적이겠다는 생각이 이 만화를 보면서 새삼 들었다. 훌륭하게 영화나 드라마로 각색된『오만과 편견』이 국내에서 원작을 읽도록 독자들을 이끈 것이 좋은 예이다. 영화를 비롯한 영상 매체의 힘을 다시금 확인한다.

만화 1권은 원작 1권『스완네 집 쪽으로』를 구성하는 세 개의 이야기인「콩브레 1, 2」,「스완의 사랑」, 그리고「고장의 이름」 중 제1부「콩브레」를 각색했다. 이 부분은 소설 전체에 대한 도입부이자 소설의 주요 골격이 제시되는 곳이다. 콩브레는 주인공/화자인 마르셀이 어린 시절 부활절 방학을 보내곤 하던 시골 마을이다. 작가의 길을 걷는 마르셀에게 삶의 원천 같은 역할을 하는 장소이다. 이 부분에서 이 작품에서 가장 유명한 부분 중 하나인 마들렌느 과자가 촉발시키는 '비자발적 기억involuntary memory' 장면이 나온다. 만화는 그 부분을 아래와 같이 거의 원작 그대로 그린다.

감미로운 행복감이 나를 엄습해와, 어찌 된 영문인지 나를 고립시켜 버렸다. 도대체 이 극도의 희열감은 어디서 온단 말인가? 나는 이 희열감이 홍차와 과자 때문에 생겨나긴 했지만, 단순한 감각의 차원을 뛰어넘는, 전혀 다른 성질의 것이란 느낌이 들었다. 내가 도달하려는 본질은 과자가 아니라, 바로 내 안에 있었다. 홍차에 적신 과자가 뭔가를 일깨운 것이다. 그후, 연거푸 열 번은 더 마셔봐야 했는데…… 지금 내안에는 과자 때문에 되살아난 이미지, 시각적 기억이, 이 맛의 뒤를 따라 내 자아에까지 이르고 있음이 틀림없다. 머나먼 과거의 기억이 과연 내 의식의 표면에까지 이를 수 있을지…… 갑자기 내 눈 앞에 기억이 되살아났다. (15면)

2권은 『활짝 핀 아가씨들의 그늘에서』의 제2부 「고장의 이름」의 절반만을 각색했다. 이 부분은 마르셀이 사춘기에 겪은 경험의 기록이다. 무대는 콩브레가 아니라 바닷가 휴양 도시 발벡이 배경으로 등장한다. 3권에서 『활짝 핀 아가씨들의 그늘에서』의 이야기가 완결된다. 3권에서 이 작품의 핵심적 열쇠 말, 아니 모든

아름다운 단단함

문학의 열쇠 말이라 할 사랑과 예술의 세계에 빠져드는 마르셀의 모습이 실감나게 그려진다.

앞에서 이 작품이 19세기 말 프랑스사회의 풍속도를 보여준다고 썼지만 적어도 내게는 이 작품의 매력은 그것에만 있는 게 아니다. 나는 프루스트, 조이스, 카프카 등 거의 동시대에 작품 활동을 했던 소위 현대 '모더니즘'의 거장들을 모두 좋아하지만 비전공자임에도 불구하고 특히 프루스트를 좋아하고 매력적인 작가라고 생각한다. 이건 인간 프루스트가 아니라 그가 평생을 투여한 이 작품의 매력이다. 사랑과 예술로 요약되는 작중 주인공 마르셀의 삶의 여정은 그만큼 독자를 끌어당기는 힘을 갖고 있다. 조이스와 카프카는 프루스트보다 더 전위적이니 만큼 그런 호소력에서는 프루스트보다 밀리는 것이 아닌가 싶다. 그 점에서 프루스트는 혁신적인 만큼 전통적이다. 조이스와는 다른 의미에서 프루스트는 이 작품을 통해 현대 예술론의 정수를 표현하고 있다. 번역자도 이 점을 설득력 있게 지적한다.

이처럼 부분적이고, 파편적이고, 편향되고, 일관성을 결여한 채로 그려지는 『잃어버린 시간을 찾아서』는, 바로 소설가 프루스트의 이와 같은 세계 인식에서 출발한다. 또한 이점에 있어서, 프루스트의 소설은 통상적인 리얼리즘을 넘어서는 새로운 리얼리즘을 구축하고 있다고도 할 수 있다. 나 자신의 모습과 욕망을 포함한 세계의 모든 것들이 끊임없이 표류하며, 이처럼 표류하는 세계 내에서 영원히 변치 않거나 확고부동한 것은 아무 것도 없다고 생각하기 때문이다. 그렇다면, 소설가가 그려야 하는 세계의 참모습도 이제까지의 리얼리즘이 고집했던 것처럼 확고부동한 모습으로가 아니라, 파편적이고 주관적일지언정, 우리의 인식에 주어진 그대로의 인상에 따라 충실하게 그리는 것일 것이다. 본질적으로 말해, 우리가 세계를 인식하는 방식 또한 체계적이고 종합적인 인식에 앞서서 우선 파편적이고, 부분적이고, 주관적으로 이루어지지 않는가. 하나의 희미한 인상에서 시작하여 그 위에 다른 인상이 더해지고, 그 위에 또 다른 인상이 덧칠해지고, …… 이와 같은 가정은 소설이 진행됨에 따라 부단히 반복되고 이어지며, 마침내 소설은 무수한 인상들이 여러 형태를 저절로 드러내는 거대한 프레스코를 형성한다. (『활짝 핀 아가씨들의 그늘에서-고장』 II, ii면)

프루스트의 원작을 읽었든 그렇지 않든 이 각색 만화는 프루스트라는 거대하고 심오한 세계로 들어가는 좋은 안내자 역할을 해준다. 프루스트라는 이름이 주는 부담 때문에 그의 작품을 집어들기가 부담스러웠던 분들께 짬을 내어 읽어보기를 권한다. 그 다음에는 원작의 세계로 들어가 보시길.

(2006.7)

마르셀 프루스트, 스테판 외에 그림, 정재곤 역, 『잃어버린 시간을 찾아서』(전 3권), 열화당, 1999.

아름다운 단단함

에로틱한 접촉의 가치

미셸 투르니에, 『짧은 글, 긴 침묵』

좋은 산문집이 그렇듯이 투르니에 산문집 『짧은 글, 긴 침묵』에는 삶을 통찰하는 사람의 지혜가 침묵 속에 담겨 있다. 곁에 두고 새기면서 읽을 만한 책이다.

> 태어난 지 겨우 몇 주일인 이웃집의 갓난아기. 밤낮없이 그치질 않고 울어댄다. 캄캄한 어둠 속에서 그 어리고 가냘픈 울음 소리에 내 가슴 떨리다가 안심한다. 그것은 이제 막 존재를 강요받은 허무가 내지르는 항의의 외침이니. (103면)

아이들을 바라보면 사람이 얼마나 부서지기 쉬운 존재인지 실감한다. 아이들에게서 느끼는 사랑스러움은 그 부서지기 쉬움을 보호하려는 자기 보호의 표현일 수도 있으리라. 잠들어 있는 아이들을 안아줄 때 나는 행복함과 동시에 안쓰러움을 느낀다.

우리들의 위생적인 청교도 사회는 촉각의 체험과 만족에는 날이 갈수록 부적절한 모습이 되어가고 있다. 눈으로만 만져라. 우리가 어린 아이 적에 가졌던 온갖 충돌들을 박살내는 이 어처구니 없는 충고가 보편적 억압적인 지상 명령이 되어버렸다. 에로틱한 접촉의 장소들은 금지되었거나 감시 투성이가 되었다. 그와 동시에 온갖 영상들의 급속한 인플레이션이 전개되고 있다. 잡지, 영화, 텔레비전이 눈만 포식하게 하고 인간의 그 나머지 감각들은 무용지물로 만든다. 오늘날의 인간은 입마개쓰고 팔 잘린 채 신기루들이 가득 찬 궁전 속을 어슬렁거리고 있다. (109면)

성인이 되어간다는 것은 "어린아이 적에 가졌던 온갖 충돌들을 박살내는 이 어처구니 없는 충고"들을 순순히 받아들이고 그에 굴복한다는 뜻이다. 작가들은 그 점에서 어린아이의 마음을 잃지 않고 여전히 지니고 있는, 아니 잃지 않으려고 애쓰는 어른이다. 작가들은 모든 것을 관념화하고 "눈만 포식"하게 하는 "위생적인 청교도 사회"에서 "촉각의 체험과 만족"의 가치, 그리고 "에로틱한 접촉"의 가치를 지치지 않고 상기시킨다. 그 점에서 충동과 욕망과 사랑, 한마디로 "에로틱한 접촉"의 가치를 구체적으로 사유하고 파고들고 표현하지 않는 작가들은 강하게 말해 가짜이다. 그 말은 곧 도사인 척하는 작가들은 가짜라는 말과 같다.

아름다운 단단함

왜 성인은 일반적으로 이 같은 무미건조하고 위험한 현기증과 무관할 수 있는가? 그것은 아마도 그의 일상 생활을 가득 채우고 있는 부름들, 청구, 다급한 일들 따위가 이 시간들과 저 시간들을 갈라놓는 심연 위에 걸쳐 놓인 가교 구실을 해주기 때문이다. 그리고 또 그것은 그의 시간의 그물코가 아이의 시간의 그것보다 보다 더 느슨하고 덜 촘촘하기 때문이기도 할 것이다. 아이의 생명 리듬은 성인의 그것보다 열 배 백 배 더 빠르게 고동친다. 그래서 그의 내면을 가득 채우려면 열 배 백 배 더 풍부한 삶의 질료들이 필요한 것이다. (116면)

작가는 "아이의 생명 리듬"을 잃지 않는 사람들이다. 아니, 작가만이 아니라 세상을 풍요롭게 사는 사람들도 그와 같다. 세상을 풍요롭게 산다는 것은, 아이처럼 "더 풍부한 삶의 질료들"이 무엇인지를 사유하고 고민하고 자기 안에 채운다는 것이다. 그렇게 살려면 어떻게 해야 할까? 어려운 질문이다. 그러나 적어도 문학과 예술이 그런 "삶의 질료"들의 가치를 가장 구체적이고 설득력 있게 상기시키는 역할을 한다고 나는 믿는다. 그리고 우리 시대의 비극은 이런 "삶의 질료"들이 무엇인지를 성찰하는 것조차 한가로운 일로 만들어버리고, "일상 생활을 가득 채우고 있는 부름들, 청구, 다급한 일들"에 우리를 얽매이게 한다는 데 기인한다.

언젠가 나는 어떤 여자를 얻게 되리라. 그리하여 나의 여자가 한 살이 되면 나는 금방이라도 쓰러질 듯 서투르고 불안하게 첫 발짝을 떼어놓는 그의 뒤를 두 팔 벌리고 따라다니리라. 그리고 꽃과 짐승들과 사람들에게 두려움 없이 다가가는 법을 가르쳐 주며 그를 인도하리라. 우리는 굽이치는 파도 속에 몸을 던지고 나는 그에게 바다를 가르쳐 주리라. 그는 깔깔대며 팔딱거리는 새끼 바다표범인 양 마치 작은 만 안으로 들어가듯이 내 품안으로 몸을 피하여 숨을 것이고 마치 어떤 섬으로 올라가듯이 내 등 위로 기어오를 것이다. 훗날, 나의 여자는 내가 쓴 책들을 수그리고 들여다볼 것이다. 그러면 나는 사물과 사건들을 보지 못하게 가리고 있던 그녀의 그 이상한 실명 상태를 문자와 말들을 통해서 치유해 주리라. 나는 한 무더기의 잉크 묻힌 종이로부터 공원이, 정원이, 미녀가, 야수가, 끔찍하고 멋진 모험들이, 웃음과 눈물이 솟아나오게 하는 저 마술적인 위력을 그녀에게 불어넣어 주리라. 그리고 나서 마침내 나는 그녀의 손을 종이 위로 인도하여 문자의 근육과 뼈라할 수 있는 멋진 획과 끊어진 획을 긋는 방법을 가르쳐 주리라. (…중략…) 처음에는 나의 젊고 힘찬 손이 그의 부드럽고 통통한 어깨를 붙잡아주며 인도해 주었다. 끝에는 메마르고 얼룩진 내 손이 그녀의 단단하고 둥근 어깨에 기대어 의지하리라. (117~118면)

산문이 삶의 비밀을 건드린다는 건 아마 이런 것이 아닐까, 그런 느낌이 드는 문장이다. 나는 이런 "나의 여자"가 없다. 그래서 그게 종종 아쉽다. "나의 여자가 한 살이 되면 나는 금방이라도 쓰

아름다운 단단함

러질 듯 서투르고 불안하게 첫 발짝을 떼어놓는 그의 뒤를 두 팔 벌리고 따라다니리라. 그리고 꽃과 짐승들과 사람들에게 두려움 없이 다가가는 법을 가르쳐 주며 그를 인도하리라"라고 말할 수 있는 "나의 여자". 혼자 생각이지만, 이런 구절을 읽을 때면 "나의 여자"를 가진 사람들이 부럽다. 이런 대목이 마음에 남는다.

늙는다는 것. 겨울을 위하여 선반에 얹어둔 두 개의 사과. 한 개는 통통 불어서 썩는다. 다른 한 개는 말라서 쪼그라든다. 가능하다면 단단하고 가벼운 후자의 늙음을 택하라. (77면)

나도 그렇게 "가능하다면 단단하고 가벼운" 늙음을 택하고 싶다. 그럴 수 있다면.

(2006.4)

미셸 투르니에, 김화영 역, 『짧은 글, 긴 침묵』, 현대문학, 2004.

쿨함의 미학

무라카미 하루키, 『상실의 시대』

무라카미 하루키의 『상실의 시대』(이하 『상실』, 원제 『노르웨이의 숲』)
을 읽었다. 무라카미의 이름을 한국문학 공간에 각인시킨 이 작품
에 대해 이런저런 얘기들이 많은 걸 안다. 무엇보다 이 작품이 보여
주는 정치에 대한 환멸, 강력한 개인주의, 자아의 탐구라는 주제는
대개 공통적으로 수긍하는 지점들이다. 최근 한국소설이 보여주고
있는 내성주의가 하루키 작품에서 많이 빚지고 있다는 것도 인정
할 만하다. 결론을 당겨 말하자. 이 소설, 좋다. 좋다는 뜻은 무슨 주
제나 구도 등이 새롭다는 뜻은 아니다. 비교가 그렇지만 플로베르
의 『보바리 부인』이나 톨스토이의 『안나 카레니나』가 뛰어난 이유
가 줄거리 때문이 아니듯이 이 작품도 그렇다. 좋은 소설이나 영화
의 힘은 줄거리나 서사의 신선함만이 아니라 그 줄거리와 주제를
풀어나가는 디테일의 힘에 있다는 걸 실감한다. 독특한 서사가 있
는 작품의 경우도 그 서사를 구성하는 디테일이 부실하면 좋은 작
품이 되기 힘들다. 무라카미 작품의 재미와 힘도 거기 있다. 물론

아름다운 단단함

그것이 갖는 위험성도 분명하다. 개인과 사회, 외적 현실과 내적 자아를 대립적으로만 사유하는 태도가 한 예이다. 문제는 이 두 항이 서로 분리될 수 없다는 것이다. 그렇다면 관건은 그렇게 얽혀 있는 접점을 탐색하는 것이다. 플로베르나 톨스토이 작품의 탁월성은 거기에 있다. 무라카미의 작품은 어떤가? 그런 접점의 탐색이 전혀 없지는 않지만 조금 겉돌고 있다는 인상이다. 하지만 젊은 시절의 사랑과 인간 관계를 키워드로 한 '성장소설'로서『상실』은 젊은 날의 사랑, 사람의 관계, 기억과 추억의 의미에 대한 깊은 성찰과 뛰어난 묘사가 돋보인다. 한 마디로 요약하자면 이 소설은 '쿨'하다. 쿨함은 무엇보다 대상과 인물의 묘사에서 잘 드러난다. 그래서 작품 곳곳에서 보이는 성애 장면이 도색적으로 느껴지기보다는 오히려 애잔한 슬픔의 정조를 자아낸다. 묘사를 통해 그런 정조를 부여하는 작가의 능력은 돋보인다. 작품 안에서도 화자가 몇 번 언급하지만 이 작품은 작가가 사숙했다고 토로한 피츠제럴드의『위대한 개츠비』와 샐린저의『호밀밭의 파수꾼』을 연상시킨다. 특히『호밀밭의 파수꾼』이 그렇다. 무라카미는 이 작품을 일본어로 번역했단다.『상실』은 두 작품보다 훨씬 노골적으로 사랑과 성을 묘사하지만 그 묘사의 정신은 비슷하다.

　　일본문학의 특징이라는 느낌도 받는데 주요 인물들이 자살로 삶을 마감하는 것은 특이하다. 한국소설에 이렇게 거의 모든 등장인물이 자살하는 경우가 있던가? 그렇게 생각하니 보바리 부인과 안나 카레니나도 자살을 했다. 무라카미 소설이 단지 아시아권만이 아니라 미국과 유럽에서도 대단한 인기가 있다는데 왜 그런지 조금은 짐작이 간다. 그건 역시 사랑과 삶을 바라보는 작가의 '쿨'한 시선과 나즈막한 목소리가 스며 있는 묘사의 힘이다. 두 개의 인상적인 대목들.

하지만 나도 이제 알게 됐다. 결국 따지고 보면 — 하고 나는 생각한다 — 글이라는 불완전한 그릇에 담을 수 있는 건, 불완전한 기억이나 불완전한 상념밖에 없다는 것을.

우리들은 확실히 자신의 비뚤어짐에 잘 순응하지 못하고 있는지도 모르지. 그래서 그 비뚤어짐이 불러일으키는 현실적인 아픔이나 고통을 적절하게 자기 속에 자리잡게 할 수 없어서 또 그런 것에서 멀리 떨어지기 위해서 이곳에 들어와 있는 셈이야.

나오코를 비롯해 사람들은 다 "비뚤어"져 있다. 그런데 보통 사람들은 그걸 무시하고 의지로 억누르고 아무렇지도 않다는 듯이 살아간다. 나가사와 같은 인물들이다. 그러나 그렇게 살지 못하는 이들도 있다. 현실은 그런 섬세함과 순수함을 용납하지 않는다. 어른이 된다는 것은 몸과 마음에 현실의 때를 묻히는 것이다. 가령 나오코가 머물고 있는 요양소의 평온한 분위기와 그 밖의 살벌한

아름다운 단단함

현실의 대비가 그렇다.

> 성장의 고통같은 것을 치러야 할 때 그 대가를 지불하지 않은 바람에 그 고지서가 이제야 돌아온 거야. 그래서 기즈키는 그렇게 되었고, 나는 여기에 있는 거야. 우린 무인도에서 자란 헐벗은 아이 같은 존재였어. 배가 고프면 바나나를 따먹고 외로워지면 서로 품에 안겨 잠들었던 거야. 하지만 그런 게 언제까지 계속될 수 있겠어? 우린 자꾸만 자라나고, 사회로 진출도 해야 하고. (206면)

그런데 여기 나오는 등장인물들이 10대 후반~20대 초반의 나이인 걸 고려해보면 이들이 조숙한 면이 있는 것은 아닌지 의문이 든다. 특히 주인공 '나'(와타나베)의 생각과 행동은 그렇다. 이것은 비슷한 성장소설인 『호밀밭의 파수꾼』과 비교해 봐도 그렇다. 물론 홀든은 좀더 나이가 어리긴 하지만.

> 난 알아. 난 서민이니까. 혁명이 일어나든 일어나지 않든 간에 서민이라는 사람들은 변변찮은 곳에서 그럭저럭 살아갈 수밖에 없다는 걸. 혁명이라는 게 뭐야? 기껏해야 관청 이름이 바뀔 뿐이잖아. 하지만 걔들은 그런 건 전혀 모르고 있어. 그 쓸모없는 말이나 지껄여대고 있는 애들 말야. (281면)

혁명과 정치에 대한 깊은 환멸이 드러난다. 그걸 단지 냉소주의라고 볼 수 없는 것은 이런 진단에 나름의 진실이 담겨 있기 때문일 것이다. 그리고 그 진단이 지닌 보편성 때문에 한국 독자들에게도 울림을 지닐 것이다.

(2006.3)

무라카미 하루키, 유유정 역, 『상실의 시대』, 문학사상사, 2000.

한 만화가를 추모하며

고우영, 『고우영 삼국지』

지금은 별로 볼 시간도 기회도 없지만 한때는 꽤 만화를 많이 보았다. 만화를 많이 보는 초등학교 시절에도 즐겨 보았지만, 나는 대학 시절까지도 만화를 즐겨 보았다. 물론 만화 대본소를 통해서이다. 얼마 전에는 인터넷으로 만화를 보려고 해보았지만 별 재미가 없었다. 만화는 만화방에서, 아니 적어도 만화책을 손에 들고 책장을 넘기며 봐야 한다는 아날로그적 감수성을 확인한다. 좀더 솔직히 말하자. 내 만화방 유람은 대학(원)시절만이 아니라 결혼하고 나서 한동안 학교 근처에서 살았을 때까지 이어졌다. 가끔 어슬렁대며 집 근처 만화방을 찾아다니곤 했다. 그만큼 만화는 문학이나 다른 읽을거리만큼이나 내게는 좋은 오락거리이자 재미였다. 지금 그때 보았던 만화들이 모두 떠오르지는 않지만 잡식성인 내 영화 취향만큼이나 만화 보는 취향도 잡식성이었다. 무협지나 무협만화가 삶의 공부라는 어렴풋한 생각도 아마 그때 얻은 생각이지 싶다. 만화에 대한 사람들의 태도는 얼마나 달라졌을까? 여전히 아이들이나 보는 게 만화라는 케케묵은 생각이야 다양한 성격의 만화들이 나오고 만화 대본소가 많이 사라지고 단행본 만화시장이 커짐으로써 많이 없어졌다고 한다. 하지만 만화는 여전히 문학이나 심지어는 요새 잘나가는 영화에 비해서도 제 대접을 받지 못하는 걸로 보인다. 여기서 잘 알지도 못하는 만화사회학이나 만화 미학을 읊조릴 생각은 없다. 다만 모든 읽을거리나 재밋거리에 가치의 위계는 없다는 것. 단지 취향의 차이가 있을 뿐이라는 것. 그런 말을 하고 싶을 뿐이다. 만화를 좋아하든 문학을 좋아하든 영화를 좋아하든 알아서 취향 따라 즐기라는 것이다.

문학, 연극, 예술영화는 고상하고 만화나 대중음악, 상업영화는 급이 낮다는 근거 없는 이분법의 문제를 지적하고 싶을 뿐이다. 어떤 예술 분야이든 좋은 작품이 있고 그렇지 않은 작품이 있듯이 만화도 마찬가지이다. 근대문학의 적자라고 잘난 체를 하고 있는 소설이나 서정시, 혹은 현대의 대표 장르인 영화가 원래부터 고고한 예술 장르는 아니었다. 장르의 위상과 가치 또한 역사적으로 변화해 왔다는 상식을 되새겨 볼 일이다. 모든 것은 역사적이다. 만화도 그 역사적 평가에 따른다. 좋은 만화라는 표현을 썼지만 좋은 문학이 뭐냐고 하는 질문만큼이나 좋은 만화가 무엇인지는 쉽게 답하기 어렵다. 그래서 좋은 만화이면서 재미있는 만화가 무엇인가는 더 답하기 어렵고 그런 작품을 만나기는 더욱 어렵다. 그런데 세상을 다시 보게 하는 힘과 즐거운 재미를 지닌 만화

아름다운 단단함

를 그리던 만화가 고우영이 며칠 전 작고했다. 나는 고우영이 삭제본을 되살려 복원한 『고우영 삼국지』 완결판을 갖고 있다. 그 삭제의 역사에는 군부독재의 아픈 역사가 있다. 나는 이 책이 나왔다는 소식을 듣자마자 바로 주문을 했다. 이번에도 역시 재미있게 보았다. 내게 삼국지의 재미를 가르쳐 준 것은 고등학교 시절 뭘 모르고 되풀이 읽었던 『박종화 삼국지』도 아니고 얼마 전 읽다가 지겨워 중간에 읽기를 중단한 『황석영 삼국지』나 『이문열 삼국지』도 아니다. 내게 삼국지의 재미를 느끼게 해준 것은 『고우영 삼국지』이다. 이 만화는 유비를 '쪼다'로 새롭게 형상화한 걸 비롯해서 삼국지의 수많은 인물들에 고유한 개성을 부여했다. 그들이 벌이는 애증의 인간 관계, 전투, 사랑, 우정, 의리, 배신의 드라마를 유머와 해학과 풍자, 그리고 때로는 비장한 파토스로 유장하게 그린 『고우영 삼국지』의 힘과 재미와 개성을 넘어서는 삼국지를 나는 아직 발견하지 못했다. 많이 읽힌다는 『황석영 삼국지』만 해도 일부러 그렇게 썼다는 말도 있지만 밋밋하고 지루해서 나는 끝까지 읽을 수가 없었다. 예컨대 오장원전투를 전후한 제갈공명의 출사표와 죽음을 그리는 『고우영 삼국지』의 끝부분은 지금 다시 봐도 가슴이 뭉클하다. 그건 고우영의 그림만이 전해줄 수 있는 어떤 비통함의 표현이다. 조금 확대 해석하자면 고우영이 제갈공명에게 투사한 그의 욕망, 억압의 시대에 대한 저항이 좌절되는 모습을 공명의 죽음으로 드러낸 극적 표현이기도 했다.

고우영은 성sexuality의 즐거운 해석가이기도 했다. 성적으로 지극히 억압적이었던 1970~1980년대에 고우영의 만화가 드러냈던 남녀상열지사의 해학과 에로틱함과 신랄함은 돋보였다. 고우영은 그렇게 만화를 통해 남녀관계를 비롯한 사람살이의 어떤 진실을 읽는 이에게 전했고, 그 시대를 대표하는 하나의 문화적 코드가 되었다. 고우영의 만화를 통해 그간 싸구려 예술, 아이들의 놀잇감으로만 천대받아 왔던 만화는 조금은 달라진 대접을 받게 되었다. 그 점만으로도 한국만화계는 그에게 감사해야 한다. 물론 고우영의 다양한 작품들에서 시도한 고전적 인물과 상황의 해석에 이견을 제기할 수 있다. 하지만 그만큼 자기의 시각으로 고전의 인물들을 재해석하고 그들에게 숨결을 불어넣은 만화가나 작가나 시인은 별로 없어 보인다. 내가 보기에 각기 당대를 대표하는 작가라고 하는 황석영이나 이문열도 적어도 『삼국지』나 『수호지』, 혹은 『임꺽정』 같은 고전의 재해석에서는 고우영에게서 배워야 할 점이 적지 않아 보인다. 그런데 사람들은, 특히 조금 배웠다는 이들은 황석영이나 이문열, 혹은 장정일 삼국지만 얘기한다. 『고우영 삼국지』를 엄정한 평가의 대상으로 보려고도 하지 않는다. 왜 그럴까? 싸구려 만화여서 작품으로 대접하기 곤란하다는 편견 때문이 아닐까? 그러나 고전의 재해석이 삼국지뿐이랴. 『수호지』, 『십팔사략』, 『일지매』, 『임꺽정』 등은 어떤가. 고우영의 손끝에서 수백 년 전 인물들이 다시 생명을 부여받고 살아났다. 이제 그의 손끝에서 살아났

아름다운 단단함

고 죽었던 수많은 극화인물들 곁으로 그 또한 떠났다. 그는 거기서 유비, 관우, 조조, 공명, 혹은 무대, 임충, 꺽정 등 그가 창조한 수많은 인물들과 어울려 유쾌한 환담을 나누고 있을 것이다. 조만간 그의 작품들을 다시 묶어 단행본으로 낸다고 하니 구해서 읽어봐야겠다. 낄낄대고 비장해지고, 때로는 슬퍼하면서 말이다. 이렇게 또 한 명의 거장이 세상을 떴다. 고인의 명복을 빈다.

(2005.4)

고우영, 『고우영 삼국지』(전 10권), 애니북스, 2007.

카프카의 프라하, 조이스의 더블린

클라우스 바겐바흐, 『카프카의 프라하』

문학을 공부하는 사람들이 (특히 자기가 전공한) 작가와 관련된 장소를 찾는 느낌은 일반 여행자들과는 조금 유별나다. 미국에서 유학하면서 내 전공이 아닌 미국문학 작가들, 가령 호손, 에머슨, 소로우 등의 작가와 관련된 북동부 지역의 문학 유적지를 방문했을 때도 뭔가 조금은 유별난 느낌을 나도 가졌다. 글로만 읽던 작가를 살아 있는 한 존재로 느끼는 경험. '아, 이들 작가도 나와 같이 피와 살을 가진 존재로 이런 곳에서 살면서 글을 썼구나' 하는 생각을 몸으로 느끼는 경험. 내 전공인 조이스 작품의 공간인 아일랜드 더블린도 그렇다. 조이스처럼 더블린이라는 공간이 단순히 작품의 배경이 아니라 작품 이해의 핵심이자 어떤 면에서 가장 중요한 등장 인물인 경우 작가가 깊은 애증을 동시에 느꼈던 작품의 공간을 몸으로 느껴보지 못한 것은 조금 심하게 말해 전공자의 직무 유기이기도 하다. 그만큼 작품의 공간은 중요하다. 얼마 전 한국조이스학회 주최로 여기서 열렸던 국제학술대회에서 어느 발표자는 아직까지 남아 있거나 이제는 사라져버린, 조이스 작품에 등장하는 더블린의 거리와 건물들을 자신이 직접 찍은 사진으로 보여주었다. 조이스가 더블린에 느꼈던 애증병존의 감정은 그의 동세대 작가인 카프카에게서도 비슷하게 발견된다. 카프카는 1883년에 나서 1924년에 만 41세로 사망했다. 조이스는 1882년에 나서 1941년에 세상을 떴다. 그들은 거의 동년배이다. 물론 서로 한번도 만나지는 못했고 서로의 작품 세계를 알았다는 증거도 없다. 하지만 그들은 서로 다른 방식으로 자신들이 살았던 시대의 심층을 더블린과 프라하라는 광맥을 파헤쳐서 드러냈다.

카프카에게 프라하는 자신을 가두는 감옥인 동시에 자신의 글쓰기를 추동한 동력이기도 했다. 저명한 카프카 연구자인 클라우스 바겐바흐가 쓴 『카프카의 프라하』는 카프카와 프라하의 애증병존의 관계를 텍스트, 사진, 도시 지도 등의 문서와 그림 자료들을 동원해 해명한다. 책의 표지가 드러내듯이 카프카의 프라하, 프라하의 카프카라는 떼놓을 수 없는 양자의 관계를 저자는 복원하려 한다. 그 복원 작업을 통해 독자는 자신의 모습을 쉽게 내비치지 않던 작가의 초상을 실감나게 감상하게 된다. 바겐바흐는 카프카가 살았던 집, 거리, 건물, 학교, 산책로, 극장, 강연장, 영화관, 카페를 카프카의 걸음을 따라 걷는다. 그리고 이들 각 장소들이 카프카의 삶과 작품에 지녔던 의미를 탐색한다. 조이스에게 더블린이 그랬듯이, 카프카에게 그가 태어나고 살았고 길지 않은 삶을 마감했던 프라하는 단지 작품의 물리적 배경만은 아니었다. 작가와 도시는 긴밀하게 얽혀 있다. 프라하라는 공간에서 카프카가 얻은 삶의 체험들은 그의 저작에 지대한 영향을 미쳤다. 저자는 프라하라는 공간에 카프카를 다시 살아 있는 존재로 데려 오기 위해 그가 쓴 일기나 작품의 일부분을 인용하며 카프카가 다녔던 여러 가게들, 당시 공연되었던 공연 광고지 등 구할 수 있는 다양한 실증적, 전기적 자료를 적절히 사용한다. 지금은 케케묵은 방법론처럼 되어버린 꼼꼼한 실증주의적 혹은 전기적 작가 연구가 갖는 힘을 이 책은 또한 보여준다. 이 책을 읽고 나면 저자의 다음과 같은 말이 새삼 실감난다. "간단히 말해 카프카가 무엇을 '눈으로' 보았는지 알고 싶다면, 현실이든 머릿속에서든 프라하에 가보아야 한다"(7면). 이 책에서 주목을 끄는 몇 대목을 옮긴다.

카프카는 태어나고 자란 도시 프라하를 짧은 생애 동안(1883~1924) 거의 떠나지 않았다. 여러 번의 공무 여행과 두세 번의 견학 여행, 잦은 요양소 체류, 베를린에서의 반 년, 보헤미아 시골에서의 몇 개월, 그것이 전부였다. (7면)

일련의 탈출 시도 — 율리에 보리체크와의 약혼, 밀레나 예젠스카와의 사랑, 베를린에서 도라 디아만트와의 삶 — 는 모두 실패했다. 카프카는 1924년 6월 3일 세상을 하직했으며, 증오하면서도 끝내 떠나지

아름다운 단단함

못한 도시 프라하의 슈트라슈니츠 유대인 공동묘지에 묻혔다. 카프카를 붙들고 놓아주지 않은 도시, 카프카는 그 도시의 다양성과 이질성을 자신의 글에 영원히 붙잡아두었다. (33면)

자신을 옭아매는 식민지 더블린을 떠나 자발적 망명의 길을 택했던 조이스와는 달리 카프카는 "태어나고 자란 도시 프라하를 짧은 생애 동안 거의 떠나지 않았다". 그는 프라하를 떠나지 못했던 자신의 삶을 이렇게 회고한다.

카프카는 손가락으로 몇 개의 작은 원을 그렸다. 제 인생은 이 작은 원 속에 갇혀 있어요. (74면)

그는 자기를 가둔 "작은 원"이었던 프라하를 "맹수의 발톱"을 지닌 어머니라고 느꼈다.

프라하는 자유롭게 놓아주지 않는다. 이 작은 어머니는 맹수의 발톱을 가지고 있다. 카프카는 열아홉살의 나이에 이렇게 썼다. (7면)

카프카는 왜 프라하를 떠나지 못했을까? 몇 번의 약혼과 파혼에서 잘 드러나는 그의 심약함 때문이었을지도 모른다. 아니면 다른 어느 곳으로 탈출을 감행했더라도 그 어느 곳도 프라하와 마찬가지로 "분열된" 공간, 그가 안식을 찾기 힘든 공간이라는 걸 직감적으로 느꼈기 때문일까? 알 수 없다. 하지만 자신이 자라고 글쓰기를 했던 도시에 대해 조이스나 카프카가 느꼈던 육친적 애증관계는 그들 작품의 거대한 뿌리라는 생각은 든다. 조이스가 그의 작품에 세기 전환기 더블린의 공간과 사람들을 붙잡아 복원했듯이 "카프카는 그 도시의 다양성과 이질성을 자신의 글에 영원히 붙잡아두었다". 그래서 작가는 시대의 자식이기도 하지만 동시에 그가 움직였던 역사적 공간의 자식이기도 하다.

> 카프카는 프라하를 심하게 분열된 도시로 체험했다. (독일계) 상류층 — 귀족, 장교, 사업가 — 은 반동적은 아니지만 보수적이었으며, (체코계) 하류층은 민족주의적이거나 민족 민주주의적인 성향을 드러냈고, 그 사이에 자유주의적인 힘없는 소수의 중산층(독일인, 유대인과 더불어 극소수의 체코인)이 끼어 있었다. (16면)

"분열된 도시"였던 프라하의 착잡한 현실은 끼인 존재들, "자유주의적인 힘없는 소수의 중산층"이었던 유대인 카프카의 "분열"과 관련되지 싶다. '출구 없음'으로 집약되는 카프카 작품세계의 답답함과 암울함은 통상 모더니즘의 특징으로 지적되는 보편적인 인간소외의 징표가 아니라 "심하게 분열된 도시"였던 프라하의 역사적 현실과 관련된 것은 아닐까?

아름다운 단단함

오후나 저녁 시간에 이리저리 시내를 배회하고 프라하성을 넘고, 대성당 주위를 돌고, 벨베데레를 오르며 긴 시간 산보할 수 있었다. 아니면 사회민주주의자와 현실주의자(훗날 국가를 창건한 마사리크의 정당), 무정부주의자들의 정당 집회를 찾아 다니거나 루브르 카페에서 열리는 프란츠 브렌티노의 철학 토론회와 약사 부인 베르타 판타의 개방적인 살롱에서 개최되는 상대성 이론, 정신분석, 양자 이론 등 최근의 시사적인 주제에 대한 강연회에 참석하였다. (29~30면)

벤야민이 예리하게 포착했듯이 상징주의와 모더니즘은 산보자flaneur의 문학이다. 정도의 차이는 있지만 보들레르, 조이스, 울프, 프루스트, 그리고 카프카 모두에게 해당된다. 그런 점에서 카프카 작품에 드러나는 산보자의 이미지를 프라하라는 공간과 관련해 읽어보는 것은 흥미로운 주제가 되리라.

카프카는 열광적인 산책가였으며 도시의 인디언이었다. 휴일에, 저녁이나 밤에, 몇 시간씩, 종종 혼자서. 그것은 카프카의 글쓰는 방식과 관계 있었을 것이다. 카프카는 미리 메모를 하거나 초고를 글로 작성하는 게 아니라 오랫동안 머릿속에서 준비 작업을 했다. "내머릿 속에 들어있는 끔찍한 세계". 그러다 대부분 밤에 "단숨에" 글로 옮겼다. 『선고』의 첫 경험 후 카프카는 일기에 "오로지 이런 방식으로만 글을 쓸 수 있다"고 남겼다. 그리고 "조금만 글을 써도 마음이 차분해지는 건 의심의 여지가 없으며 참으로 불가사의하다. 내가 어제 산보하면서 전

체를 보았던 관점!"이라고도 썼다. (99면)

바겐바흐는 카프카의 "머릿속에 들어있는 끔찍한 세계"가 무엇인지, 그것이 "열광적인 산책가였으며 도시의 인디언"이었던 카프카의 일상 생활의 경험과 어떻게 연결되는지를 세밀하게 설명해주지는 않는다. 궁금한 대목이다. 어쨌든 글쓰기는 카프카에게 이런 "끔찍한 세계"에서 벗어나는 방도, "조금만 글을 써도 마음이 차분해지는" 정신적 탈출구의 역할을 했다는 건 분명해 보인다. 그에게 글쓰기는 그를 "가둔 원의 세계"였던 프라하를 상상적으로 탈출하는 방도였다. 그는 "산보하면서 전체를 보았던 관점"을 얻었다. 프라하는 카프카에게 단지 그만의 사적 공간이 아니라 현대인들의 삶의 내면을 드러내주는 축도, 그에게 "전체를" 볼 수 있는 관점을 제공해 준 문학적 원동력의 근원이었다.

좋은 평전은 작품 읽기로 독자를 이끈다. 물론 그 역도 마찬가지이다. 이 책도 그런 책 중 하나이다. 기회가 닿는 대로 이 책을 옆에 두고 카프카의 작품을 찬찬히 다시 읽고 싶다. 그리고 언젠가 유럽에서 가장 아름다운 도시 중 하나라는, 하지만 카프카에게는 자기를 놓아주지 않는 "맹수의 발톱"을 지닌 어머니였던 프라하를 나도 산보자로서 거닐고 싶다.

(2005.2)

클라우스 바겐바흐, 김인순 역, 『카프카의 프라하』, 열린책들, 2004

　　　　　　　　　　　　　아름다운 단단함

이성의 법정

진은영, 『순수이성비판, 이성을 법정에 세우다』

대개 대가의 책들은 언급은 많이 되지만 실제로 그 책을 제대로 읽는 사람은 많지 않다. 그래서 주로 고전철학을 현대적 시각에서 다시 읽고 재해석하는 기획은 흥미롭다. 난해한 건축물로 다가가는 입구 역할을 해주기 때문이다. 물론 그렇다고 그 입구가 그 건축물의 전모를 보여주는 것은 아니다. 결국 그 집을 제대로 알기 위해서는 그 입구로 들어가 집 전체를 자기 발로 걸어 다녀야 한다. 칸트의 『순수이성비판』이 그런 집 중 하나이다. 최근에 읽은 『순수이성비판, 이성을 법정에 세우다』는 난해하기로 치면 빠지지 않는 철학의 고전을 다시 읽고 현재적 의미를 부여하려는 책이다. 저자가 다시 읽는 칸트 해설이 아주 새롭지는 않다. 내가 흥미롭게 읽은 것은 칸트를 다시 읽는 저자가 재해석의 근거로 삼는 다른 철학자들의 시각과 칸트가 부딪치는 지점이다. 이 책은 객관 세계를 이성의 인식 능력에 종속시키고 대상에 대한 이성의 우위성을 주장하는 칸트의 선험적 관념론의 의미를 흥미롭게 드러낸다. 많이 들어본 칸트의 코페르니쿠스적 전환, 대상을 구성하는 인간 이성, 아니 더 정확히 말하면 오성 혹은 지성의 역할을 친절하게 설명한다. 그러나 이 책의 재미는 이런 교과서적인 설명이 아니라 그런 칸트의 철학 혁명이 갖는 미덕과 한계를 니체, 들뢰즈, 네그리 혹은 데리다 등 어떤 의미에서든 칸트의 비판적 계승자들이라 할 이들의 시선으로 조명하는 지점이다. 사상의 전쟁터인 철학에 영원한 승자는 없는 법이라고나 할까. 그 전투의 초점은 이성의 한계에 대한 탐구이다. 그리고 그 이성의 한계는 주체와 대상의 매개라는 칸트철학 혹은 근대철학 일반의 본령에서 가장 잘 드러난다. 가령 네그리와 하트를 인용하는 이런 대목은 주목할 만하다.

선험철학의 기본 아이디어는 매개성이다. 우리는 물자체와 직접 만날 수 없고 단지 감성과 오성이라는 형식의 매개를 통해서만 사물과 관계할 수 있다. 이질적인 것은 항상 매개되어야 한다는 사유는 선험적 도식론에서도 계속된다. 감성과 오성이라는 이질적 능력들이 만나기 위해서는 항상 구성력의 선험적 도식을 통한 매개 작용이 있어야만 한다. 언제나 도처에 매개가 있을 뿐이다. 매개 없이 우리는 경험할 수도, 사랑할 수도, 소통할 수도 없다는 칸트의 아이디어는 철학에 국한된 것이 아니라 모든 분야에 적용된다. 철학적으로 칸트에 의해 확고하게 정립된 매개 메커니즘은 사회적 정치적 영역에서는 의회나 합의기구라는 대표제를 작동시킨다. 대중들은 항상 직접적이고 절대적인 방식으

아름다운 단단함

로 자신의 욕망을 실현할 수 없고 정치적 경험도 불가능하다. 대중들이 스스로 실천하는 자기 운동은 언제나 미리 구성된 질서, 보편적인 선험적 매개체에 굴복할 때만 타당한 것으로 인정받을 수 있다. 따라서 대중들이 즉각적으로 자신들의 자유를 존재 속에서 확립할 수 있다는 주장은 전복적 망상에 불과하다. 이것이 칸트철학의 주요 동기다. 선험적인 것의 필요성, 모든 직접적 형식의 불가능성, 존재에 대한 이해 및 존재의 행위에 들어 있는 모든 생기적 모습에 대한 배격이다. (211면)

이 대목은 현대철학, 혹은 정치철학의 뜨거운 이슈 중 하나를 제기한다. 그것이 오성이든, 상상력이든, 의식이든, 무의식이든, 언어이든, 상징계이든 과연 어떤 "매개체" 없이 우리는 대상을 "직접적"으로 아무 편견 없이, '객관적'으로 인식할 수 있는가? 선험적이든 그렇지 않든 매개 없는 "직접적 형식"은 어디까지 가능한가? 대의제가 아닌 직접적으로 대중의 욕망이 표현되는 직접민주주의는 현실적으로 얼마나 가능한가? 설사 그것이 가능하다고 하더라도 그것이 매개의 정치인 대의제보다 낫다는 보장은 어디에 있는가? "존재의 행위에 들어 있는 모든 생기적 모습"을 살리는 길은 무엇인가?

이 책의 저자가 주로 기대는 니체, 들뢰즈, 네그리 등의 탈근대적 철학자들은 이런 질문들에 각기 다른 답을 시도한다. 그리고 그 답은 여전히 열려 있다. 하지만 나는 자신에 찬 "모든 직접적 형식"의 가능성을 내세우는 이들보다는 우리 인식의 근원적 한계를 탐색하는 칸트의 겸손함에 마음이 쏠린다. 비록 칸트식의 난해한 "보편적인 선험적 매개체"에 흔쾌히 박수를 보내는 것은 아니지만 말이다. 더욱이 다른 사람들과는 달리 자신만은 이런 "존재에 대한 이해 및 존재의 행위"를 직접적으로 올바르게 이해를 할 수 있다고 자신만만하게 착각하는 사람들이 많은 시대에는 말이다. 그러나 슬픈 진실은 우리는 그런 "매개"의 형식들에 갇혀 있다는 것이다. 물론 그것은 영원히 탈출할 수 없는 빠삐용의 섬은 아니겠지만 자신이 그 섬에 갇혀 있다는 것을 인식하는 것은 자유를 위한 탈출의 요건이다.

이 책에는 그밖에도 여러 가지 흥미로운 해석들이 눈에 띈다. 예컨대 널리 알려진 칸트의 정언명법에 대해 저자는 들뢰즈에 기대 이렇게 해석한다. 이 해석에서 칸트는 근엄한 판관이 아니라 자유의 욕망을 강조하는 존재 미학의 선도자로 드러난다.

들뢰즈에 따르면 칸트가 정언명법을 통해 말하는 것은 단지 다른 누구의 도움 없이도 네 스스로 무언가를 결정하며 행위해야 한다는 사실, 즉 자기입법의 사실이 의무로 정해져 있다는 것뿐이다. 칸트의 의무를 이렇게 해석하는 순간 칸트의 윤리학은 의무에 대한 복종이 아니라 매순간 자유로울 것만을 의무로 규정하는 윤리학으로 변모한다. 이 자유의 윤리학은 슬픔의 문제에 대해 단호하게 대답한다. 스스로 결정

하고 용감히 행위하라. 그리고 행위했다면 그 결과 따위에는 동요(슬
퍼)하지 말라. 사실 슬픔은 헛된 것이다. 왜냐면 슬픔이 결과를 바꾸어
놓지는 않기 때문이다. (274면)

그러므로 자유는 의무의 반대어가 아니다. 오히려 자유는 주어
진 것들의 가치를 되묻고 "매순간 자유로운 것만을" 요구하는 의무
의 다른 표현일 뿐이다. 그것이 쾌락과 구별되는 진정한 기쁨이다.

쾌락은 대상의 결여를 전제하는, 다시 말해 없었던 대상이 생겨날
때만 발생하는 즐거움이다. 이와 달리 기쁨은 우리가 대상에 대해 인
식할 때나 스스로 판단하고 용감히 행위할 때나 언제든 우리와 함께
한다. 왜냐하면 기쁨은 능력의 활동 자체에서 오는 것이지 대상에 매
여 있는 것이 아니기 때문이다. (276면)

이런 기쁨을 추구하는 새로운 존재가 니체가 말하는 초인이
요, 들뢰즈가 말하는 유목민이리라. 물론 그런 추구는 쉽지 않겠지
만 말이다. 그밖에 이 책에서 눈길을 끄는 몇 대목들을 적어둔다.

칸트는 어떤 변화 속에서도 굳건히 서 있을 체계와 방법론을 찾고
싶어했다. 그러나 니체는 모든 종류의 체계와 방법에의 욕구를 비판한
다. '나는 모든 체계 짓는 자들을 믿지 않으며 그들을 피해간다. 체계에

대한 의지는 온전함의 결여를 나타낸다(체계를 세우려는 의지에는 성실성이 결여되어 있다.' (니체,『우상의 황혼』)(203면)

데리다는 조금이라도 빨리 어떤 결론과 대답이 주어지기를 재촉하는 독자들에게 충고한다. 한 사상의 철학적 의미가 뭐냐고 성급하게 묻지 마시오! "나는 나쁜 독자들의 경망을 예견할 수 있다. 이것이 내가 고발하는 무서운 독자들인데, 그들은 결정되기, 결정하기에 의해 자신들이 결정되기에 급급한 이들이다. 그것은 나쁜 일이다. 나는 나쁨의 또 다른 정의를 알고 있는데, 자신의 독해를 미리 결정짓는 것이 그것이다."(데리다,『엽서』) 나쁜 독자는 언제나 복종할 태세를 갖추고 있다. 그가 궁금해하는 것은 오직 자신이 복종할 내용이 뭐냐는 것뿐이다. (208면)

문제를 '주는'(내는) 사람은 학교 선생이며, 답을 찾는 것은 학생이 할 일이다. 이런 식으로 우리는 일종의 노예 상태에 놓여져 있다. 진정한 자유는 문제 자체를 결정하고 구성할 수 있는 능력에 있다. (242면)

단지 철학자들만이 아니라 삶의 진실을 고민하는 이들이라면 곰곰이 생각해볼 문제들을 던져주는 대목들이다.

(2005.2)

진은영,『순수이성비판, 이성을 법정에 세우다』, 그린비, 2004.

아름다운 단단함

재현의 한계
.조은, 최민식(사진), 『우리가 사랑해야 하는 것들에 대하여』

아리스토텔레스의 『시학』에는 널리 알려진 이런 구절이 있다. "아주 보기 흉한 대상이나 시체의 형체처럼 실물을 볼 때면 불쾌감을 주는 대상이라고 하더라도 극히 정확하게 그려놓았을 때에는 보고 쾌감을 느낀다." 철학자 김상환은 이 구절의 뜻을 이렇게 풀이한다.

예술 작품은 원래의 모방 대상에 없던 쾌감을 산출하는 힘을 지닌다. 바로 이 점에서 예술 작품은 그 원본과 차이를 지닌다. 그러나 이 차이는 그 작품이 원본을 '극히 정확하게' 그려낼수록 커진다. 이것이 아이러니이다. 즉 예술 작품이 원본을 동일하게 재현할수록 양자 사이의 차이는 커지게 된다. 예술적 모방은 동일성의 실현을 통해서 차이를 잉태하고, 그 차이를 잉태하는 동일성이 바로 위에서 이미 언급한 모방적 유사성이다. 그러므로 모방적 유사성은 원본적 대상과의 동일성에 이르지 못하는 어떤 미달의 사태가 아니다. 그것은 거꾸로 동일성을 부풀어나게 하고 초과하는 어떤 잉여의 사태이다. (…중략…) 모방은 원본과 유사한 것을 만드는 행위이지만, 그러나 그것은 원본의 복제가 아니다. (…중략…) 그러므로 모방적 유사성이란 모방 대상과 모방 결과가 동시에 현상하는 '사이'에 해당한다. 이 '사이'로서의 유사성은 그러므로 원본이나 모방물보다 먼저 있는 것이다. (『해체론 시대의 철학』, 267~268면)

요약하면 사실이나 대상의 예술적 모방은 단순한 재현이 아니다. 작품에서 이루어지는 모방은 분명 원본인 작품의 대상과의 "동일성의 실현"을 전제로 한다. 그러나 그것은 단순한 원본의 모사가 아니라 "차이를 잉태"하는 모방이다. 이와 관련해 들뢰즈의 『차이와 반복』은 오히려 차이를 잉태하는 모방이 아니라 모방의 근원으로서의 차이를 강조한다. 모방은 차이를 전제한다. 그렇다면 모방적 유사성에서 잉태되는 차이는 무엇일까? 왜 "동일하게 재현할수록 양자 사이의 차이는 커지게" 되는 걸까? 김상환은 이런 "차이를 잉태하는 동일성"을 "모방적 유사성"이라고 정리한다. 그리고 이런 모방적 유사성은 재현이나 동일성의 반복이 아니라 "동일성을 부풀어나게 하고 초과하는 어떤 잉여의 사태"라고 지적한다. 그렇다면 그렇게 생기는 "잉여"의 본질은 무엇일까? 바로 이 점이 아리스토텔레스가 지적한 문제, "실물을 볼 때면 불쾌감을 주는 대상이라고 하더라도 극히 정확하게 그려놓았을 때에는 보고 쾌감을 느"끼는 문제와 관련된다. 이어지는 질문. 동일성을 초

아름다운 단단함

과하는 "잉여의 사태"는 어떻게 예술적으로 모방된 "불쾌감을 주는 대상"을 보고 느끼는 감동이나 "쾌감"으로 이어지는 걸까?

나는 이런 문제들을 명쾌하게 해결할 답을 갖고 있지 않다. 다만 지금도 붙들고 고민하는 문제 중 하나인 예술적 모방의 의미와 한계에 관한 질문들을 다시금 꺼내게 만드는 책을 읽었기 때문이다. 사진가 최민식의 사진들과 거기에 시인 조은이 짤막한 감상혹은 느낌을 덧붙여 만든 『우리가 사랑해야 하는 것들에 대하여』라는 사진집이다. 여기 실린 사진들은 최민식이 털어놓듯이 "모두 가난한 서민들이 내 곁에 있었기 때문"에 가능했던 사진들이며 "살아 움직이는 그들의 지난한 삶에 공감하며, 함께 아파하고 슬퍼"(서문)하면서 찍은 것이다. 1950년대에서 2000년대에 걸쳐 찍은 90여 장의 사진들에는 삶의 슬픔과 기쁨, 특히 소외된 이웃을 바라보는 사진가의 시선이 담겨 있다. 그에게 "사진은 항상 휴머니즘에 입각"(7면)한 것이다. 최민식의 휴머니즘을 조은은 이렇게 지적한다.

　　최민식 선생의 사진은 인간의 불행이라는 악성 바이러스를 꿋꿋이 이겨내게 하는 항체 역할을 하고 있습니다. 그것이 바로 그의 사진이 가진 힘이자 덕목 중 하나이지요. 그가 치열하게 사유하며 선택한 세계는 많은 부분이 어둡고 암울합니다. 그러나 그 세계와 맞선 그의 시선은 더없이 따뜻합니다. 카메라를 들고 열심히 뛰어다니며 세상의 부조리와 맞서되, 그는 전투적인 사람이 아니라 온화한 사람입니다. 그는 인간의 불행을 냉소적으로 바라보며 한 덩어리로 뭉뚱그려 타도해야 할 대상으로 삼아온 것이 아니라 그것의 세세한 결을 느끼며 오랜 세월 혼신의 힘으로 창작에 전념해온 사람입니다. (10면)

이 사진집을 본 독자는 부인하기 힘든 지적이다. 50여 년 동안 인간을 주제로 사진을 찍어온 최민식의 사진들은 감동을 준다. 그에게 "사진은 인간을 밝히는 작업"(6면)이었기 때문이다. 그의 사진들은 잘난 사람들의 화려한 삶이 아니라 소외된 이웃들의 누추한 삶의 진실에 초점을 맞춘다. 그의 사진에는 "사진의 생명력은 논리 이전의 감동에서 나오는 것이라"(6면)는 믿음이 배어 있다. 부인하기 힘든 주장이다. 그러나 내가 위에 던진 "모방적 유사성"의 의미와 한계는 여전히 남는다. 사진에 담겨진 누추한 삶의 진실은 어디까지 진실일 수 있을까? 끔찍한 삶의 모습들에 카메라를 들이대는 사진가나 그 사진을 보는 관객이 그런 사진 찍기와 보기에서 자족적인 "휴머니즘"적 감상주의에 빠질 위험은 없는 걸까? 모방적 유사성은 이런 문제들을 얼마나 해결할 수 있을까? 이런 삐딱한 질문들은 최민식의 사진들에 달려 있는 시인 조은의 짤막한 해설을 읽으면서 증폭된다.

나는 사진에 달려 있는 시인의 글들이 별로 마음에 다가오지 않았다. 말의 논리가 얼마나 사진에 담긴 "논리 이전의 감동"을 전

아름다운 단단함

할 수 있을까? 우선 글과 사진 사이의 넘어설 수 없는 거리라는 난점이 있다. 사진을 보고 사후적으로 작성된 글이 글쓴이 나름의 진정성에도 불구하고 사진이 전해주는 삶의 "잉여"를 제대로 담지 못한 채 어떤 감상에 그칠 위험. 그 위험이 모방적 유사성의 한계와 관련되는 게 아닐까? 그리고 이런 질문은 단지 남 얘기가 아니라, 이렇게 단정하게 제본되고 편집된 책 속에 담겨진 고통받는 사람들의 모습, 아리스토텔레스의 표현을 빌리면 "보기 흉한 대상"을 정밀하게 담아낸 예술적 모방품인 사진들을 감상하면서 얻는 감동이나 "쾌감"의 타당성에 관한 의문과 관련된다. 고통을 재현한 사진이나 글에서 독자나 감상자가 느끼는 감동과 "쾌감"의 정체는 무엇일까? 그건 예술적 쾌감으로 당연한 것이고 좋기만 한 걸까? 혹시 그런 쾌감이 비윤리적인 건 아닌가? 우리가 느끼는 감동이나 예술적 쾌감의 순간에 작품의 진실, 고통받는 사람들, "보기 흉한 대상"들의 진실, 작품을 넘어선 삶의 진실은 얼마나 제대로 재현될 수 있는 걸까? 이런 질문들이 남는다.

　나는 사진을 잘 모른다. 하지만 삶의 진실에 가까이 다가가려는 사진 한 장이 어떤 유려하고 화려한 글보다 더 사람들의 마음에 와 닿을 수 있다는 것, 사람들을 움직이게 만드는 힘을 지닌다는 상식 정도는 안다. 하지만 예술적 모방의 한계에 관한 위의 질문들은 내가 감동적으로 본 최민식 사진집의 경우에도 해당된다. 그런데 사진에 달아놓은 시인의 설명, 그리고 지금 그 사진들에 대한 감상을 적는 내 글은 얼마나 사진이 담고 있는 "모방적 유사성"의 "잉여"에 접근할 수 있을까? 사진이나 영화 같은 영상예술을 글로 설명하려는 시도가 사실은 헛될 수 있다는 자의식도 그래서 생긴다. 그럼에도 작품의 잉여를 설명하려는 글쓰기는 계속 이루어지겠지만 말이다.

최민식 사진집은 좋은 책이다. 한참 동안 눈을 떼지 못하게 만드는 우리 이웃의 사진들, 그들의 삶의 현장에서 포착된, 해묵은 용어를 쓰자면 민중들의 모습을 잠시 마음에 되새기게 만든다는 이유만으로도 좋은 책이다. 우리가 무엇을 잊고 사는지를 생각하게 만든다. 우리가 어떻게 해서 여기까지 왔는지를 돌아보게 한다. 나는 여기 실린 사진 하나 하나의 의미를 평가하거나 감상할 능력이 없다. 다만 고통받는 사람들을 예술적으로 모방하거나 혹은 재현하려는 욕망이 어디까지 그들과 작가, 혹은 독자 사이의 거리를 좁힐 수 있을까? 이런 질문을 다시 던질 뿐이다. 문학이든 사진이든 영화든 삶의 진실을 담아야 한다는 말, 모방한다는 말, 총체적으로 혹은 변증법적으로 반영한다는 말들. 그런 주장들은 손쉽게 쓸 수 있는 말들인가? 이 사진집을 보면서 다시 실감한다. 그러므로 나는 이 책을 보면서 위에 던진 여러 질문들에 대한 속 시원한 답이 아니라 그 질문들이 앞으로도 계속 붙들고 고민해볼 화두라는 걸 다시 절감한 셈이다. 하지만 이런 골치 아픈 질문들 때문이 아니더라도 "논리 이전의 감동"을 전해주는 사진의 힘, 그리고 그

아름다운 단단함

런 사진이 전해주는 모방적 유사성의 의미와 한계를 느끼고 고민
해보고 싶은 분들에게 일독을 권한다.

(2005.1)

조은, 최민식(사진), 『우리가 사랑해야 하는 것들에 대하여』, 샘터사,
2004.

책

프로방스의 꿈

피터 메일, 『나의 프로방스』

'전원주의'라는 말은 요즘 긍정적으로만 쓰이지는 않는다. 하기야 우선 나부터도 지금은 종영된 〈전원일기〉 같은 농촌드라마를 보면서도 불편한 느낌을 가졌다. 아니, 당장 내일 추석을 앞두고 방영되는 다양한 종류의 고향드라마를 보는 마음도 비슷하다. 무슨 느낌? 한편으로는 여전히 사람 냄새와 인정이 넘치는 고향, 특히 시골 고향의 전원적 모습을 복고적으로 보여주는 드라마의 분위기를 즐긴다. 하지만 동시에 이런 드라마들이 지금 우리 농촌의 실제 삶을 얼마나 제대로 담고 있는가라는 불편한 질문도 갖는다. 이런 느낌은 아스팔트와 콘크리트로 둘러싸인 도시에서 생활을 해야 하는 나 같은 사람들이 시골 생활의 전원주의에 대해 느끼는 이중적 감정의 표현일 것이다. 도시인들의 자의식은 아예 도시를 떠난 시골의 전원 생활을 그냥 이상화하거나 아니면 애증 양면의 대상인 도시를 결코 떠날 수 없다는 좌절감 사이에서 찢겨 있다. 명절 무렵에 늘 방영되는 고향드라마의 편성 이유 중 상당 부분은 여기에 있을

아름다운 단단함

것이다.

물론 지금 우리의 고향이 그저 전원적이기만 할 수 있겠는가. 추석이다 설이다 때만 되면 비춰대는 TV 화면의 이미지들, 특히 '고향'의 주름진 어머니, 아버지, 혹은 할머니, 할아버지들의 모습은 분명 잊고 지내던 고향의 전원성, 그리고 그곳에 사는 (조)부모님의 따뜻한 품을 강력하게 상징적으로 드러낸다. 그러나 그런 TV의 이미지가 그저 좋은 느낌일 뿐일까? 이제 고향은 그런 노인들만이 간신히 지키는 버림받은 땅이 되었다. 조금의 시간이 지나 TV에 얼굴을 비춰줄 주름진, 다정한 얼굴들이 사라질 때 우리에게 시골의 고향은 없을 것이다. 나는 무턱대고 시골과 고향을 찬미하는 따뜻한 덕담에서 냉혹한 현실의 모습을 호도하는 전원주의의 혐의를 발견한다. 그렇게 나도 전원주의에 대해 양가적 감정을 갖고 있다. 하지만 그렇다고 해서 우리 마음 깊은 곳에 자리잡은 전원적 삶을 상징하는 흙과 숲의 정서도 잊어야 하는 걸까? 그런 동경의 정서조차 손쉽게 전원주의라고 내칠 수 있을까? 우리가 점점 그것을 잃어가기 때문에 흙과 숲에 대한 그리움이 무의식에 자리 잡고 있다고 나는 생각한다. 흙과 숲을 그리는 마음을 인류가 정말 모두 잃어버린다면 그때 우리가 누리는 지구에서의 삶은 끝일 것이라고 생각한다. 그러나 흙과 숲으로 상징되는 시골 생활, 전원 생활에 대한 동경의 마음과는 별개로 실제 자신에게 익숙해진 도시의 삶을 떠나 시골로 삶의 거처를 옮기기는 말처럼 쉽지 않다. 왜냐하면 시골은 더 이상 전원이 아니며 거기에는 그 나름의 생활의 논리가 작동하는 삶터이기 때문이다. 많은 문학 작품의 전원주의가 공소하게 느껴지는 이유는 그들 문학에 생활의 논리가 빠져있기 때문이다. 그런 연유에서 어떤 이유 때문이든지 도시 탈출을 감행한 이야기, 자신의 삶의 터전을 시골로 옮긴 사람들의 이야기는 부럽다. 더욱이 그곳이 내가 꼭 가보고 싶은 곳이라면 더 그렇다.

누구에게나 그냥 이유 없이 정서적 친화감을 느끼거나 생전에 꼭 가보고 싶은 곳이 있으리라 믿는다. 내게도 그런 곳이 몇 군데 있다. 그중 하나가 남프랑스의 프로방스 지방이다. 실제 프로방스가 어떤 곳인지를 모른다. 하지만 어쩌면 모른다는 이유로 그곳은 꼭 가보고 싶은 곳이 된 듯하다. 프로방스에 대한 내 이유 없는 동경을 더 자극하는 재미있는 책을 한 권 읽었다. 『나의 프로방스』(피터 메일)라는 책이다. 나와 비슷한 마음으로 프로방스에 매료된 한 영국인의 프로방스 정착기이다. 원제가 보여주듯이 책의 구성도 「1월 - 면도날 같은 미스트랄」에서 시작하여 「12월 - 아뿔 크리스마스! 보나네!」로 끝난다. 저자는 충동적으로 2백 년 된 농가를 구입하고 그의 아내와 함께 새로운 전원 생활을 시작한다. 저자 소개를 보니 1988년부터 프로방스에 살기 시작했다. 원저가 1989년에 출판되었으니 정착 초기 1년의 생활기이다. 이 책은 제목이 보여주듯이 단순한 여행기가 아니지만 내가 앞서 지적한 생활의 논

아름다운 단단함

리를 몸으로 느끼는 이야기하고도 조금 거리가 있긴 하다. 저자는 프로방스에서 새로운 직업을 찾아 일하는 것은 아닌 것으로 보인다. 자신이 구입한 포도농장을 임대해 주는 일과 전부터 해오던 글쓰는 일 정도를 하는 것으로 나온다. 그는 프로방스의 본토박이 시골 사람과는 다른 사람이다. 한마디로 외지인이다. 그런 면에서 이 책에도 전원주의의 혐의가 있다. 그러나 책의 재미 중 하나는 프로방스 생활에 익숙해지면서 저자가 전원주의를 꿈꾸는 다른 여행자들에게 점차 거리를 두는 과정을 실감나게 묘사하는 것이다. 저자의 프로방스 정착기는 말의 진정한 의미에서 정착은 아니지만 자신이 가졌던 전원주의의 한계를 깨달으면서 점차 프로방스 사람으로 되어가는 과정이기도 한 셈이다.

이 책의 가장 큰 재미는 프로방스 사람들의 일상 생활의 세밀한 탐색과 묘사에서 나온다. 저자가 살게 된 마을인 뤼베롱 사람들의 다양한 모습들, 맛없기 짝이 없는 영국 음식과는 극명한 대비를 이루는 남프랑스의 맛있는 음식이 주는 즐거움, 동네 사람들과 그 지역에 대한 애정, 특히 그가 관계를 맺게 되는 동네 사람들과의 관계가 저자 특유의 유머 감각으로 실감나게 전해진다. 그래서 이 책을 읽고 나면 그냥 이유 없이 유쾌해지고 마음이 따뜻해진다. 이런 마음조차 현실 도피주의라고 한다면 흔쾌히 인정하겠다. 문학이나 다양한 이야기의 역할은 냉철한 현실 인식에 있다고 믿는다. 그러나 또 다른 역할은 냉철한 현실 인식의 뒷면일 수 있는 것, 즉 우리가 잃어버린 삶의 모습과 대안적 가치가 우리에게 주는 위안과 성찰이다. 그런 위안은 현실의 고통을 순간적으로 잊게 만드는 당의정이 아니다. 삶을 되돌아보게 하는 성찰의 기회를 제공한다. 회색 콘크리트 공간과 살벌한 경쟁 논리가 지배하는 지금의 삶과는 다른 삶, 푸른 하늘과 지중해의 따스한 햇살, 그리고 끝없이 펼쳐진 포도밭의 풍경으로 상징되는 다른 삶의 모습은 그걸 상상하는 것만으로도 행복하지 않은가. 그래서 나는 저자의 다음과 같은 행복한 마음에 십분 공감한다.

> 양말을 마지막으로 신은 게 언제였더라? 까마득한 기억이었다. 내 시계는 서랍에서 잠자고 있었지만 나는 마당에 드리워진 그림자의 위치로 시간을 대충 짐작할 수 있었다. 하지만 며칠인지는 잊은 지 오래였다. 그런 것은 중요하지 않았다. 나는 욕심 없는 식물로 변해가고 있었다. 간혹, 멀리 떨어진 사무실에서 아웅다웅하며 지내는 사람들과 전화로 이야기를 나누면서 현실 세계와의 끈을 유지할 뿐이었다. 그들은 언제나 부러운 듯 이곳 날씨가 어떠냐고 물었고 내 대답에 달갑지 않은 반응을 보였다. 그들은 내게 피부암과 햇볕이 두뇌에 미치는 영향에 대해 경고하면서 위안을 얻었다. 나는 그런 경고에 반박하지 않았다. 그들이 옳을 수도 있었다. 하지만 햇살 탓에 멍청해지고 주름이 늘어나더라도, 설령 암에 걸리더라도 지금보다 즐거운 때가 없었다.
> (199~200면)

그렇다면 프로방스는 어떤 곳인가.

프로방스라는 이름은 기원전 2세기경 이 지역을 점령한 로마인들이 프로빈키아 로마나, 즉 로마의 지방이라고 부른 데서 비롯되었다. 현재 행정구역상으로는 프로방스, 알프스, 코트다쥐르 등 세 지역을 통틀어 프로방스 지방이라 한다. (…중략…) 프로방스는 유럽 사람들에게 낙원의 이미지로 떠오른다. 북쪽의 방투산에서 남쪽의 지중해까지, 서쪽의 론강에서 동쪽의 알프스까지 펼쳐진 프로방스는 보랏빛 라벤더의 향기와 세낭크 수도원의 적막으로 여행객들의 발길을 이끈다. 반 고흐의 태양은 지중해를 물들이고 르브렝산의 별들은 알퐁스 도데의 이야기를 들려준다. 또한 프로방스의 시인 프레데릭 미스트랄, 장 지오노, 마르셀 파뇰, 앙리 파브르, 사드 후작, 에밀 졸라, 알베르 카뮈, 폴 세잔의 숨결도 아직 남아 있는 듯하다. 투우장과 원형 극장 등 수많은 로마 유적지에서는 세계적인 예술 활동이 펼쳐져 작은 마을에 생동감을 불어넣는다. 수많은 축제 중에서도 7월과 8월에 열리는 아비뇽의 연극제와 엑상프로방스의 음악제는 매년 전 세계 젊은이들의 가슴을 뛰게 한다. (356~357면)

책의 부록에도 나와 있듯이 프로방스는 프랑스에서 지중해를 마주하고 있는 지역, 나도 그 이름은 들어본 도시들인 마르세이유, 깐느, 니스 등의 유명한 도시를 끼고 있는, 하지만 대부분은 농업 지역인 프랑스의 남부 지역을 일컫는다. 반 고흐를 비롯해 수없이 많은 작가, 예술가들이 이곳에서 살았거나 이곳을 동경하며 거쳐 갔다. 나도 언젠가 이 책을 옆에 끼고 그곳을 유유자적하게 거니는, 더 욕심을 내면 저자처럼 단 1년이라도 그곳에 사는 꿈을 꿔 본다.

(2004.9)

피터 메일, 강주헌 역, 『나의 프로방스』, 효형출판, 2004.

아름다운 단단함

국제주의자의 여행기

쟌 모리스, 『쟌 모리스의 50년간의 유럽 여행』

사람의 기질을 유목민과 정주민으로 나눈다면 나는 정주민 기질에 속한다. 그렇다고 여행을 꺼려하는 건 아니다. 이런저런 이유로 비행기를 자주 탄다. 그리고 여행기를 읽는 것도 좋아한다. 여행기를 즐기는 이유는? 낯선 장소와 사람들에 대해 사람이 지닌 근원적 호기심 때문일 것이다. 일종의 이국주의exoticism의 힘이다. 하지만 그렇게만 말하고 나면 뭔가 허전하다. 그래서 질문을 고쳐 다시 묻는다. 여행과 관광의 차이는 무엇일까? 둘은 겹치는 점이 많다. 여행의 많은 부분을 이국적 풍광을 보고 즐기는 관광이 차지하기 때문이다. 하지만 그럼에도 둘은 같지 않다. 관광은 말 그래도 풍광을 보고 즐기는 것sightseeing이다. 내가 알지 못했던 나라와 도시, 시골의 낯설고 이국적이고 놀라운 풍경들을 봤을 때 느끼는 충격에서 오는 즐거움. 이게 아마도 관광의 핵심이리라. 낯익은 일상에서 벗어나는 일탈의 욕구를 관광은 직접적으로 충족시켜 준다. 이렇게 관광은 낯선 것에 대해 느끼는 우리의 호기심이 가장 잘 드러나는 사건이다.

그러면 여행은? 여행은 단지 낯선 풍광을 즐기는 것에 그치지 않는다. 누가 말했듯이, 우리가 여행을 하는 것은 결국 애초에 떠났던 곳으로 되돌아오기 위해서라면, 다시 집으로, 일상으로 돌아온 내가 여행을 떠나기 전의 나하고 달라진 게 아무것도 없다면 그건 시간과 돈의 낭비이리라. 여행의 가치는 내가 몰랐던 나라, 문화, 사람들과 내가 아는 삶을 비교하는 것에서 나오는 어떤 배움에 있다. 다른 사람들의 이국적인 삶에 비추어 내 삶을 돌아보고 여행을 떠나기 전까지의 내 삶과는 다른 삶의 가능성을 생각해보는 것. 그러니 서구 근대소설의 모티프가 집 떠남, 여행을 통한 성장에 있다는 것도 자연스럽게 느껴진다. 낯선 곳으로 떠나기를 유혹하는 관광기는 차고 넘친다. 하지만 여행을 떠난 이의 깊은 사색과 성찰의 기록이 담긴, 그러면서도 그런 여정을 재미있고 맛깔스러운 문체로 담은 좋은 여행기는 만나기 힘들다. 그리고 그런 책들이 간혹 있어도, 내가 과문해서 그런지 모르나, 대개는 너무 '훈장' 티가 나서 읽기가 버거운 경우가 많다. 최근에 나는 흔치 않은 좋은 여행기 한 권을 읽었다. 『쟌 모리스의 50년간의 유럽 여행』이다. 원작은 1997년에 발간되었다. 이 책이 다루는 분야는 방대하다. 저자는 이 책에서 유럽의 종교, 정치, 민족, 교통, 역사 등을 아우르며 다양한 이야기들을 펼쳐 놓는다. 저자는 유럽 각 나라의 볼거리를 제시해주는 박식한 관광객의 역할이 아니라 각 나라 사람들의 삶, 그리고 삶 속에서 드러나는 차이, 하지만 그런 차이들을

아름다운 단단함

넘어서는 인류 공통의 우애와 연대의 가능성을 탐색하는 열려 있는 국제주의자의 시선으로 유럽의 역사와 미래를 전망한다.

이 책을 엮어주는 모티프는 이탈리아의 작은 도시 트리에스테이다. 트리에스테는 내게 귀에 익숙하다. 왜냐하면 이 도시는 내 전공인 아일랜드 출신 작가 조이스가 한때 살면서 작품 활동을 했던 곳이기 때문이다. 저자는 트리에스테를 지난 50년간 방문하면서 이 도시에 대해 느꼈던 여러 단상으로 책의 각 장을 시작한다. 왜 이런 구성을 택한 걸까? 책의 첫 장은 1946년 여름, 저자가 제2차 세계대전 이후 점령군의 일원으로 머물렀던 이 도시의 기억을 회상하는 것으로 시작한다. 그리고 그 묘사는 매우 인상적이다. 이런 책의 구성은 아마도 이 책 전체를 꿰뚫는 저자의 문제 의식과 자기 정체성, "내 아이들이 죽기 전에는 웨일스의 독립이라는 결실을 맺으리라 기대"(164면)하며, 근대 민족-국가를 비판하는 저자, 그리고 "웨일스에서 온 무정부주의자"(295면)이자 민족 사이의 평화와 상호 존중을 주장하는 국제주의자를 지향하는 저자의 생각을 트리에스테가 상징적으로 보여주기 때문이겠다. 이렇게 생각하니 저자와 비슷한 국제주의자·무정부주의 작가였던 조이스가 이곳에서 작품 활동을 했던 것도 그저 우연만은 아니라는 생각이 든다. 저자를 사로잡은 도시 트리에스테는 유럽의 인종 집합소, 열려 있는 도시, 요새 쓰는 말로는 이종성의 도시이다. 이곳은 "여러 인종이 만나고 한쪽으로는 로마, 파리, 런던을, 다른 쪽으로는 베오그라드, 부쿠레슈티, 아테네를 바라볼 수 있는 이 유럽의 꼭지점"(571면)이다. 이 책은 "유럽의 꼭지점"인 트리에스테가 상징하는 것, 즉 서로 다른 인종적·종교적·정치적 차이를 넘어선 연대의 가능성에서 유럽의 미래를 찾으려고 한다. 따라서 이 책에 등장하는 수많은 국가, 도시, 사람들을 바라보는 저자의 시선도 단지 이국적 풍물을 즐기려는 관광객의 시선과는 거리가 멀다. 인종주의, 식민주의로 표현되는 근대민족-국가주의를 비판하는 저자의 시각은 트리에스테에서 새로운 대안의 상징을 발견한다.

> 트리에스테에서 하나의 민족성을 찾기란 애초에 불가능하다. 그래서 다른 이탈리아 도시들과는 아주 색다른데, 트리에스테 사람이라 함은 아주 특별한 종류의 이탈리아 사람을 뜻한다. 많은 트리에스테 사람들은 아예, '난 이탈리아 사람 아니다'라고 할지도 모른다. 이 도시에서는 한 인종과 다른 인종 사이의 차이는 말할 것도 없고, 사실과 허구 사이, 과거와 현재 사이, 명백한 것과 모호한 것 사이의 경계조차 불분명해 보인다. (98면)

열려 있는 국제주의자의 시선으로 저자는 소위 열강이라 불리는 몇몇 국가들이 쥐락펴락해 온 유럽의 역사를 날카롭게 풍자한다. 트리에스테가 상징하는 이종성은 그런 열강의 역사가 만들어낸 산물이다.

지난날의 역사는 얼마나 웃기는 희극인가! 민족의 편견, 국가의 야심, 무엇보다 저 빌어먹을 열강들이야말로 유럽의 저주였던 것이다. (198면)

그렇다면 "저 빌어먹을 열강들"이 만들어온 "유럽의 저주"는 어떻게 풀 수 있을까? 최근 뉴스에서 주목받는 유럽연합이라는 경제, 정치 공동체로 가능할까? 저자는 어쩌면 진부해 보이는, 그러나 외면할 수 없는 원칙을 해법으로 제안한다.

내 위대한 대륙 유럽도 말도 안 되는 차이들에 종지부를 찍고 하나로 통일되기를 간절히 바란다. 그리하여 드디어 크고 작은 나라의 모든 유럽 사람들이 케사르의 것은 케사르에게 돌려줘 버리고, 믿음과 언어, 생활하는 법과 사랑하는 법 같이 진정 숭배해 마땅한 것들을 고이 간직하는 박애의 땅을 만들어 내야 한다. (572면)

물론 "믿음과 언어, 생활하는 법과 사랑하는 법 같이 진정 숭배해 마땅한 것들을 고이 간직하는 박애의 땅을 만들어 내"는 일은 쉽지 않으리라. 그리고 그 "박애의 땅"이 단지 "위대한 대륙 유럽"에만 한정된다면 그것은 또 다른 형태의 편협한 정치이데올로기가 될 것이다. 거의 600쪽에 이르는 이 방대한 유럽 편력기의 가치는 이런 진부해 보이는 주장이 관념놀이의 결과가 아니라는 것, 수

십 년 동안 유럽의 각지를 다니면서 겪은 저자의 체험에서 우러나온 제안이라는 데서 범상치 않게 들린다. 내게 친숙한 집과 나라를 떠나 다른 곳, 다른 나라를 여행하는 것의 가치는 아마도 집에만 머물면 배우기 힘든 국제주의자의 시선을 배우는 것은 아닐까? 그러나 대개의 경우 여행이라는 것은 제한된 시간에 이국적인 풍광을 즐기고 증명사진을 박고 오는 것에 만족하기 쉽다. '나도 거기 가봤다'라는 자기 만족감의 차원. 시간을 두고 깊이 있게 다른 나라와 사람들의 삶을 이해한다는 것은 쉽지 않다. 시간과 돈이 드는 일이다. 그러나 달리 생각해 볼 수도 있겠다. 여행이라는 것이 꼭 내가 몸으로 가서 직접 봐야만 의미 있는 것일까? 혹여 시간과 경제적 사정이 안 된다면 이렇게 좋은 여행기를 읽는 것도 최소한 간접적인 경험, 그러나 그만큼 값있는 국제주의의 교육이 되는 것은 아닐까? 그런 색다른 체험을 통해 내 나라, 내 민족만 가치 있는 존재가 아니라는 것, 나와 다른 피부색, 종교, 감수성, 이데올로기를 지닌 사람들도 모두 나와 같은 인간이며 그들의 가치는 그것대로 존중받아야 한다는 것. 그러니 조이스를 비롯해 20세기 뛰어난 유럽의 여러 작가들이 어떤 이유로든 자신의 고국을 떠날 수밖에 없었던 '망명객' 혹은 '여행객'이었다는 사실이 그냥 우연은 아니겠다. 낯선 곳의 경험은 새로운 사유와 비전의 경험을 그들에게 제공했을 것이다.

아름다운 단단함

예술은 일치 단결된 통일성이고 이 통일성은 유일신과 통한다. 유럽의 몇몇 나라들이 예술품들을 제 나라 안에 다 두려고 저질렀던 개망나니 수작들은 무엇보다 종교적인 양심을 저버린 짓이었다. 다행스럽게도 그런 나라들이, 당당하게 유럽의 온갖 국경을 넘나드는 천재 예술가들까지 어떻게 하지는 못했다. (…중략…) 신의 페르소나임에 틀림없는 인물 셰익스피어, 그는 유럽 공동의 자산이다. 모차르트는 잘츠부르크뿐만 아니라 런던에서 활동했다. 나폴레옹은 괴테를 초청해 프랑스에서 살도록 배려했다. 사무엘 베케트는 아일랜드인일 뿐만 아니라 프랑스인이기도 하다. 볼테르, 루소, 바이런, 발자크, 도스토예프스키, 셸리, 리스트, 한스 크리스티앙 안데르센, 차이코프스키, 이 모든 이들은 한때 스위스의 제네바 호숫가에서 살았던 사람들이다. (90~91면)

국경을 넘나든 예술가들이 이뤄낸 유럽 문학예술의 걸작들은 단지 특정국가, 민족의 소유물이 아니다. 그건 유럽 전체, 더 나아가서는 인류 전체의 공동 유산이다.

수백만의 독자들에게 그 작가들의 나라를 보여주는 진수로 받아들여진다. 하지만 이들 작품은 유럽 공동의 유산임에도 틀림없다. 제대로 교육받은 유럽인들이라면 사는 곳과 무관하게 이들 작품과 친숙하기 마련이며, 그를 통해 어떤 정치 체제보다도 더 긴밀하게 서로를 엮어 매는 것이다. (466면)

책

아마 우리가 외국문학을 공부하는 이유도 비슷할 것이다. 다른 나라에서 태어난 작품을 읽고 사유하면서 이 작품이 그리는 이국적 세계와 사람들의 삶의 체험을 통해 나와 다른 시대와 공간을 살았던 사람들과 내가 갖게 되는 인류애의 연대, "긴밀하게 서로를 엮어 매는" 경험을 배우는 것. 그게 외국문학 공부의 중요한 이유이겠다.

열려 있는 국제주의자이자 무정부주의자인 저자의 시선은 근대 유럽의 역사를 조망하면서 자신이 방문하는 나라와 도시의 영광만이 아니라 그 영광 뒤에 숨은 역사의 상처들을 살핀다. 특히 저자는 인종, 이념, 종교적 갈등으로 빚어지는 전쟁과 기존 정치·경제 체제의 붕괴 때문에 고통받는 이들의 삶을 주목한다. 보스니아 내전에서 극적으로 드러나는 인종주의, 전쟁의 참상에 대한 강력한 비판, 그리고 현실사회주의의 붕괴 이후 자본주의에 편입된 체코 프라하 사람들의 삶에 대한 저자의 묘사는 그런 예들이다.

힘했던 옛 시절에는 비밀경찰이 없는 데가 없었고 공무원들은 뇌물을 받을 만반의 준비가 되어 있었지만, 그래도 당시엔 고개 조아리고 길바닥에 나앉은 거지들은 없었다. 무기력하게 눈을 감은 거지들의 모습은 1990년대 프라하의 슬픈 풍경임에 틀림없다. (273면)

나는 지금 매우 재미없고 건조하게 이 재미있는 유럽 여행기

아름다운 단단함

의 감상을 적고 있지만 이 책의 미덕은 책 전체를 감싸는 따뜻한 유머, 그리고 때로 등장하는 날카로운 풍자의 절묘한 결합이다. 좋은 책은 이런 재미없는 감상이나 요약이 아니라 직접 읽어봐야 가치를 느낀다는 말은 이 책에도 적용된다. 저자의 유머와 풍자가 절묘하게 결합된 서술은 단지 말장난이 아니라 열려 있는 국제주의자를 지향하는 저자의 문제 의식과 결부되어 책에 생명력을 준다. 예컨대 인종주의에 대한 저자의 비판이 드러나는 대목.

> 1977년에 지그문트 프로이트 기념비 하나가 빈에 세워졌다. '여기서, 1895년 7월 24일에 꿈의 비밀이 지그문트 프로이트 박사에게 스스로를 내보이다.' 누군가 그 옆에다 써놓았다. '이 유대인한테 내보였다고 해야지!' 참 별꼴이다. 그래도 적어도 '한 명의 박사님'에게 내 보인 건데, 뭘 그러시나? (294면)

책 전체에 이런 날카로운 풍자와 유머가 깔려 있어 읽는 재미를 더한다.

(2004.11)

잔 모리스, 박유안 역, 『잔 모리스의 50년간의 유럽 여행』, 바람구두, 2004.

고전의 현재성

레프 톨스토이, 『안나 카레니나』

고전의 현재적 의미란 무엇일까? 그것은 작품을 왜 읽는가라는 물음과 얽혀 있다. 작품을 읽는 것은 무엇보다 작품에 깔린 특정한 상황 속의 다양한 인물들이 보여준 삶을 통해 지금, 이곳에서 살고 있는 우리를 되돌아보기 위해서다. 고전의 보편성도 그렇다. 구체적 삶의 과정에서 작가가 이룩해낸 지혜는 그것대로 겸허히 받아들이되 그들이 볼 수 없었던 부분은 현재의 또 다른 현실을 살아가는 우리의 눈으로 통찰해 그 지혜를 좀더 완전한 것으로 만드는 것이다. 그 점에서 톨스토이의 『안나 카레니나』는 하나의 모범이다. 다양한 주제를 다루고 있는 이 작품의 성취를 짧은 지면에서 살피는 건 불가능하기에 여기서는 안나와 브론스키의 사랑을 다루는 작가의 기량을 살펴보면서 작품이 이룩한 예술적 성취의 한 면모를 알아보는 것에 초점을 맞춘다. 두 사람의 관계가 지니는 의미를 제대로 이해하기 위해서는 그들 각각이 가지고 있는 개성과 그들이 움직이는 구체적 생활 공간에서 그들에게 부여되는 계급성을 통일적으로

아름다운 단단함

파악하는 것이 필요하다.(루카치) 그리고 그것을 "개인의 민감한 도덕적 의식을 위해 개인이 필요로 하는 사회적 조건을 규범적으로 추구하는"(F. R. 리비스) 작가의 시각과 연결하여 살펴보는 것이 요구된다. 안나의 비극 뒤에는 안나와 브론스키가 처한 생활 조건과 그로부터 비롯되어 각자가 갖게 된 욕망의 차이가 작동한다는 점을 주목해야 한다. 인물의 전형성은 상황의 전형성과 긴밀히 얽혀 있음을 이 작품은 여실히 보여준다. 안나는 극단적인 인물이기에 전형적이다. 루카치의 말대로 전형성은 평균성이 아니다.

두 인물이 갖는 비극적 관계도 단지 두 사람이 맺는 애정 관계의 굴곡에서만 설명되는 것이 아니라 그 애정의 기복조차도 사실은 각 인물이 처한 생활 조건의 차이와 밀접하게 맞물려 있다는 걸 구체적 인물 형상화를 통해 보여주는 데 작품의 탁월함이 있다. 안나를 보자. 그녀가 지닌 외모의 특징들, 가령 "몸을 쭉 편 자세"라든지 "확고하고도 경쾌한 총총걸음" 등은 외모만의 고유성이 아니라 그녀가 지닌 독특한 개성을 드러내 준다. 안나가 지닌 자연스러운 생동감, 단호함과 추진력, 결단력이나 자신의 감정에 충실한 것 등은 그녀가 평범한 인물이 아니라는 걸 또렷하게 부각시킨다. 묘사의 힘이고, 그런 묘사에 담긴 그녀의 모습이 작품이 전개되면서 어떻게 사그라지는지를 설득력 있게 서사화하는 것이 작가의 탁월함이다. 이런 개성들은 안나가 지닌 교양이나 세련됨이 당대 러시아 귀족사회의 인습에 물들지 않게 해 주는 미덕으로 작용한다. 그러나 동시에 브론스키와의 관계에서는 비극을 초래하게 만드는 주요 요인이 된다. 안나와 브론스키의 '부정한 관계'는 귀족사회의 한 단면을 보여주는 인습화된 당대 결혼 풍속의 결과물이다. 안나가 그들과 구별되는 지점은 다른 귀족 부인들과는 달리 그녀가 자신의 감정에 충실하면서 그것을 끝까지 밀고나갔다는 점이다(2부 18장). 그런 점에서 그녀가 브론스키에게 점점 매달리는 것은 자연스럽다.

두 사람의 관계에서 각자의 생활적 조건과 욕구가 어떻게 관계에 영향을 미치는가를 보여주는 장면 하나. 이탈리아 여행을 마치고 돌아와 농장 경영을 시작하면서 브론스키는 자신의 일에서 새로운 만족감을 느낀다. 하지만 안나의 처지는 다르다. 그녀에게 주어진 것들, 사회적 기회는 브론스키와의 관계로 인해 점점 사라진다. 브론스키를 선택하면서 그녀는 사회적 관계에서 고립되고 전적으로 브론스키의 관계에만 묶이게 된다. 상황이 그녀의 주체성을 압도한다. 그 긴장 관계를 작품은 놓치지 않는다. 안나를 죽음으로 몰고 가는 배경에는 안나가 지닌 생명력을 이해하지 못하는 브론스키라는 인물의 한계가 분명히 작용한다. 그러나 더 중요한 이유는 당대 상황에서는 나름의 진보성을 지니고 있다 할 브론스키 같은 인물조차도 넘어설 수 없는 상류사회의 속물성과 허위의식이다. 안나의 남편인 카레닌이 대표적인 인물이다. 그런 상황을 리얼하게 보여주는 데 작품의 미덕이 있다. 인물의 비극은 많

아름다운 단단함

은 경우 상황의 비극이다. 브론스키가 안나를 결국 이해하지 못하는 것도 단지 그가 지닌 성격의 문제만이 아니라 당대 상류사회에서 두 사람이 처한 생활 조건과 욕구의 차이에서 비롯된 것이다. 사랑도 성적 차이를 넘어서지는 못한다. 이 작품은 한 작가가 얼마나 깊이 있게 계급 관계와 착종된 성적 관계와 성적 차이를 탐구할 수 있는지를 탁월하게 보여준다. 이 작품은 민감한 감수성과 생명력을 지닌 안나 같은 여성 인물이 살아남을 수 있는 사회문화적 조건을 독자로 하여금 생각해보게 한다. 그런 성찰의 권유가 이 소설을 단순한 연애소설이 아니라 인류가 낳은 가장 뛰어난 사회소설 중 하나로 만든다.

(1994.3)

레프 톨스토이, 박형규 역, 『안나 카레니나』, 범우사, 1987.

책